Gregor Bricks

Runtergerockt

Roman

adakia Verlag UG (haftungsbeschränkt)
Richard-Wagner-Platz 1, 04109 Leipzig

Bibliographische Information der Deutschen Bibliothek:
Die Deutsche Bibliothek verzeichnet diese Publikation in der Deutschen Nationalbibliographie; detaillierte Daten sind im Internet über die Homepage http://www.dnb.de abrufbar.

Gesamtherstellung: adakia Verlag, Leipzig
Covergestaltung: Susan Ullrich

1. Auflage, April 2023
ISBN 978-3-941935-25-9

Für Sabine und Paul.

Goebbels Reloaded

Mit Goebbels hat man nichts als Ärger. Ich sollte das wissen, sagt mein Kollege Kurt. Den alten Reichshetzer und seinen totalen Krieg auszugraben, ist zwar kein Spaß, muss aber sein, sage ich. Um den Schülern mal die grausame Macht des gesprochenen Wortes zu demonstrieren, sage ich auch noch, und damit ich mich Kurt gegenüber pädagogisch überlegen fühlen kann, sage ich noch irgendeinen Satz, in dem die Worte *Geschichtsbewusstsein, Verantwortung* und *Sensibilisierung* vorkommen. Mag schon sein, dass ich mich gleich so tief in die Scheiße reite, dass ich nie wieder rausfinde. Nicht meine Worte – die von Kurt. Aber hält mich das ab? Nach einer gewissen Anzahl von Jahren im Schuldienst hat man sich ein wenig Beratungsresistenz verdient, finde ich. Ich ziehe die Tür des Lehrerzimmers hinter mir zu. Sie lacht mich aus und macht ein Geräusch wie ein nasser Furz.

In der Parallelklasse nehmen sie Songtexte durch. Sorry, aber ich geh' da nicht mit. Auch im Jahr 2014 gehört ein Gangsterrapper noch immer auf die Straße und nicht in meinen Unterricht. Wie tief soll ich denn noch sinken? Wahrscheinlich habe ich Angst, dass die Musikproleten bei den Schülern der 10b nur noch beliebter werden, wenn ich versuche, sie schlechtzumachen. Das kann mir mit dem alten Goebbels nicht passieren. Sie kennen ihn ja nicht. Als ich die schwere Eisentür zum Klassenzimmer öffne, bin ich mir nicht sicher, ob meine Hände feucht sind oder ob wieder jemand auf die Klinke gespuckt hat. Na bravo. Drinnen ist alles wie gehabt, mein Eintreten bleibt weitestgehend unbemerkt. Der staubige Holzboden ist mit zerknüllten Arbeitsblättern und

Sonnenblumenkernschalen übersät. Die Arbeitsblätter, die nicht zerknüllt sind, tragen Abdrücke von Schuhsohlen. Ich bin fast ein wenig erleichtert, dass die Arbeit meines Mathematikkollegen eine ähnliche Wertschätzung genießt wie meine eigene. Das Parkett könnte durchaus aus Goebbels Zeit sein. Den Boden abzuziehen, hat man sich schon vor 20 Jahren nicht mehr getraut. Nun ist es nicht mehr nötig. Die Mischung aus hunderten Schichten von Arbeitsblättern zusammen mit dem Staub und der Brühe aus umgekippten Cola- und Eisteeflaschen hat den Boden bestimmt prima versiegelt.

»Bitte mal Ruhe, Leute ...«

»Herr Kern, gucken wir schon wieder so schwarzweiß?«

»Ihr werdet es überleben. Das hier ist ein extremes Beispiel für NS-Propaganda ...«

»Popo-ganda! Voll schwul, Digger! Popo-ganda! Herr Kern, isch will kein Popo-ganda, isch will Pussy-ganda!«

Kevin gehört zu den unangenehmeren Erscheinungen in der 10b. Der zerschießt einem jede Stunde, wenn er will. Und er will jede Stunde. Aber dieses Mal lass ich mir nicht so leicht die Butter vom Brot nehmen. »Kevin: Erstens hatten wir uns doch darauf geeinigt, dass du deine Vulgärsprache zuhause lässt. Und zweitens kannst du gleich selbst entscheiden, ob das hier Pussy oder Popo ist. In jedem Fall ist es *krasser Scheiß.*«

Diese sprachlichen Anbiederungen passieren mir jetzt immer öfter. Peinlich, aber kaum zu vermeiden, wenn man den ganzen Tag in Kiezdeutsch badet. Und jede semantische Selbstachtung verloren hat. Wie auch immer, eins zu null für mich. Und jetzt? Wie soll ich die Schüler vorbereiten auf das, was sie gleich zu sehen bekommen? Vielleicht gar nicht? Genau, dann reißt sie der Schock aus ihrer Lethargie ... Aber wem mache ich hier was vor? Die erwarten jetzt Pussy oder Popo und bekommen einen hysterischen Rheinländer im Stimmbruch. Früher hätte es nicht einmal ein Video gebraucht, aber früher hätte ich auch erst eine Redeanalyse durchgeführt, nach allen Regeln der Kunst, und dann zum Abschluss die Tonbandaufnahme. Das ging noch, vor 10 Jahren oder so. Mucksmäuschenstill war es da, die totale Betroffenheit. Und jetzt? Oh Mann ...

»Kevin, setz dich endlich hin und hör auf zu futtern. Seinab, du auch ...«

»Oha, wie er übertreibt! Wie er schwitzt, guck' mal, Kevin, wie er schwitzt!«

»Das habe ich gehört, Seinab ...« Verdammte Hitze. Meine Finger werden tatsächlich nass, als ich mir den Scheitel aus dem Gesicht wische. Wie die das aushalten, haben ja fast alle noch die Jacken an. Als wären sie auf der Durchreise. »Und außerdem – ihr kennt die Schulordnung – keine Sonnenblumenkerne! Ok, können wir jetzt? Ich möchte, dass ihr euch eine Frage überlegt, nachdem ihr das Video gesehen habt. Wir klären dann im Sitzkreis zuerst die wichtigsten Punkte, bevor ihr in die Partnerarbeit geht.«

Wie jedes Jahr spult Goebbels im Sportpalast sein Frage-Antwort-Programm runter und verschwindet nach zehn Minuten YouTube-Ruhm unter tosendem Applaus einer kriegsgeilen Nation wieder in seiner privaten Nazihölle. Zurück lässt er einen sendungsbewussten Geschichtslehrer auf verlorenem Posten und die hoffnungslos gelangweilten Gesichter der 10b. Offensichtlich ist das nicht ihr Krieg.

»Auf geht's, Leute! Eure Fragen!«

»Herr Kern, darf isch Toilette?«

Ich muss mir Mühe geben, die Balance zu halten. Erst mal zentrieren, kurz die Augen schließen und versuchen, Denis' Beitrag aus meinem Gedächtnis zu löschen. Wie im TaiChi-Kurs. Aufnehmen und weiterleiten. Aber so einfach ist das nicht. Ich kann noch so oft von einem Fuß auf den anderen treten oder mit dem Kopf schütteln, das Bild vom Denis, der sich theatralisch krümmt und in den Schritt fasst, lässt sich nicht ausblenden. Das wird ja immer übler. Ganz ruhig jetzt. Am besten noch nicht mal ignorieren. »Ist das wirklich alles, was dir dazu einfällt, Denis? Dass du pullern musst?«

»Was soll isch machen? Läuuuft bei mir!«

Der Mob wacht langsam auf, nur beißt sich die aufkommende Heiterkeit ein bisschen mit dem totalen Krieg. Wenigstens ein paar Mädels verdrehen die Augen.

»Du ... du hast doch gerade gesehen, was Worte alles anrichten können, oder nicht? Und du redest jetzt allen Ernstes davon, dass dir das Zuckerzeug überschwappt, das du den ganzen Tag in dich reinschüttest? Das, das ist so ... bodenlos ... ihr ... ich ...«

Was mach ich eigentlich hier? Will ich auch noch sagen, kann mich aber gerade noch bremsen. Wenn man auf eine Frage keine Antwort wissen will, sollte man sie lieber nicht stellen. Wenigstens das habe ich gelernt in den letzten 20 Jahren.

»Kurden müssen andauernd Pipi. Normal.«

»Kevin, du Spast. Halt die Fresse!«

Oh nein, bitte nicht schon wieder ... Nicht jetzt ...

»Leute, das geht gar nicht. Wir reden seit drei Wochen über Rassismus ... Können wir uns vielleicht ... könnt ihr euch vielleicht für ein paar Minuten wie zivilisierte Menschen benehmen?«

Bei »zivilisierte« überschlägt sich meine Stimme fast wie bei dem Rheinländer. Ich mache eine dramaturgische Pause, denn für den Augenblick sieht es so aus, als ob meine Ansprache Gehör gefunden hätte. Geht doch – aber ich weiß auch, dass die Methode *authentische Rage* nur ein Mal pro Stunde funktioniert. Wenn dann nicht Ruhe ist, kann ich gleich gehen. Werde ich noch mal laut, mache ich mich nur lächerlich. Wie so oft.

»Das hier«, sage ich, wobei ich auf den nach Luft ringenden Beamer deute, den ich extra für diesen Anlass ausgeliehen und unter nicht zu unterschätzenden technischen Schwierigkeiten in Betrieb genommen und auf dem Pult aufgebaut habe. »Das hier ist mir wirklich wichtig.« Ich achte genau darauf, dass meine Worte Zeit haben, noch ein wenig nachzuhallen, und hoffe, dass der Rest der Goebbelsstunde ohne weitere ethnische Beleidigungen über die Bühne geht. Die Hoffnung stirbt zuletzt, sagt man. Stimmt, aber sie stirbt. Wer hofft, wirkt verzweifelt, und meine Verzweiflung können sie riechen, die kleinen Kröten. Meine Stirn wird immer feuchter und in meinem Kopf werden die Schülergrüppchen zu Glutnestern, die – im ganzen Klassenraum verteilt – nur auf einen Windstoß warten, um mit ihren Flammen die Luft wegzufressen. Flammen aus Geschwätz, unsagbar tumbem Geschwätz, lodernden Beleidigungen und einer Feuerwalze der Respektlosigkeit. Na bitte, schon steigt mir Brandgeruch in die Nase. Hinten links haben sie mir den Rücken zugedreht und lassen wenig dezent ein Handy rumgehen. Es müssen lustige Bilder sein, die sie sich da anschauen. Innerhalb von Sekunden wird aus unterdrücktem Gekicher hysterisches Lachen. Mir ist schwindelig, und wenn das so weitergeht, kriege ich eine Rauchvergiftung, denn das Feuer hat längst auch auf die Mittelreihe übergegriffen. Ich will noch einen Versuch starten, den Feuerwehrmann zu spielen, doch ich befürchte zu ersticken, wenn ich den Mund öffne. Und da meldet sich Betsy. *Betsy, die Bitch*, wie Kevin immer sagt. Es hat ein halbes Jahr gedauert, ihr abzugewöhnen, mich mit Herr Korn anzureden. Aber doof ist die nicht, und schlimmer kann es ja eigentlich auch nicht mehr werden. Oder? Nein, Betsy ist die Rettung. Für einen Augenblick wird sie mit ihrem Beitrag die ganze Aufmerksamkeit der Klasse binden, das kann die. Und dann übernehme ich und bringe das hier anständig zu Ende. Dann wird alles wird gut ... Aber noch ist überall Rauch. Ich stelle mir vor, Betsy hätte einen Eimer in der Hand. Ich weiß nur nicht, ob Wasser drin ist oder Öl. Was soll's, ich muss es riskieren. »Betsy, wie lautet deine Frage?«

Das war jetzt eine Spur zu flehentlich. Mensch Ziggy, reiß dich zusammen. Klingelt doch eh gleich.

»Wer hat eigentlich das Klatschen erfunden?«

Betsy grinst breit und freut sich tierisch über ihre verbale Napalmbombe. Der allgemeine Applaus gibt ihr Bestätigung, noch mehr als Denis' kurdischer Toilettengang bekommen hat. Und ihr Applaus wird von allgemeinem Gegröle und einer Konfettidusche aus Sonnenblumenkernen begleitet. Jetzt brennt die Hütte lichterloh. Ein verdammtes Inferno.

Das halte ich nicht aus. Für diesen Unsinn, für diesen Grad der Bildungsverweigerung bin ich nicht ausgebildet. So in etwa klingelt mir meine Rechtfertigung in Echtzeit in den Ohren, als ich den pädagogisch wertlosen Impuls verspüre, Bettina Spenkel, genannt Betsy, zum Schweigen zu bringen und sie einfach umzuhauen. Aus ihrem Kopf schlagen immer noch Flammen. *Kicher kicher*. In Ermangelung einer Löschdecke nehme ich den Tafellappen und knalle ihr das Ding um die Ohren, dass Betsys Kopf für einen Augenblick in einer Kreidewolke verschwindet. Rechtes Ohr, linkes Ohr.

Jetzt ist Ruhe, der Brand ist gelöscht. Meine linke Hand zittert, und als ich meine Umhängetasche vom Pult nehme und rausgehe, höre ich nichts weiter als das zarte Knacken der Sonnenblumenkerne unter meinen Cowboystiefeln.

Mr. President

»Wie lange sind Sie schon dabei, Herr Kern?«

Schulleiter August Blei vermeidet Blickkontakt mit mir und blättert in der Personalakte mit dem Aufkleber *Studienrat Siegfried Kern*, als suche er in den Papieren nach einer Erklärung für das Unerklärliche. Er hustet dezent und ist sichtlich bemüht, dabei die Betroffenheit zu zeigen, die ich bei meinen Schülern vermisst habe. Der Mann hat doch tatsächlich ein Bild von Bismarck in seinem Büro hängen. Akten, soweit das Auge reicht, und über allem hängt Reichskanzler Otto. Blei erinnert mich irgendwie an einen amerikanischen Präsidenten. Wie er da sitzt hinter seinem fetten Eichentisch mit staatstragender Mine und seinem schütteren Haar. Allerdings haben amerikanische Präsidenten nicht so eine Wampe. Zumindest heutzutage nicht mehr. Heutzutage joggen sie morgens mit ihren Hunden und lassen sich von ihrem ebenfalls joggenden Stabschef briefen und grinsen dabei makellos in die Kameras. Ich stelle mir vor, ich wäre nicht Siegfried *Ziggy* Kern, der Mädchenschläger, der seinen Spitznamen der Einfallslosigkeit seines alten Hausbesetzerkumpels Richard *Rico* Schmand verdankt. Sondern ein Held. Ein Held wie Jake Miller aus der US-amerikanischen Serie *Ein Jake stirbt nie*. Ein Mann, der tut, was ein Mann tun muss, und der in der Lage ist, innerhalb eines Tages die Welt mehrmals vor der Auslöschung durch einen Atomkrieg zu bewahren. Alleine.

Mister President, was geschehen ist, war notwendig. Mit Verlaub, Sir, aber gegen einen so mächtigen Feind müssen wir die Werte unseres Landes mit allen Mitteln verteidigen ...

»Herr Kern, ich habe Sie was gefragt.«

Der Nicht-Präsident kann keine Gedanken lesen. Das ist schon mal was wert. »Das wissen Sie doch, im nächsten Februar werden es zwanzig Jahre. Wir hatten ja schon mal gesprochen wegen des Dienstjubiläums ...«

Blei geht darauf nicht ein. »Zwanzig Jahre, also beinahe. Haben Sie es in diesen 20 Jahren einmal erlebt, dass eine Schülerin von einem Pädagogen geschlagen wurde?« Erst bei Pädagogen richtet August Blei den Blick auf mich und hebt dabei den rechten Zeigefinger. Das würde sich Jake Miller nicht bieten lassen.

»Nein, aber ...«

»Nichts aber. Nein. Punkt. Ich auch nicht, und was mich betrifft, so hätte ich es bis zu meiner Pensionierung auch gerne dabei belassen.«

»Ich weiß doch auch nicht, was da los war. Mensch, Her Blei, Sie kennen mich doch ...«

»Ganz genau! Aber das ist doch der Punkt. Wir wissen beide, dass bei Ihnen rein didaktisch schon seit geraumer Zeit ...«

»Didaktisch? Wie kommen Sie darauf? Sie haben mich zuletzt im Unterricht besucht, da war ich noch Beamter auf Widerruf!«

»Ich meine doch nur ... hören Sie, Kern, man kriegt doch so einiges mit. Aber ich will gar nicht ...« Blei hebt die Hand, als wolle er seine eigene Rede stoppen. Oder korrigieren. »Muss ich auch nicht, ich habe mir sicherlich nichts vorzuwerfen. Und damit wir da klarsehen: Ich habe Ihnen immer den Rücken freigehalten, nach dem, na, Sie wissen schon ...«

»Nach dem was?«

Blei räuspert sich. Wenn ich es nicht besser wüsste, würde ich denken, aus Verlegenheit. Aber ich weiß es besser. Und ich ahne, was jetzt kommt. Der Mann ist ein Charakterschwein, aber wird er so tief runtergehen?

»Nach dem ... Tod Ihrer Frau. Da war mit Ihnen ja wirklich nichts anzufangen.«

Der Boden unter meinem Stuhl verschwindet wie aufs Stichwort und ich blicke in einen zwei Jahre tiefen Abgrund. Ganz unten steht Mr. President, um mit einer Schaufel in der Hand in neue Regionen vorzustoßen. Meine Hände krampfen sich an der Eichentischkante fest, mir wird für einen Moment schwarz vor Augen. Der hat doch nicht das Recht, Jenny hier mit rein zu ziehen! »Sie ... Sie haben mir meine 9a weggenommen und mich stattdessen in die Schuldistanzlergruppe gesteckt. Zu den ganzen Gangstern. Wissen Sie, wie die Kollegen das Projekt damals nannten? Abwracktruppe. Und das heißt bei Ihnen den Rücken freihalten?«

»Kern, Sie brauchten eine Aufgabe und wir als Schulleitung«, seufzt Blei und beschreibt mit seinen Händen eine imaginäre Weltkugel, »waren uns sicher, dass Sie als Mann mit gewissen Idealen genau der richtige waren, um mit den schwierigen Fällen klarzukommen. Wie es aussieht, lagen wir da falsch.« Nach einer bedeutungsschwangeren Pause fügt er hinzu: »Aber, Kern, man muss Hilfe auch annehmen wollen.« Wieder der Zeigefinger. Spätestens jetzt hätte Jake Miller ihm das Ding gebrochen. *Sir, Sie bringen Schande über das Amt des Präsidenten!*

Dass die Gruppe aufgelöst wurde, kann der doch unmöglich mir anlasten. Zwei Schüler verschwanden in den Jugendknast, kurz nachdem sie vierzehn wurden, das einzige Mädel wurde schwanger und der Rest gab sich alle Mühe von der Schule zu fliegen. Zum großen Teil mit Erfolg.

»Aber worüber reden wir hier? Ich habe wirklich nicht die Zeit ... Kern, Sie haben morgen einen Anhörungstermin bei der Bezirksregierung. Sie sind einstweilen vom Dienst freigestellt.«

»Um mir das zu sagen, haben Sie mich hergeholt, *Sir*?«

Blei ist von meiner Anrede nicht im mindestens irritiert. Jetzt spricht er wieder zu der Personalakte. »Ich kann nichts für Sie tun, mir sind die Hände gebunden.«

»Dann danke für nichts, Herr Blei. Danke für nichts.«

»Wissen Sie eigentlich, was die Sache für mich bedeutet? Ich muss jetzt eine Vertretung für 26 Stunden Unterricht aus dem Hut zaubern! Ich kann ja schlecht die Kollegen Ihren Bockmist ausbaden lassen! Und was ich hier für einen Papierkram wegen Ihnen habe!«

Letzteres höre ich nur gedämpft, die Tür ist längst ins Schloss gefallen. Die Jukebox in meinem Kopf springt an und besiegt die drohende Stille. Es läuft *Twisted Sister – School's out forever*.

Ode an die Freude

Joseph Goebbels treten die Augen hervor, als er der Nation zum x-ten Male den totalen Krieg verspricht, totaler als alles oder so. Die Menge jubelt, klatscht, tobt. Klatscht lange, so lange, dass es einem in den Ohren wehtut. Ich stoppe den YouTube-Clip. Das muss reichen. Wie werden die Schüler reagieren? Sie tun das, was sie immer tun, sie reagieren überhaupt nicht. Wie in Zeitlupe höre ich, wie ich mich verzweifelt an die Klasse wende, meine Stimme leiert, meine Stimme auf einer Schallplatte, wenn der Motor vom Plattenspieler schlappmacht und der Teller noch eine halbe Umdrehung schafft. Ich sehe, wie Betsy den Mund aufmacht, höre sie zehn Mal hintereinander eine Frage stellen, immer dieselbe dämliche Frage, wer das Klatschen erfunden habe, ich sehe Betsy auf mich zu taumeln wie einen Zombie. Ich sehe mich, wie ich die Arme ausbreite und meine Handflächen sich mit einem satten Sound in Betsys Wangen vergraben. Erst links, dann rechts. Jetzt stehe ich vor einer Armee, alle meine Klassen, alle meine Jahrgänge, alle meine Schüler der letzten zwanzig Jahre. August Blei hält einen Taktstock und dirigiert den Schülersoldatenchor. Beethovens Ode an die Freude aus der 9. Symphonie erklingt und alle grölen »Wer hat nur das Klatsch'n erfunden, klatschen, klatschen, kla-a-tschen? Wer hat nur das Klatsch'n erfunden, klatschen, klatschen, kla-a-tschen. Klatschen, klatschen, kla-a-a-atsche-en, klatschen, klatschen, klatschen, klatsch …«

Ich halte mir die Ohren zu, doch der Chor wird umso lauter und als es an der Stelle, an der normalerweise »Alle Menschen werden Brüder« kommt, wieder nur »klatschen, klatschen, klatschen, klatschen« dröhnt, sehe ich Jake Miller eine volle Wasserflasche über Betsys Kopf auskippen, aber sie lacht ihn einfach aus. »Das soll Waterboarding sein? Komm mal klar, du Lappen!« Ronald Reagan, vergreist mit Ziegenbart, betritt die Szenerie. Er hält eine Fernbedienung in der Hand, blickt mir in die

Augen und drückt auf einen Knopf. Das Bild verschwimmt, der Chor verstummt. Zip. Nur noch schwarz und die donnernde Stimme des Alten, allerdings im Duktus von Kevin. »Was für ein Mensch er ist! Wie du aussiehst!« Brüllendes Lachen. Und: »Was willst du von mir?«

»Was willst du von mir?«, schreie ich zurück, aber es ist, als käme meine Stimme nicht gegen die Schwärze an. »Du hast voll kein Leben!«, lacht der Alte.

Ich greife nach der alten Vostok, ein Geschenk von Jenny. Die sowjetische Offiziersuhr, die sie in Berlin kurz nach der Wende auf dem Kudamm für mich ergattert hatte, liegt auf dem Nachttisch. »Passt zu dir«, hatte sie gesagt. Das blaue Zifferblatt mit dem roten Stern und ich hatten mit der Septembersonne um die Wette gestrahlt. Ein Uhr morgens, sagt die Vostok. Ich zittere am ganzen Körper. Was für ein Alptraum. Jenny hatte eine Schwäche für Beethovens Neunte Symphonie gehabt. »Da kann ich immer so schön heulen«, hatte sie gesagt. Auch wenn ich nicht müde geworden war, ihr zu erklären, dass Schillers Text bestenfalls sentimental, aber eigentlich unsinnig war, ließ Jenny sich nicht beirren. »Kern, du Depp. Wenn etwas schön ist, dann kann man das ruhig mal so stehen lassen. Man muss nicht immer analysieren. Die ewige Wortklauberei macht doch alles kaputt.«

Wir hatten nächtelang in unserer blau getünchten Küche gesessen, Rotwein getrunken wie Wasser und über Gott und die Welt diskutiert. Mehr über die Welt eigentlich, weil ich mich weigerte, über einen Gott zu diskutieren, der einen ungerechten Saustall Schöpfung nennt. Für Jenny dagegen war immer alles ganz einfach. Die kapitalistische Verschwörung war nie ihr Thema.

An Weiterschlafen ist jetzt nicht zu denken und ich lege den alten Beethoven auf, um mir und Jenny zu beweisen, dass ich sehr wohl das Schöne schätzen kann. Und so mache ich auf dem Weg zur Couch einen Umweg in die Küche, die mal eine Wohnküche war, mit großem Tisch und gemütlichen Holzstühlen, Bücherregal und so. Und den blauen Wänden. In Gebrauch ist im Moment nur noch ein Stuhl, der Rest ist meine Ablage für Rechnungen, an die ich nicht denken will, und Klassenarbeiten, die ich noch korrigieren muss und an die ich auch nicht denken will. Irgendwie sind Klassenarbeiten auch Rechnungen. Abrechnungen. Über das, was ich alles wieder nicht geschafft habe. Man sollte denken, dass man sich daran gewöhnt. Dass es einem irgendwann egal ist, dass man das professionell sehen sollte mit dem kollektiven Kollaps der Bildungsstandards und so. Tu ich aber nicht. Wenn ich die Umschläge mit den Arbeiten da liegen sehe, krampft sich mein Bauch zusammen. Ich will da nicht reinschauen. Heute schon gar nicht. Vermutlich kann ich die Dinger gleich verbrennen, denn wenn die mich vom Hof jagen, kommt es auf ein paar verkohlte Deutschfünfer auch nicht mehr an. Das Schöne. Komm jetzt, du kannst das. Das Schöne. Ein Eis, das wär's doch jetzt. Das wär *schön.* Dazu einen Espresso und *Lucky Luke*, mein Lieblingsband mit dem durchgeknallten Richter. Roy Bean, das Gesetz westlich des Pecos, der Mann, der mit einer Schrotflinte und einem Grizzlybären für Frieden sorgt ...

Aber da ist kein Eis im Eisfach, kein Erdbeereis, kein Schokoeis, nicht mal Eiswürfel sind da drin. Ich wühle mich durch die Tiefkühlpommes, die Aufback-Baguettes, sogar bis hinter die Kühlpacks strecke ich meine Finger aus. Kein Eis. Aber etwas Anderes: kleine, durchsichtige Plastikbeutelchen – Jennys

Notration Gras. Gut getrocknet, vakuumverpackt und tiefgefroren. Die hab ich völlig vergessen. Ich entscheide mich für den Beutel mit der Aufschrift *White Widow*, hole meinen Tabak und klebe drei Blättchen so zusammen, dass es eine schöne Tüte werden kann. Meine Finger sind noch ganz klamm von der Frostwühlerei und so dauert es eine Weile, bis ich mit dem Ergebnis halbwegs zufrieden bin. Ich war nie so ein großer Kiffer, auch nicht damals in der Kiefernstraße, aber mit Jenny war das was anderes. Ich war ihr gern in ihre Welt gefolgt, mit und ohne Gras. Ich brösele die überraschend intensiv riechenden Blütenkrümel auf das Tabakbett und drehe, bis das Gemisch fest ist. Dann fummele ich noch ein gerolltes Stück Pappe von der Blättchenpackung als Mundstück in die Tüte, feuchte die Klebestreifen der Papers an und mache das Ding zu. Schön ist es nicht. Ein ziemliches Gestümper mit faltigen Stellen, aber dafür, dass ich aus der Übung bin, ganz ok. Allerdings wird mir klar, dass der Joint etwas kleiner hätte sein dürfen. Weil ich alleine bin. Einsamkeit sackt langsam durch bis an ihren angestammten Platz in der Magengegend und ich verschlucke mich fast an der Bitternis, die in mir aufsteigt. Ich springe zum Plattenspieler und werfe Beethoven in eine Ecke, ohne mir die Mühe zu machen, die Scheibe zurück ins Cover zu schieben. Das ist keine Beethoven-Nacht, schon gar keine Ode-an-die-Freude-Nacht. Scheiß auf die Freude. Scheiß auf das Schöne. Das ist eher eine Nacht für *Black Sabbath*. Mit *Paranoid* wummert die Antwort auf die Ode durch die Wohnung. Ozzy, dröhnen wir uns weg. Als ich Stunden später im Badezimmer das Licht ausmache, habe ich Augenringe wie ein Rockstar am Ende einer Welttournee.

Chorizos

Ich muss raus. Meine Bude dreht sich um mich. Als ich ins Wohnzimmer gehe, das mehr und mehr einer Müllhalde gleicht, stolpere ich fast über Beethoven, und mich verlässt der Mut. Ich nehme die Platte hoch und betrachte die feine Staubschicht, die sich über Nacht gebildet hat. Wenn man ganz flach auf die Oberfläche guckt, sehen die Staubkörner aus wie kleine Himmelskörper auf dem Ring des Saturn. Was würde ich darum geben, durch das All zu fliegen.

»Ich weiß überhaupt nicht, was du fühlst«, hat Jenny gesagt. »Ich höre, was du sagst, aber ich habe keine Ahnung, wie du dich fühlst. Und bevor du jetzt nachdenkst – lass es. Entweder man weiß es oder man weiß es eben nicht.«

»Ich fühle mich scheiße«, sage ich, aber Jenny hört mich nicht. Meine Antwort kommt über zwei Jahre zu spät. Jenny würde mich fragen, warum ich mich scheiße fühle. Und ich sage: »Weil ich Beethoven nicht schön finden kann und weil er jetzt in meiner Hand liegt und mir ein schlechtes Gewissen macht, weil er ganz verstaubt ist und weil ich genau weiß, wie schlimm du das findest, dass ich nicht aufpassen kann auf die Dinge und auf mich. Und auf dich konnte ich auch nicht aufpassen, deshalb liegt der Beethoven hier im Dreck, und dass ich weiß, wie dich das kränkt, macht mich fertig, denn es ist trotzdem so passiert, ich habe es zugelassen, dass alles um mich verstaubt und versifft, und jetzt kann ich es nicht mehr gutmachen. Weil du gegangen bist. Und weil du gegangen bist, hat der Beethoven auch nichts mehr zu suchen hier, genauso wenig wie meine beschissene Lucky Luke Sammlung.«

Ich gehe in die Küche, wo der Staubsauger auf mich wartet, und stecke ihn ein. Ich bücke mich und möchte auf den Anschalter drücken, doch allein der Gedanke an das Geräusch des Staubsaugers hält mich ab. Also warte ich. Stelle mir den Staubsaugerlärm vor, um mich schon mal daran zu gewöhnen, damit es gleich nicht so schlimm wird. Aber schon bald muss ich mir die Ohren zuhalten, ich schaffe das nicht. Nicht jetzt. Lieber dampfe ich noch das letzte Gras weg. White Widow hat ihren Dienst getan und hält eine meterdicke Pufferschicht zwischen mir und der Wirklichkeit, was mir dabei hilft, das Haus zu verlassen. Dass ich das merke, ist aber gut. Und wieder nicht. Denn ich weiß, dass die Birkenstraße, die ich gerade überquere, nicht mit Matratzen ausgelegt ist, und ich weiß auch, dass ich keinen Wattehelm trage. Trotzdem ist es Kino. Ich laufe durch Kulissen, mit Regen besudelte Kulissen. Altbaufassaden, die zwischen Spielotheken ein italienisches Feinkostgeschäft und ein Eiscafé aufgenommen haben und vor denen eine hässlich-beige, alte Straßenbahn fährt. Hinter ihnen spielt eine Filmcrew die nächste Szene ein. Mein Problem ist: Ich habe die Hauptrolle und das Pech, als einziger Darsteller das Drehbuch nicht zu kennen. Oder vergessen zu haben. In einer dieser neumodischen Mittagsküchen in Flingern finde ich endlich mein Set. Eine Art Stehimbiss, der eine alte Fleischerei aus dem Viertel gemobbt hat. Flingerns klassischer Kieztod. Erst billiges Arbeiterquartier – dann Studentenmagnet – aus Studenten werden Konsumenten – am Ende teures Yuppiepflaster. Man isst auf dem Gehweg an verchromten Partytischchen und da es nicht hip ist, drinnen zu sitzen, da, wo es warm wäre, steht man draußen. Wahrscheinlich ist es billiger draußen zu drehen. Und damit man nicht friert, steht neben den Tischchen auch ein kleiner Gaspilz. Ich passe nicht in diesen Film. Warum habe ich mich dafür casten lassen? Die anderen Darsteller sollen wohl Werbeagentur-Fuzzis spielen, die bürgerliche Hausmannskost als hippen Trend zelebrieren. Da stehen sie, die Gentrifizierten in ihren Anzüglein, machen auf kreativ und dicke Hose und essen Königsberger Klopse am Straßenrand. Koksen sich und ihr bisschen Verstand auf Hochtouren, damit sie rausfinden, wie man die Kinder mit dem Elektroschrott von morgen immer weiter in die Verblödung treiben kann. Wer denkt sich solche Leute aus? Für meinen Geschmack ein bisschen viel Klischee. Ich sollte mal nachfragen, aber der Regisseur hält sich im Hintergrund. Verdammt, was war noch meine Rolle? Egal, dann nehme ich eben den Typen mit der modischen Brille und dem Riesenhandy. Den knöpfe ich mich vor. »Hallo du Nadelstreifen. Bist du aus der Werbung?« Mit direkter Ansprache erzielt man die besten Ergebnisse, aber so wollte ich das nicht ausdrücken. Ich will ja nur wissen, ob ich hier richtig bin. Allerdings war ich schon besser im Text, muss wohl an White Widow liegen. Meine Zunge klebt wie Teer an meinem Gaumen.

»Pedro, zahlen bitte.«

Der Typ nimmt mich nicht mal wahr. Er tupft sich seine fettigen Lippen mit einem Papiertaschentuch ab und schnippt es dann quer über den Stehtisch in meine Richtung. Er sieht mit seinen glänzenden Lippen aus wie das hässliche Kind aus der Fischstäbchenwerbung von früher – mit tailliertem Bossanzug. Jetzt kommt Pedro. Der Nadeltyp geht, das ist meine Chance. Ich wollte doch eigentlich was ganz anderes, oder? Ich wische mir mit der Hand durchs Gesicht und versuche, das Wesentliche in den Blick zu bekommen. Essen. Nachdem ich mich bis in die frühen Morgenstunden durch meine Plattensammlung gekifft habe, kommt die Fressattacke jetzt kaum überraschend. Und heute ist der Schicksalstag, das hier wird meine Henkersmahlzeit vor dem Anhörungstermin in der Bezirksregierung. Ich bestelle beim platinblonden Pedro eine spanische Kartoffelsuppe mit Wursteinlage *Caldo Verde large* für unfassbare acht Euro zwanzig (für eine Suppe!), die meine Anforderungen an eine ordentliche Mahlzeit beide erfüllen soll. Heiß und fettig. »ZWEI Würstchen, bitte« ermahne ich Pedro und dafür bekomme ich von dem aaligen Suppengeck eine Belehrung. Die ist gratis. »Das sind keine Würstchen, das sind Chorizos.« Mir klappt der Kiefer runter. Wer hätte das gedacht, Chorizos, so so. Sehen aber aus wie Würstchen. Irgendwie wie Südtiroler Kaminwurzen oder so. »OK, Chorizos. Ist das Fleisch?«

Pedro will es Nadelstreifenmann gleichtun und mich einfach stehen lassen, aber jetzt reicht es mir. Bin ich denn schon unsichtbar? Ich halte ihn am Arm fest. »Was sind das für Dinger? Wenn es keine Würste sind, was dann? Leichenteile?«

Mir wird schlecht. »Sind das Finger? Oder Pimmel? Rede mit mir! Sag schon!«

Jetzt habe ich seine Aufmerksamkeit. »Chorizos sind Chorizos. Und lassen Sie mich sofort los, sonst rufe ich die Polizei.«

Ich gebe auf, hier lerne ich heute nichts dazu. Ich soll wohl einfach nur mitspielen, von mir aus. Ich mache doch seit Jahren nichts anderes. Ziggy spielt mit. Jedes Schmierentheater. Besagte Chorizos im Kartoffelbad sind, wie sich fünf Minuten später rausstellt, regelrecht in Knoblauch getränkt, was mich nicht daran hindert, noch eine zweite Portion zu bestellen. Und um danach nicht geruchstechnisch negativ aufzufallen, verzichte ich auf eine Verdauungszigarette und schiebe lieber noch ein Pfefferminz hinterher.

Alles ist dunkel

Canossa liegt am Rhein. Canossa ist ein Gebilde aus Stahl und Glas, mit Aufzügen, vierstelligen Zimmernummern und kryptischen Dienstbezeichnungen wie RR'in oder ORR oder RD'in. Setzt man die Abkürzungen zusammen, entstehen Worte, die man auch auf der Landkarte Mordors aus Tolkiens Herr der Ringe verorten würde. RRORDORVermR oder SAD'inXRoar. Jetzt wird mir doch ein wenig mulmig zumute. Die Legende im Organigramm, das im opulenten Foyer der Bezirksregierung Düsseldorf hängt, lehrt mich außerdem, dass die Rs was mit regieren und mit raten zu tun haben. Ich bin auf der Suche nach Regierungsrätin Ursula Braunkaucher-Sülzn. Im Aufzug begegne ich mir selbst. So dicht bin ich aber zum Glück nicht, dass ich nicht merken würde, dass mein zweites ich nur eine Reflexion von Ziggy dem Ersten ist. Wer kam auf die Idee, in Aufzügen Spiegel anzubringen? Und warum? Schon klar, ich soll mich prüfen, ob ich würdig bin. Also prüfe ich. Die Lederjacke hat zwar ihre besten Tage hinter sich, aber sie hat mich schon bei ganz anderen Schicksalsschlägen begleitet.

Da ich kein Oberhemd besitze, habe ich mich für einen Rollkragenpulli entschieden. Existentialistisches Schwarz scheint mir durchaus anlassgemäß. Dezent und demütig. Außerdem kaschiert der Sartre-Look meinen Bauchansatz. Und das Gesicht? Eine Rasur hätte nicht geschadet, keine Frage. Allerdings würden dann die Augen mehr zur Geltung gekommen, und das wäre nicht hilfreich, bei den ganzen roten Äderchen um die Pupillen. Aber an einem Termin wie diesem eine Sonnenbrille zu tragen, dafür bin ich dann doch nicht abgebrüht genug. Hoffentlich sieht sie schlecht, die Frau Regierungsrätin. Die Tür mit der Nummer 4231 ist schwarz wie mein Rolli. Ich klopfe an und trete ein. Die Dame, die rät und regiert, steht mit dem Rücken zu mir. Ich versuche, mich durch dezentes Räuspern bemerkbar zu machen. Es misslingt. Also navigiere ich schon mal auf einen der Sessel zu, die so eine Art Sitzgruppe bilden. Schwarzes Kunstleder, Stahl, Linoleumboden. Es riecht nach Bohnerwachs. Als ich mich setze, gibt das Polster einen Ton von sich wie eine Luftmatratze, der man den Stöpsel gezogen hat. Jetzt hat mich Frau Regierungsrätin bemerkt. Sie dreht sich in Zeitlupe um und schreitet in meine Richtung. Sie bleibt erst stehen, als Knie schon fast die meinen berühren. Ich bin der Letzte, der im Moment so was sagen kann, aber ich finde diese Nähe ziemlich übergriffig. Außerdem sagt sie nichts, steht nur da mit verschränkten Armen und starrt mich an. Ich verstehe, ich muss was sagen. »Es war Notwehr.«

»Wie bitte?« Regierungsrätin Ursula Braunkaucher-Sülzn verzieht ihr Gesicht zu einer Protestfratze ob meiner Erklärung. Die Notwehridee ist mir in der Straßenbahn eingefallen. Ich muss das jetzt durchziehen, viel zu verlieren habe ich ja nicht. Aber wo bleibt mein Anstand, wenn ich ihn brauche?

»Geistige Notwehr. Ich meine, äh, Abwehr eines Geistesangriffes, eines Angriffs auf meinen Geist, äh, ach, Sie wissen schon!«

»Ich weiß nur«, erwidert Regierungsrätin Ursula Braunkaucher-Sülzn gedehnt langsam, wobei mir das Beben ihrer Nasenflügel verrät, dass ich sie besser nicht zu einer Pizza einladen sollte. Was mein Plan B gewesen wäre.

»Ich weiß nur, dass Sie bei mir mit Ihrer Schizo-Nummer auf Granit beißen. Vorzeitige Pensionierung läuft hier nicht.«

Dann streckt sie sich, streicht den dunkelblauen Rock ihres gestrengen Oberlehrerinnenkostüms glatt und zieht mit dem Mittelfinger ihre Fliegerbrille ein wenig von der Nase herunter, sodass ich in ihre metallischen Augen blicken muss. »Sie sind raus«, spricht die Amtsfrau, nachdem sie sich als Demonstration ihrer Macht so weit zu mir heruntergebeugt hat, dass ich auch noch eine mikroskopische Perspektive auf die Essensreste zwischen ihren Zähnen hätte, würde mein Blick nicht vorher auf ihrem Dekolletee hängenbleiben. Oder zumindest an der Stelle, an der ich eines vermute. *Ein bisschen flach auf der Brust, die Aktendomina*, schießt mir ein Gedanke auf Amokfahrt durch den Kopf, und ich kämpfe gegen einen Lach-Flash. Ein aussichtsloser Kampf.

»Sie finden das witzig?« *Um Gottes Willen, nein, nein, finde ich nicht!* Aber ich traue mich nicht, zu sprechen, stattdessen beiße ich mir in die Wange, damit das aufhört. Tut es aber nicht. In meinem Kopf fliegen Aktendeckel durch die Luft, angetrieben von einer neunknotigen Peitsche. Die Frau muss doch sehen, in welcher Not ich bin, dass ich da gar nichts dafür kann. Aber ich kann ja schlecht *White Widow* als Entschuldigung vorbringen. Gleich platzt mein Kopf, ganz sicher, *bitte, bitte, gehen Sie doch ein Stück zurück, gute Frau, ich kann nicht mehr!*

Frau Braunkaucher-Sülzn muss meine Pein bemerkt haben, allerdings ist mit Empathie von ihrer Seite nicht zu rechnen. Sie weidet sich nachgerade an meinem Unglück und rückt mir noch mehr auf die Pelle.

»Leute wie Sie kotzen mich an«, haucht Sie mir schon fast lasziv ins Ohr. Ich könnte ja verstehen, wenn sie sauer wäre.

Aber sie sieht gar nicht so sauer aus. Dafür wird langsam mein Verdacht zur Gewissheit, dass die Dame Spaß daran hat, mich hier so zappeln zu sehen. Ja, ich habe es nicht anders verdient. Aber mir geht es wie jedem Bösewicht, der in der Klemme sitzt. Ich will einen Anwalt sprechen. In meinem Fall wäre das ein Gewerkschaftsvertreter. Ich habe es nur nicht gewagt, einen zu bemühen. Das war ein Fehler, wie sich jetzt zeigt. Die Frau ist eindeutig von der Heiligen Inquisition, und in ihren Augen sehe ich die boshafte Vorfreude auf das Fegefeuer, das sie eigens für mich entzünden wird. Sie legt ihre eiskalte Hand, die in einem schwarzen Lederhandschuh steckt, um meinen Hals und ihr entfährt sogar ein leises Seufzen, das man durchaus als Stöhnen durchgehen lassen kann, als mir, der ich immer noch unglücklich und um Fassung ringend unter ihrem nicht vorhandenen Dekolletee hänge, eine Art Glucksen entfährt. Das unterdrückte Lachen in Kombination mit einem Gähnreflex erzeugt ein Geräusch, das irgendwo zwischen Husten und Rülpsen anzusiedeln ist. Jedenfalls nicht sehr fein und bestimmt nicht das, was sich Frau Braunkaucher-Sülzn erhofft hat. Abtörnend, sehr sogar, aber Frau Regierungsrätin ist jetzt nicht mehr zu bremsen, im Gegenteil, sie sieht sich anscheinend nur in ihrer Behandlungsmethode bestätigt und verfestigt ihren Würgegriff. Als ich nun immer tiefer – wie beim Zahnarzt – unter den Zusetzungen von Frau Regierungsrätin in deren Behandlungsstuhl versinke und gegen einen Lachkrampf kämpfe, löst sich das Pfefferminz von meiner Gaumenplatte und ich drohe schon zu ersticken. Eine andere Erklärung habe ich nicht für die verheerende Kettenreaktion, die jetzt folgt. Der unterdrückte Lachkrampf, das Gurgeln und Hüsteln, die von Frau Braunkaucher-Sülzn quasi erzwungene

Zahnarztopferstellung, das verirrte Lutschbonbon, die Überdosis Kartoffel-Chorizo-Suppe und die ganze Kifferei erzeugen eine Gemengelage in meinem Bauch, die zwangsläufig zur Eruption führen muss. Und Frau Braunkaucher-Sülzn soll endlich ein Dekolletee bekommen.

Die Sache ist mir sehr unangenehm. Besonders der Geschmack der wiedergekauten Caldo Verde. Aber wie schon den ganzen Tag über leide ich unter Wortfindungsstörungen und einem Mangel an Sensibilität. Ich spüre den hasserfüllten Blick von Frau Regierungsrätin – sehen kann ich ihn nicht. Ihre Brille ist ja mit Wurst- und Kartoffelstückchen verklebt.

»Entschuldigen Sie bitte, aber ich muss mich eben frischmachen. Sie hätten nicht zufällig eine Zahnbürste, so für Notfälle wie diesen?« Ich höre noch diesen unmenschlichen Schrei, dann nichts mehr. Alles ist dunkel.

Bart mit Zahnspange

»Wie geht es uns denn heute, Herr Kern?«

In letzter Zeit häufen sich die Momente, in denen ich nicht so recht weiß, was ich gerade tue. Aber dass ich nicht mal mehr weiß, wo ich bin, ist neu. Und dass mich morgens mir unbekannte junge Damen ansprechen und so tun, als seien wir miteinander vertraut, muss schon so lange her sein, dass ich gar nicht weiß, ob das überhaupt jemals passiert ist. Aus irgendeinem Grund kann ich meine Augen nicht öffnen.

»Was meinen Sie jetzt genau mit heute?«, ist alles, was ich beitragen kann. Nun scheint sie ein bisschen verwirrt, das spüre ich. Irgendwas liegt auf meinen Augen. Ich versuche, das wegzutun, aber meine Hände gehorchen mir nicht. Und meine Beine auch nicht. »Hören Sie mal – was ist das hier? Ein schlechter Scherz? Bin ich schon tot?«

»Nein, nein, es ist alles in Ordnung.«

Ich höre das Rascheln von Papier. Die Dame liest etwas. »Ach so, ja. Hm. Ich sehe, Sie sind ja gerade erst aus der Sed... Naja, das wird schon. Gleich kommt Dr. Harnmüller, der erklärt Ihnen alles Weitere. Ich nehme Ihnen derweil die Kühlpacks vom Gesicht.«

Jetzt ist auf einmal Tag, wenn auch ein etwas verschwommener Tag. Vor mir steht eine blonde Krankenschwester mit dem Namensschild Miriam Söderkamp. »Meine Güte!«

Mein Gesicht hat Frau Söderkamp offensichtlich erschreckt. Auch das ist neu für mich. »Versuchen Sie noch nicht gleich aufzustehen, Sie sind bestimmt noch recht wackelig auf den Beinen. Ich sage Herrn Doktor Bescheid, dass Sie jetzt ansprechbar sind.« Sprichts und geht. Hat es auf einmal sehr eilig. Die böse Regierungsrätin wird ganze Arbeit geleistet haben. Vermutlich ist es ein Segen, dass ich mich nur noch daran erinnern kann, wie ich mich übergeben habe. *Leute wie Sie kotzen mich an*, klingt es noch in meinen Ohren. Da hat die Frau Regierungsrätin nachgerade prophetische Kompetenz bewiesen. *Karma is a bitch.* Aber dass Sie gleich so ausrasten würde? Alles wird gut, im Krankenhaus bin ich sicher vor ihr. Einen Vorteil hat die Sache auf jeden Fall – Frau Braunkaucher-Sülzn hat jetzt bestimmt selbst jede Menge Ärger und wird kaum noch Gelegenheit haben, mich runterzumachen. Und so, wie mein Gesicht schmerzt, vermute ich, dass sie froh ist, wenn ich sie nicht verklage. Werde ich nicht, ich nehme das sportlich, als Lektion, als biblische Fügung sozusagen. Auge um Auge. Meine Zähne sind Gott sei Dank so weit heile geblieben. So langsam erlange ich auch meine Bewegungsfähigkeit wieder. Meine rechte Hand ist bandagiert und ich habe anscheinend mehrere größere Pflaster im Gesicht und einen Nasengips. Das zumindest kann ich ertasten, einen Spiegel hat dieser Raum nicht zu bieten. Überhaupt ist die Einrichtung eher spartanisch. Keine Vorhänge, weil es keine Fenster gibt. Keine Stühle, keine Beistelltischchen, nur ein Bett. Und eine Tür. Vor meinen Augen bekommt die Tür einen Durchguck. Wie in einer halbseidenen Disco. Ich bin mir nicht sicher, ob der Durchguck sagen will: *Du kommst hier nicht rein* oder *Du kommst hier nicht raus.* Aber da ist der Durchguck auch schon wieder weg und wird durch eine stinknormale Türklinke ersetzt. Mein Kopf hat ganz schön was abgekriegt, ich kann nicht mal mehr meinen Augen trauen. Doch noch bevor sich Panik bei mir breitmachen kann, treten zwei eher großgewachsene kräftige Herren ein und bitten mich, ihnen zu folgen. Sie zeigen mir bestimmt den Weg zum Doktor, wo ich meine Entlassungspapiere unterschreiben kann. Der Service ist wirklich erstklassig, das muss man schon sagen. Aber wahrscheinlich ist das eine Vorschrift bei Gewalttraumata. Einer der beiden Kanten klopft an eine Tür, an der in Schwarz auf Gold *Dr. Franz Harnmüller* steht.

»Herein«, tönt es jovial aus dem Inneren und schon werde ich ins Büro des Doktors geschoben. »Nehmen Sie bitte Platz, Herr Kern.«

Ich nehme Platz, doch die beiden anderen Herren bleiben stehen. »Ist schon gut, Otto und Jim, wir kommen hier zurecht, nicht wahr?«

Ich nicke, obwohl ich keine Ahnung habe, wovon der Mann eigentlich spricht. »Ich würde dann jetzt gehen, wenn es Ihnen nichts ausmacht.« Es ist besser, wenn dieser Doktor Harnmüller in mir gar nicht erst einen Dauerprivatpatienten sieht, den er melken kann.

»Das macht mir ganz und gar nichts aus, Herr Kern«, sagt der Doc jetzt schon nicht mehr ganz so jovial. Was ist es, das er mir nicht sagt? Er hat so hektische Flecken im Gesicht und eine wippende Nase. Zusammen mit den Geheimratsecken gibt das ein komisches Bild. Er sieht aus wie ein 50-jähriger Pennäler, der von seiner Mutter beim Onanieren erwischt wurde. Das ist wahrscheinlich der Stress. Ärzte sollen ja auch unter enormem psychischen Druck stehen. Ich überlege, ob ich ihm empfehlen sollte, eine Supervisionsgruppe zu besuchen. Bei Lehrern gibt es das ja auch theoretisch, das nennt sich dann kollegiale Fallberatung. Die ist bei uns allerdings nie zustande gekommen, weil es für so was Kollegialität bräuchte. Ich für meinen Teil traue meinen Kollegen nicht weiter, als ich sie werfen kann. Dr. Harnmüller, der mir jetzt richtig leidtut, hat sich anscheinend aber schon wieder gefangen und klingt eigentlich ganz vernünftig. »Ich möchte zunächst noch ein paar Dinge abklären und Sie – zur Sicherheit und zur Beobachtung – noch ein, zwei Tage hierbehalten. Die Ereignisse der letzten Tage haben Sie bestimmt mitgenommen. Fühlen Sie sich dennoch in der Lage für ein erstes Gespräch?«

Das ist eine seltsame Frage. Wir sprechen ja schon. Aber natürlich tu ich ihm den Gefallen mitzuspielen, ich habe ja im Moment auch nichts Besseres vor, also bejahe ich und zwinkere ihm verschwörerisch zu. Ich möchte es für den Mann nicht noch komplizierter machen. Wahrscheinlich hat er noch drei Operationen vor sich und ist zeitlich nicht annähernd so flexibel wie ich. »Sehr gut, Herr Kern, sehr gut. Wir müssen hier zunächst einmal ein paar Dinge ausschließen: Haben Sie Kopfschmerzen?«

»Und wie! Und Gesichtsschmerzen, wenn man das so sagt.«

Harnmüller räuspert sich und schreibt, nein, er malt irgendetwas in ein Heft. Seine Schrift ist mehr als akkurat. Schwarze Tinte, wie gedruckt.

»Hatten Sie schon einmal den Wunsch jemand anderer zu sein?«

Die hektischen Flecken glänzen feucht im Schein des Neonlichts. Die Antwort fällt mir leicht. »Beinahe jeden Tag in letzter Zeit.«

»Anders gefragt: Hatten Sie in letzter Zeit auch das Gefühl, tatsächlich jemand anderer zu sein?«

Ich bin irritiert – sind meine Kopfschmerzen nicht das Resultat der Sitzung mit Frau Regierungsrätin? Welche Untersuchungen haben die mit mir gemacht? Unwillkürlich fasse ich mir an die Schläfe, als könnte ich etwas Böses im Inneren meines Kopfes erfühlen. Dasselbe Böse, das auch Jenny in sich trug, und das sich weder mit Bestrahlungen noch mit Chemotherapie vertreiben ließ. Ich weiß, worauf der Doc hinauswill, aber ich weiß nicht, ob ich diesen Weg gehen kann. Die Ärzte hatten mich schon frühzeitig über mögliche Wesensveränderungen bei Jenny aufgeklärt, aber sie war schon immer ein bisschen crazy gewesen, das haben die natürlich nicht verstanden.

»Hören Sie, Herr Doktor. Ich bin nicht doof. Falls Sie der Meinung sein sollten, ich sei ernsthaft krank ...«

Harnmüller schüttelt energisch den Kopf und es sieht so aus, als könnten die rosa Flecken mit seinen Bewegungen nicht mithalten. Harnmüllers Gesicht geht von links nach rechts und wieder zurück, hinter einem Muster aus leuchtenden, nassen Flecken.

»Krank ist ein dehnbarer Begriff, aber wie ich schon sagte – wir wollen ein paar Dinge ausschließen«, presst er hervor und ich erwarte jeden Moment, dass ihm die Farbe aus dem Gesicht springt und ich mich anstecken könnte. Zum Glück habe ich ja noch die Pflaster auf der Backe.

»Warum beantworten Sie nicht meine Frage?«

»Manchmal denke ich, ich sei Jake Miller. Aber manchmal weiß ich auch nicht genau, wer ich bin.«

»Interessant. An was erinnern Sie sich, Herr Kern?«

»An nicht viel. Ein Schrei und dann bin ich hier aufgewacht.«

Der Doc malt wieder, doch diesmal murmelt er dazu. *Retrograde Amnesie, Ich-Verlust.*

»Ich unterbreche Sie ungern, Herr Doktor, aber würden Sie mir eventuell sagen, was hier eigentlich los ist? Warum habe ich zum Beispiel diese Riesenpflaster im Gesicht?«

Harnmüllers Mundwinkel zucken, im linken hat sich ein kleiner Speichelbollen gesammelt, ganz weiß ist der, passend zum Kittel von Harnmüller. »Nun, ich denke, das genügt für heute. Wir sollten vorsichtig sein, wenn wir versuchen ihre Erinnerung zu aktivieren. Sehen Sie, wenn ich Ihnen sagen würde, was passiert ist, würde Ihr Bewusstsein das eventuell als ein weiteres traumatisches Ereignis einordnen, zumindest aber als starken Stressor. Ich bin mir unsicher, ob Sie die Wahrheit zum jetzigen Zeitpunkt integrieren könnten. Und das Letzte, das wir wollen, ist eine weitere Episode, nicht wahr? Ich schlage vor, Sie erholen sich ein bisschen und wir sprechen morgen wieder.«

Harnmüller ist jetzt ein einziger hektischer nasser Fleck und mir dämmert langsam, was hier passiert. Der ist nicht gestresst von irgendwelchen Operationen, der Mann ist krank. Deshalb will er das Gespräch abbrechen. Das tut mir leid für ihn, aber ich bezweifle, dass er mir helfen kann. Ich überlege, ob ich nicht besser heimfahren sollte. Mir graut zwar vor der Vorstellung, zusammen mit meiner Wohnungseinrichtung langsam zu verschimmeln, aber eine weitere Episode, wohl eine Anspielung auf meine Begegnung mit der Leibhaftigen im Amt, will ich auch nicht. Wirklich nicht. Heute nicht und morgen nicht. Aber wie bringe ich ihm das bei? Dieser Harnmüller scheint sich emotional ganz schön reinzuhängen. Egal, Höflichkeit geht immer. »Ich hab's mir überlegt. Ich bedanke mich bei Ihnen und Ihrem Team für Ihre Hilfe, aber ich fürchte, ich kann nicht länger Ihr Gast bleiben.«

Er nimmt es nicht gut auf, das habe ich befürchtet. »Sind Sie sicher?«

»Leider ja. Nehmen Sie es bitte nicht persönlich.

Ich bin schon im Gehen begriffen, da bedeutet er mir mit seiner ständig wedelnden Hand wieder Platz zu nehmen. Die Situation wird mir langsam unangenehm. Es fühlt sich irgendwie so an, als müsste ich mit ihm Schluss machen und er will es einfach nicht wahrhaben. »Nun, Herr Kern, ich bin mir sicher, Sie wollen bleiben. Es ist alles eine Frage der Optionen, nicht wahr?« Sagt's und trommelt mit seinen Fingernägeln auf der Schreibtischplatte aus Stein herum. Ein wunderschönes Teil, glänzend lackiert, aber dennoch von bestechender Schlichtheit. Ein Designerstück, ganz sicher. Und obszön teuer. Falls sein Fingernagelgeklopfe Eindruck schinden sollte, hätte er besser einen Holztisch genommen. Eine pinkelnde Maus erzeugt lautere Geräusche. Aber im Ernst – wo bin ich hier gelandet? Wer glaubt der Mann zu sein? Don Corleone? Am besten tue ich einfach so, als ginge mich das alles nichts an.

»Meine Option ist, dass ich jetzt nach Hause gehe, eine Zeitung kaufe und mir einen neuen Job suche.«

Harnmüller lehnt sich für meinen Geschmack etwas zu genüsslich zurück, lässt noch einmal seine Zähne perlen und sagt: »Sehen Sie, Herr Kern. Genau das ist keine Option. Sollte ich wider meine medizinische Überzeugung Ihrem Wunsch entsprechen, werden Sie sofort an Kriminalhauptkommissar Schnöder überstellt, der nichts lieber täte, als seinen Haftbefehl gegen Sie zu vollstrecken. Er ist der Meinung, Sie seien eine Gefahr für die öffentliche Ordnung. Ich konnte ihn nur schwer davon überzeugen, dass Sie zunächst stabilisiert werden müssen. Sie sollten mir also dankbar ...«

»Moment mal«, bricht es aus mir raus, »wieso denn Haftbefehl? Ich bin gestern brutal zusammengeschlagen worden und jetzt bin ich der Täter? Sie sollten sich mal einen moralischen Kompass zulegen, Arzt hin oder her!«

Statt einer Antwort kriege ich wieder dieses Grinsen, von dem ich nicht weiß, was es verbergen soll. Harnmüller malt nicht mehr, jetzt schreibt er und würde er nicht mitbrabbeln, könnte ich seine Schrift auch dann nicht entziffern, würde sie nicht auf dem Kopf stehen. *Spontane Stimmungsschwankungen, eruptive Aggressivität.* Eine gefühlte Ewigkeit später muss ich ihn daran erinnern, dass ich auch noch da bin. »Herr Doktor, sagen Sie mir jetzt endlich, was Sie wissen über ...«

»Also gut, Herr Kern. Wissen Sie, wo Sie hier sind?«

Was für eine Frage. »Im Krankenhaus?«

»Das ist richtig. Sie sind an der Uniklinik. Mein Name ist Dr. Franz Harnmüller. Ich leite die psychiatrische Abteilung.«

Das will erst mal sacken. Die haben mich tatsächlich in die Klapse gesteckt. Harnmüller ist nassrasiert, aber der Typ Mann, der sich zehn Mal am Tag rasieren kann, und man erkennt doch noch einen dunklen Schatten. In diesem Augenblick sehe ich seinen Bart wuchern und Siegmund Freud sitzt vor mir. Muss das alles sein? Reicht es noch nicht? »Das kann ja wohl nur ein Missverständnis sein. Ich hatte nicht die beste Zeit in den letzten zwei Jahren, aber ansonsten ist bei mir alles bestens sortiert, wenn Sie verstehen, was ich meine.«

Harnmüller lehnt sich wieder in seinen Arztsessel zurück, nimmt die Brille ab und glotzt mich an. »Das ist in der Tat ein Missverständnis. Die Ereignisse von vorgestern ...«

»Vorgestern?« Das darf doch alles nicht wahr sein!

»Bitte unterbrechen Sie mich nicht.«

Sein Ton duldet keinen Widerspruch und ich bin überrascht, wie viel Autorität ein weißer Kittel tatsächlich ausmacht. Vielleicht sollte ich mir auch so einen kaufen und mit in die 10b nehmen ...

»Ich fasse kurz zusammen, was dazu geführt hat, dass Sie nun mein Gast sind: Sie haben sich bei einem Termin in der Bezirksregierung zuerst übergeben und dann der werten Regierungsrätin Frau Ursula Braunkaucher-Sülzn derart zugesetzt, dass Sie sich genötigt sah, die Polizei zu rufen.«

»Wie bitte? Ich ...«

Harnmüllers Hände wedeln Luft nach unten, als könne er damit die Emotionen runterkochen. Allerdings macht er das so unbeholfen, dass er mich nur noch mehr aufregt. »Ja, Sie sind zudringlich geworden. Aber keine Sorge, bevor es zum Äußersten kommen konnte, haben Sie, nun wie soll ich es sagen?«

Der Typ ist doch nicht ganz dicht. Was erzählt er da denn für einen Mist? Zudringlich? Bei der Nebelkrähe? Niemals!

»Von mir aus brauchen Sie überhaupt nichts mehr zu sagen, das ist doch jetzt schon alles falsch. Sie hat mir zugesetzt, bis ich kotzen musste, und dann hat sie ...«

Jetzt schwenkt Harnmüller energisch seine therapeutischen Hände, was immer er damit bezweckt und murmelt *Konfabulation* in sein Heft. »Hat sie nicht. Sie hatten offensichtlich eine psychotische Episode und sind dann autoaggressiv geworden. Was ebenso offensichtlich ist.«

Das wird ja immer dreister. Langsam schwillt mir der Kamm. So einen Haufen Unfug habe ich nicht mehr gehört, seit ich das letzte Mal eine Klassenzimmertür hinter mir zugemacht habe. »Sie wollen doch nicht ernsthaft andeuten, ich hätte mich selber so zugerichtet?«

»Ich deute gar nichts an. Für Andeutungen sind Ihre Verletzungen zu gravierend. Außerdem sind die Hinweise eindeutig.«

Es ist nicht auszuhalten. Wenn der Mann so weitermacht, steuert das hier auf einen zweiten Betsy-Moment zu. Der Gedanke ist kaum durch, da verliert der Typ schon seinen Bart und bekommt eine Zahnspange. »Was – für – Hinweise?«

»Nun ja, Ihre rechte Hand weist die typischen Spuren eines Faustkampfes auf, wobei ihre Kontrahentin unversehrt blieb, vom Schock der armen Frau einmal abgesehen. Schließlich haben Sie Frau Braunkaucher-Sülzn bedrängt, ja sie nachgerade genötigt, Ihre Akte einfach verschwinden zu lassen und schließlich haben Sie sie sexuell bedroht.«

Ich bin mir sicher, dass ich jetzt auch diese roten Flecken habe. »Die lügt doch!«

Harnmüller trommelt jetzt mit seinen Fingerknöcheln auf der Tischplatte rum und schafft es vom pinkelnden Mäuslein zum pinkelnden Ferkel. »Frau Braunkaucher-Sülzn ist hervorragend beleumundet und über jeden Zweifel erhaben. Sie ist eine absolut integre Frau und ich möchte Sie bitten, bei allem Verständnis für Ihre Situation, ein bisschen die Contenance zu wahren.«

Ich versuche es gar nicht erst. »Die Frau ist abgrundtief böse, dafür braucht man kein Psychiater zu sein, um das zu merken! Was ist denn los mit Ihnen?«

Um Harnmüllers Mundwinkel hat sich noch mehr Speichel gesammelt, und seit von der Regierungsrätin die Rede ist, sind seine Augen merkwürdig glasig. Oder bilde ich mir das ein?

Sicher nicht. Ich kriege zwar in letzter Zeit vieles nicht mit, aber einen geilen Bock erkenne ich, wenn ich ihn sehe. »Die Frage ist doch eher, was mit Ihnen los ist«, kontert der Doktor, »Ihr Gesicht spricht doch eine allzu eindeutige Sprache.«

Ich weiß nicht, was er mir damit sagen will, aber anscheinend hat er noch einen Trumpf im Ärmel, sonst würde er mich jetzt nicht so zappeln lassen und schon wieder in sein Heft kritzeln, diesmal ohne Ton. Endlich fährt er fort. »Sie haben sich zuerst – selbst – die Nase gebrochen und dann mit Ihrem Kopf den Glastisch zertrümmert. Die Notfallmediziner haben einige Zeit gebraucht, alle Splitter wieder aus Ihrer Haut zu entfernen. Ein paar kleine Schnittnarben werden Sie wohl davontragen. Also, ich weiß nicht, wie Sie das nennen, ich nenne das autoaggressiv. Sie sind eine Gefahr für Ihre Umwelt und für sich selber, deshalb sind Sie hier.« Harnmüller genießt diesen Vortrag, das ist klar, und so macht er gnadenlos weiter. »Und deshalb, lieber Herrn Kern, werden Sie heute nicht nach Hause gehen. Sie bleiben noch ein Weilchen. Eher eine Weile.«

Mein Leben hat sich tatsächlich in einen Alptraum verwandelt, wie es aussieht. Aber von so einem schmierigen Psychodoc lasse ich mich ganz sicher nicht der Freiheit berauben. Mir reicht's und so haue ich mit der Faust, also der, die nicht verbunden ist, so hart auf den Tisch, dass die Wassergläser singen. So klingt Rage, Herr Doktor. »Sie können mich mal, Sie sind doch selber nicht ganz dicht! Ich bleibe keine zwei Minuten mehr hier!«

»Selbstverständlich ... natürlich ... jetzt beruhigen wir uns erst einmal. Wir finden bestimmt eine Lösung ...«, interveniert Harnmüller, wählt hastig eine Nummer und säuselt »Zwei Café Latte auf die Drei, bitte« in den Hörer. Jetzt bin ich ziemlich baff. Harnmüller knickt ein. Dabei hätte mir eigentlich klar sein müssen, dass der Typ in Wahrheit ein Weichei ist, so wie der schwitzt. Und die Story mit dem Haftbefehl war doch glatt gelogen, irgend so ein Psychotrick, um zu sehen, wie ich unter Druck reagiere. Aber nicht mit mir. Verzockt, Herr Doktor. Den Kaffee kann ich jetzt tatsächlich gut gebrauchen, bevor ich verschwinde.

Nur Sekunden später kommt der Café Latte in Gestalt der beiden Pfleger Marke Möbelpacker, Otto und Jim, die mich rechts und links einrahmen, vom Stuhl zerren und aus dem Arztbüro schleifen.

Therapeutische Fliege

Als ich die Augen öffne, sehe ich den Rheinländer. Der ist schuld, da gibt es ja mal keinen Zweifel. Mit Joseph Goebbels habe ich die Büchse der Pandora geöffnet, und seither geht alles den Bach runter. Erst die diabolische Schnepfe aus der Bezirksregierung und dann dieser Klapsmüller, der nichts Besseres zu tun weiß, als unschuldige Menschen einzusperren, zu sedieren und fest zu ketten.

Unschuldig? Wenn ich Harnmüller glaube, bin ich eine Gefahr für die öffentliche Ordnung und für andere Menschen, und offensichtlich auch für mich selbst. Ich soll mich selbst zusammengeschlagen haben? Das ist absurd, aber wenn das so absurd ist, wieso weiß ich dann nicht, dass alles ganz anders war? Und wie hätte ich mir das vorzustellen? Dass Frau Regierungsrätin, an der ja nun nicht viel dran ist, einen 1,90 Meter großen Mann mit seinen 95 Kilo so brutal zusammenschlägt, dass der zwei Tage lang vor sich hin komatisiert und sich hinterher an nichts erinnert? Ich habe einen Mordskater, zumindest kommt es mir so vor. Kein Wunder bei dem Cocktail aus Kiff, Psychopharmaka und Missverständnissen. Die sind sowieso das Allerschlimmste. Brennen einem von innen ein Loch durch die Schädeldecke. Mein Hirn müsste eigentlich schon komplett freigelegt sein, mein Leben ist seit geraumer Zeit ein einziges riesiges Missverständnis. Ich sollte gar nicht hier sein. In der Schule hätte ich wohl auch nie sein sollen.

Wie ich so daliege, Arme und Beine fixiert, das Hirn offen, bin ich ein prima Forschungsobjekt. Da kann der Doc mir seine Erkenntnisse über diesen brutalen Siegfried Kern, der ich anscheinend bin, direkt oben rein träufeln. Tropftropftropf

– jetzt hab ich's verstanden! Ich bin Siegfried Kern, ich bin eine Gefahr für mich und andere, aber ich schwöre, nein, ich bin ab jetzt ein Guter, nein, ich werfe meinen Kopf nicht mehr auf Tischplatten und meine Fäuste lassen ab von meinen Augen, nur nehmen Sie mir um Himmels Willen diese Fesseln ab und klappen Sie – bitte! bitte! – meinen Kopf wieder zu. Ist doch jetzt alles drin ... Obwohl meine Gedanken ziemlich zähflüssig kommen und gehen, raffe ich mich zu einer Erkenntnis auf, nämlich der, dass ich jetzt offiziell total am Arsch bin. Auf meiner Oberlippe sitzt nämlich zu allem Übel auch noch eine Fliege und sägt an meinen Nervenenden. Sie unterbricht ihren Terror nur kurzzeitig, wenn ich es schaffe sie weg zu schnauben wie ein Pferd. Dann dreht sie noch eine Zickzackrunde und nimmt einen neuen Anlauf, mich in den Wahnsinn zu treiben. Wahrscheinlich steht die bei Harnmüller auf der Gehaltsliste. Als Therapiefliege. Ich schließe wieder die Augen, um meine Gedanken der Fliege zu entziehen. Das hat aber seinen Preis. Geht die Fliege, kommt mein Klassenzimmer. Ich setze mich hinter das schlichte Pult und lasse meinen Blick schweifen über Bänke im Nebel. Zweite Bank links, Zeinab und Ridwan, gleich dahinter Kevin und Tobi. Am selben Tisch saßen früher Mahmut und Ivan. In einem anderen Leben. Hatten mich gefragt, warum denn niemand dem Göbbels das Maul gestopft hatte, warum denn niemand gesagt hatte, was offensichtlich gewesen war. Und warum Asylantenheime brennen. Warum Hoyerswerda brannte. Und ich hatte Antworten gehabt, gute Antworten, eine Reise organisiert, Lichterkette in Berlin, Flagge zeigen, Solidarität und all das. In einem anderen Leben. Bis die Kevins und Tobis in meinen Klassenraum einfielen mit ihren Handys und den unsäglichen Kürbiskernschalen, die sie überall fallen lassen, wo sie ihre trägen Hintern hinschleppen. Und die Chipstüten und die Energydrinks. Als wenn die noch was helfen würden, bei so viel Antriebsarmut. Aber all das spielt jetzt keine Rolle mehr. Wenn ein Bundesligatrainer gefeuert wird, heißt es immer so schön, dass er seine Mannschaft nicht mehr erreicht habe, also habe man sich einvernehmlich getrennt, blabla ... Gut, einvernehmlich kann man jetzt hier so nicht sagen. Und die Meldung hat es auch noch nie gegeben:

»Der Trainer hat seine Spieler geohrfeigt.« Und warum? Die Fliege weiß keine Antwort, summt nur dämlich, kitzelt, lacht. Lacht? Ich versuche herauszufinden, ob Fliegen überhaupt einen Mund zum Lachen haben, aber sie fliegt so dicht vor meinem Gesicht, dass ich nicht scharfstellen kann. Landeanflug. Augen zu. Also warum? Weil der Trainer sein Spielsystem nicht umstellen will, weil der Trainer weiterhin darauf besteht, dass Tore zu schießen wesentlicher Bestandteil eines erfolgreichen Spiels sei, und weil für ihn Fairplay wichtiger ist als Fitnessdrinks. Weil er seine Spieler für Dumpfbacken hält, für ferngesteuerte Konsumtrottel jenseits jeder Selbstachtung. Was soll Alexander Ristic, Trainerlegende in Düsseldorf, einst über seine Fortuna-Spieler gesagt haben? »Kann nicht machen aus Schweine Rennpferde.«

Da bin ich also angekommen. Oder schon drüber hinaus, denn berufsmäßige Zyniker in Schulen schlagen ja keine Schülerinnen. Sie gehen in den Burnout oder die innere Emigration, kaufen sich teure Füller mit roter Tinte, fahren in die Provence in den Urlaub oder schreiben Bücher über ihren ach so kaputten Alltag. Und trinken. Ich dagegen halte mich für so eine Art letzte Instanz der Weltrettung, zum Durchhalten verdonnert, nur dass die keiner haben will. Oder braucht. Die Welt ist nicht mehr zu retten. Aber muss man da gleich zuhauen? Undenkbar, damals. Immer undenkbar. So viel zum Thema unschuldig. Aber in der Klapse von einer Fliege gefoltert zu werden, das ist eine ganz neue Dimension. Das ist obszön. Zu allem Übel schrammeln auch noch die Gitarren der Pixies durch meinen Kopf.

Where is my mind?

Wer ist Jake Miller?

»Wie geht es uns denn heute?«

Ich habe das Eintreten des Psychodocs gar nicht bemerkt, aber ich liege richtig in meiner Vermutung, dass das eine rhetorische Frage war. »Nun ja ... Also zunächst einmal ... Andersrum gefragt: Warum, glauben Sie, ließ ich Sie fixieren?«

Weil er ein gottverdammter Verräter ohne Ehre ist. Jake Miller ist aufgewacht. Ganz ruhig, Jake, das ist nicht fair. So komme ich hier niemals raus. Ich weiß, du hättest die Zeit nicht mit Selbstmitleid vergeudet, du hättest es geschafft, dich und das ganze Bett bis zur Wand zu rütteln, hättest einen rostigen Nagel zum Aufscheuern der Lederbandagen gefunden und den Doc schon bewusstlos gewürgt, bevor er durch die Tür ist. Aber ich bin nicht du. *Bist du dir da sicher?* Gib mir ein paar Minuten, ok? *Ok, aber gleich darf ich. Im Namen der Gerechtigkeit.*

»Herr Kern? Also gut, vielleicht sind Sie noch ein wenig zu benommen ...«

»Nein, nein, alles gut«, lüge ich, »ich denke, Sie wollten auf Nummer sicher gehen, was ja kein Wunder ist, nach den Ereignissen ...«

Du bist nicht hart genug für den Job. Halt's Maul, Jake.

»Das klingt doch sehr vernünftig. Lassen Sie uns noch kurz meine Anamnese durchgehen, die ich nach eingehender Betrachtung aller Fakten noch ein wenig verfeinern konnte.«

Ich weiß nicht, ob ich das durchstehe. Und wie lange ich Jake noch zurückhalten kann.

»Könnten Sie mich nicht jetzt schon losbinden?«

»Nun, wie Sie ja schon bemerkt haben, muss ich auf der Hut sein, und für Ihren Fall, glauben Sie mir, gibt es keine Standardprozedur. Da ist höchste Sicherheit geboten. Wie auch immer: Ich hatte Ihnen ja gestern schon angedeutet, dass Sie unter psychotischen Episoden leiden. Das kann verschiedene Ursachen haben. Stress gehört auf jeden Fall dazu. Wäre Ihr Anfall bei der Bezirksregierung nicht gewesen, hätte ich bei Ihnen ja auf einen sogenannten Burnout, also im klinischen Sinne eine Depression, getippt, wobei auch bei dem Vorfall in der Schule ...«

Woher weiß der davon?

»... gerade bei einem erfahrenen Pädagogen körperliche Übergriffe höchst selten, also eigentlich quasi nie, vorkommen. Das ist so ungewöhnlich, dass man die sich daraus entwickelnde Eskalation schon fast als Resultat einer PTBS, also einer posttraumatischen Belastungsstörung, bewerten muss. Ihre Lehrerpsyche sieht Sie wohl seit geraumer Zeit in einem dauerhaften Kriegszustand, wie bei einem Soldaten in Afghanistan etwa. Und in dieser Woche sind Sie in einen Hinterhalt und in ein Feuergefecht geraten. Können Sie mir folgen?«

Mit der Kriegsanalogie kann ich was anfangen. Und Jake Miller auch, denke ich. Das hört sich bis jetzt halbwegs nachvollziehbar an, wenn man einmal ausblendet, dass es sich bei den Talibankämpfern um Zehntklässler handelt, die entweder dauernd Pipi machen müssen oder Fragen stellen wie Sechsjährige. »Und der Krieg ist dann in der Bezirksregierung weitergegangen?«

»Jein«, sagt Harnmüller kryptisch und versucht unter Einsatz seines Zeigefingers besonders analytisch zu wirken. Jetzt kriegt er wieder diese hektischen Flecken, ich werd bekloppt. Das ist kein gutes Zeichen, der Mann ist doch selber eine Zeitbombe.

Mir bleiben ab jetzt maximal fünf Minuten, um das hier zu Ende zu bringen. Jake? T minus fünf. *Verstanden.*

»Sie fragen sich jetzt vielleicht, warum Sie dann Ihren – nennen wir es ruhig so – Ihren Angriff auf Frau Braunkaucher-Sülzn abgebrochen haben und gegen sich selbst gerichtet haben?«

Ich will das gar nicht wissen, und obwohl ich kein Profi in Sachen sensibler Gesprächsführung bin, gebe ich ihm, was er braucht. Positive Verstärkung.

»Genau das wäre meine nächste Frage gewesen.«

»Nun ja, das erschließt sich einem nur, wenn man das Gesamtpaket sieht, sozusagen. Es verhält sich so ...«

Der Doc rückt mir auf die Pelle und setzt sich auf meine Bettkante, die Beine verschränkt, wie eine Diva. Er legt die Fingerspitzen aufeinander und führt seine Hände in leichtem Vibrato zum Mund, was mir signalisiert, dass er sich genau überlegt, wie er so einem Dummbeutel wie mir eine so komplexe Sache wie meine eigene Psyche in einfachen Worten erläutern kann.

»Wie sage ich das jetzt am besten ...«

Gleich muss ich kotzen. Oh nein, nicht schon wieder. Jake? T minus zwei. *Verstanden.* »Nun, eigentlich sind Selbstverletzungen eher bei Frauen zu beobachten, allerdings nicht in so wenig sublimer Form ...«

Ich bin in Wahrheit eine Frau? Auch gut, hab ich kapiert. Kann ich jetzt endlich gehen? Reicht doch jetzt!

»Sie haben Ihr traumatisches Versagen in der Schule während des Gesprächs mit Ursu..., mit Frau Braunkaucher-Sülzn, nacherlebt und konnten das schlechte Gewissen und die enorme Schuld, die damit einhergingen nicht integrieren und haben in letzter Sekunde von ihr abgelassen und dann Ihre Wut gegen sich selbst gerichtet. Das ist schon ...«

Harnmüllers Augen glänzen. T minus eins, Jake. Der Doktor sagt etwas und fängt tatsächlich an mich abzuschnallen, und er redet und redet und redet, doch ich höre nichts mehr, ich sehe nur seine Lippen, wie sie immer feuchter werden von dem ganzen Seibel, in den sich seine Worte verwandelt haben. Meine Füße sind schon frei, als der Ton in Tropfen zurückkommt, tropftropf, mitten ins Hirn: *schizophrene Züge ... Ich-Verlust ... schwierige Einordnung ... weitere Tests ... Therapieformen ... medikamentös einstellen* ... Freie Hände. Freie Hände? Ungläubig betrachte ich meine Handflächen. Ich bin wieder da, doch Harnmüller ist noch nicht fertig.

»Sprechen wir über Ihr Alter Ego: Wer ist eigentlich dieser Jake Miller?«

Jake? T minus null. *Copy that!*

Das Gesicht zur Faust geballt, ramme ich Harnmüller den linken Ellbogen vor die Stirn. Für jedes meiner Worte ein Mal. Damit er's auch kapiert.

»Ich – bin – Jake – Miller.«

Lehrer

Und was jetzt, Jake? Hm? Was jetzt? Keine Antwort. Das dachte ich mir. Mein Ellbogen schmerzt, meine Knie zittern, und ein Presslufthammer arbeitet an meinen Schläfen. Ich darf nicht darüber nachdenken, was hier gerade passiert ist, ich darf vor allem nicht lange nachdenken. Ich reiße dem bewusstlosen Doc den Kittel runter, wuchte ihn auf das Bett und schnalle ihn an. Jetzt noch seine eigenen Socken in den Mund gestopft. Das sollte für ein paar Minuten Vorsprung reichen. Nichts wie raus, Lederjacke an und weg hier. Aber wie? Das ist doch die geschlossene Abteilung. Ich greife nach meiner Umhängetasche, ziehe den Arztkittel von Harnmüller über die Lederjacke, und da fällt mir die Key-Card ein, mit der Harnmüller rumgefuchtelt hat. Jackpot – sie steckt in einer Jackentasche. Wie fremdgesteuert von dem übermächtigen Bedürfnis, der weißen Folterkammer zu entkommen, halte ich die Karte vor die rote Leuchtdiode des Türmechanismus, die begleitet von einem sanften Klicken auf Grün umstellt. Ich bin raus, dreh mich kurz nach allen Seiten um, doch da ist niemand, also rase ich die verwaisten Krankenhausgänge runter. Nein, ich möchte rasen, aber ich fühle mich wie ein Sportwagen, der bei Vollgas mit angezogener Handbremse fährt. Bloß nicht auffallen. Ich halte meinen Kopf gesenkt und dampfe in Zeitlupe durch Feuertüren, an leeren Betten vorbei, die an den Seiten stehen. Keine Menschenseele weit und breit. Die Sicht verschwimmt, eine Schweißperle tropft mir ins Auge. Ist da ein grüner Punkt am Horizont? Oder direkt vor mir? Ich schüttele den Kopf, kann kurz wenigstens Konturen ausmachen von dem Wegweiser in Richtung Freiheit. Viel Grün, wenig Weiß. Ein Notausgang. Runter von der Bremse. Jetzt werfe ich mich mit allem, was ich habe, gegen den Stangengriff der Doppeltür, die sofort nachgibt und mich mit einem Zischen in die feuchtkalte Nacht entlässt. Zwei Krankenschwestern, die sich bei einer Zigarettenpause ertappt fühlen, können gerade noch einen Schritt zurückweichen, da bin ich schon vorbei. Mehr als einen schnaufenden Schatten dürften sie nicht wahrgenommen haben. Sie verdrehen nur die Augen und treten ihre Kippen aus. Keine fünf Minuten später sitze ich in der Straßenbahn 701 Richtung Altstadt und bete, dass sich der Zug in Bewegung setzen möge. Mein Atem im Stoßmodus, die Scheibe neben meinem Sitzplatz beschlägt von innen. Endlich fährt das Ding. Eine Station, noch eine. Keine Verfolger. Langsam füllt sich die Tram, Düsseldorf geht aus. Hundert Menschen auf der Suche und einer auf der Flucht. Ein Irrsinn, das Ganze. Zweifelsohne. Schon bald werden sie hinter mir her sein, dem irren, gewalttätigen Lehrer.

Bevor ich so richtig dazu komme, mit der Ironie dieser absurden Vorstellung zu hadern, schrecke ich auf, als es hinter mir knackt. Kalt und furchteinflößend in meinem Rücken. Tschak-tschak. Das Geräusch einer Schusswaffe, die entsichert wird. Ganz deutlich. Tschak-tschak. Ich will schon die Arme hochzunehmen, um zu ergeben, aber im nächsten Moment ist alles ruhig, und ich wage ich einen zittrigen Blick über die Schulter. Ganz langsam, ganz vorsichtig.

»Tschuldigen Sie, hätten Sie vielleicht ein bisschen Kleingeld für eine warme Mahlzeit ...«

Ein schwarzer Fingernagel drückt sich in eine Bierdose, lässt los, bohrt an einer anderen Stelle, bis sich das Weißblech zurückwölbt. Tschk-tschak. Tuborg, entsichert. Mir entkommt ein hysterisches Lachen und ich blicke dankbar in einen schmutzigen Bart. Ich möchte schon mein Geld zücken, doch der Bart winkt ab und geht hastig an mir vorbei. »Lass ma stecken, Bruder.«

»Bruder?«

Mein Entsetzen wird von der automatischen Haltestellenstimme erwürgt. »Nächster Halt: Heinrich-Heine-Allee. Ausstieg links.« Die Bahn ist jetzt rappelvoll, Freitagabend in Düsseldorf. Ich versuche von meinem Platz aufzustehen und ziehe mich, noch ganz benommen, an einem Haltegriff hoch. Dabei fällt mein Blick auf eine Gestalt, die von der Straßenbahntür dunkel reflektiert wird. Und was ich sehe, ist monströs. Ein unrasierter Mann mit Veilchen, halb abgelösten Gesichtspflastern und Nasengips in einem Arztkittel, der zwei Nummern zu klein ist. Ich finde, dass der aussieht wie ein Psychopath, der aus der Klapse abgehauen ist. Ein Typ, dem man zutraut, dass er kleine Mädchen schlägt. Das kann doch alles nicht wahr sein. Ein einziges Missverständnis, so muss es sein. Und mein Spiegelbild eine optische Täuschung, ganz sicher. Alles wird sich aufklären. »Fahrscheine, bitte.«

Ich angele in der Hosentasche nach meinem Portemonnaie. Ein paar Scheine, ein paar Münzen, keine Fahrkarte.

»Hey Mann! Warum zittern Sie so? Ist Ihnen nicht gut?« Ein Fünf-Euro-Schein segelt zwischen tausend Füße. Ich bücke mich. Mir wird schlecht und ich falle auf die Knie. Der Kontrolleur. Hat er mich erkannt? Gab es schon eine Durchsage an alle Busse und Bahnen? Aber ich bin doch kein Monster, ich doch nicht. Und warum glotzen die dann so?

»Jetzt stehen se schon auf. Sie blockieren ja alles! Und machen Sie, dass Sie rauskommen!«

Die Straßenbahn spuckt mich zusammen mit hundert Fahrgästen auf die längste Theke der Welt, wo ich von Horden trinkwütiger Männer empfangen werde. Sie werden vermutlich mit ihrem Fußballverein aus Herne oder wo auch immer den Saisonstart nachfeiern oder ein Junggesellenabschiedsbesäufnis veranstalten. Wie gerne wäre ich einer von ihnen. Einfach nur trinken, feiern, dummes Zeug reden und am nächsten Morgen damit angeben, was für einen Kater ich habe, dann versuchen die Nacht zu rekonstruieren und bei den Kumpels, die dabei waren, maßlos übertreiben in der Schilderung unserer Suff-Abenteuer. In Wirklichkeit fehlen mir zwei ganze Tage, und alles, was ich weiß, ist, dass ich definitiv keine gute Zeit hatte. Ich bin kaum aus der Bahn raus, als ich mit einer Packung weiblicher Kondome zusammenstoße, die ekstatisch eine Megapulle Jägermeister rundgehen lassen. Klar, dass die Verhütungsfraktion nicht lange alleine bleibt. Eine Gruppe Dildos – männlich – nimmt sich unter erheblichem Gejohle und der Zuhilfenahme einer Flasche Teachers-Whisky, der Damen an. Selten war ein Markenname besser gewählt. Hut ab, ihr Marketingfritzen. Und ich hab den Job zum Getränk gewählt. Oder bewerben die im Ministerium den Job mit dem Drink? Das Referendariat wird Ihnen präsentiert mit freundlicher Unterstützung ...

Die Kondome und Dildos kümmert das alles nicht, sie trinken ab nun gemeinsam. Ich sehe es ihnen an, da sind ein paar zukünftige Lehrer dabei. Nur das Lachen, das wird ihnen noch vergehen. Ich bin dankbar, in der Anonymität der ausgelassen feiernden Massen untertauchen zu können und lasse mich treiben. Und überlege, wie es weitergeht. Wohin kann ich noch?

Auf keinen Fall zurück ins Krankenhaus. Nach Hause geht nicht, wegen der Bullen. Harnmüller hat bestimmt schon Alarm geschlagen. Vielleicht ein Hotel? Zu riskant. Denk nach, Mann, was ist bloß passiert? Wieder diese höllischen Kopfschmerzen. Ich krame in den Taschen von Harnmüllers Kittel und finde einen Tablettenfilm mit der Aufschrift Thomapyrin. Ich drücke zwei Pillen raus, zerkaue sie und würge sie ohne Wasser runter, so wie Jake es tun würde. Schon besser. Ich streife den Kittel ab und lasse das Ding im Gehen einfach auf den Boden fallen.

Runtergerockt

Wie von Zauberhand navigiert, werde ich in der Bolker Straße und in meiner alten Lieblingskneipe Weißer Bär angespült.

Zwei Jahre ist es her, dass ich das letzte Mal hier war, und es fühlt sich an wie gestern. Die beste Anlaufstelle, um zu vergessen oder zu verstehen. Schon vor dem Eingang dröhnt mir *ACDC* entgegen, mit einem Willkommensgruß nach meinem Geschmack. *For those about to rock, we salute you!* Im Mikrokosmos des Weißen Bären gibt es keine Missverständnisse und keine Probleme. Die Boxen brüllen den Gästen das Schmalz aus den Ohren und zwingen sie, die Verständigung auf das absolut notwendige Minimum zu reduzieren. Der Weiße Bär ist eine Kathedrale des Rock und die Messe hat gerade begonnen. Es predigt an diesem Abend eine übermächtig große Amazone im Rodeo-Outfit. Sie trägt über ihrer Levis 501 ein paar Shotgun Chaps aus Leder – extrem coole Überhosen für Cowboys, die man östlich von St Luis eigentlich nur aus der Zigarettenwerbung kennt. Sie steht auf einer Erhöhung hinter der Bar und liest den Gästen von ihrer Tresenkanzel aus die Leviten. Wenn sie sich umdreht, um ein Bier zu zapfen, präsentiert sie dem vor Ehrfurcht erstarrten Publikum fast auf Augenhöhe ihr knackiges Hinterteil, das durch die Umrahmung der Chaps nur noch verheißungsvoller wirkt. Wie oft ich mit Jenny hier war. Auf einmal ist er wieder da, der Abend, an dem das Schicksal uns aufeinanderprallen ließ. Sie war in einer Bierpfütze ausgerutscht und mir quasi zugeflogen. Jenny hatte im Fallen nach irgendwas gegriffen und meine Lederjacke erwischt. Unsere Blicke trafen sich, und die Welt um uns verschwand im Blitzlichtgewitter einer Discokugel. *Sisters of Mercy* besangen in *Temple of Love* die Vergänglichkeit der Liebe, aber die hatten doch keine Ahnung, oder? Jennys kleine, starke Hand in den Kragen meiner Jacke gekrallt, die blonden Strähnen überall. Eine Begegnung in Zeitlupe, filmreif. Und dann ein Leben im Wir. Ziggy und Jenny, Ziggy und Jenny, Ziggy und Jenny. Eine Symbiose, unheilig, romantisch, laut. Es krachte, wenn ihr danach war, und dann fegte ein Sturm über unser Wir hinweg, dass ich nicht mehr an ein Morgen glaubte.

»Wenn du mich verstehen willst, lies das«, hatte sie zu mir gesagt, während ich die Splitter ihres Rotweinglases aus der blauen Küchenwand kratzte. Sie warf mir ein zerfleddertes Taschenbuch vor die Füße, *Betty Blue* von Philippe Djian. Ich las es, kochte ein Vier-Stunden-Chili und hoffte, dass sie sich täuschte und nicht alles so enden musste wie in *Betty Blue*. Tat es auch nicht, jedenfalls nicht ganz. Jenny verlor nicht den Verstand. Dafür ergriff ein anderer Dämon Besitz von ihr. Der Krebs kam schnell und heftig und saugte ihr das Leben aus dem Leib, noch bevor sie starb. Und was von mir seit dem 7. Oktober vor zwei Jahren übrig ist, versteckt sich hinter der Bürde der deutschen Geschichte und einer Klassenzimmertür. End of Story.

Ich schlage mich in der überfüllten, schlauchartigen Höhle in Richtung Theke durch. Plötzlich sehe ich Jennys Lächeln vor mir und das grüne Funkeln ihrer Augen, mitten im Raum schwebend, wie ein Hologramm. Das Lächeln sagt: »Mensch Ziggy, bin ich froh, dass du hergekommen bist, du und deine miefende Lederjacke. Ich hab' mir solche Sorgen gemacht. Aber es ist nicht schön, dich so zu sehen. So total runtergerockt. Das war nicht abgemacht. Du hast mir doch was versprochen! Dass du auf dich aufpasst! Dass du mich gehen lässt!«

»Dich gehen lassen? Niemals! Ich hab doch sonst niemanden!«

»Weißt du, wie traurig das klingt? Und wie arm?«

»Ich ... ich ...«

»Ist schon gut. Ich hab mir das auch nicht ausgesucht ... Wir beide, das war schon was. Und jetzt denk nach! Du musst da nicht mehr hin ... In die blöde Schule, meine ich. Fuck them! Geh' schon los ... und bestell einen Drink für mich mit, auf die alten Zeiten, wenn's denn sein muss. Aber dann ist gut. Und die extra Orange nicht vergessen!«

Ich muss hart schlucken, mein Gesicht gefaltet, als Tränen meine zugekniffenen Augen fluten. Ich atme tief durch die Nase ein, sauge die einzigartige Mischung aus Rauch und Biernebel ein, in die sich ganz zart ein Hauch von Jennys Parfum gemogelt hat. Als das Hologramm im Dunst verschwindet, mache ich einen Schritt nach vorn in Richtung Tresen und fühle endlich, seit einer Ewigkeit wieder, dass noch ein bisschen von dem alten Blut in meinen Adern fließt. Ich schreie meine und Jennys Bestellung in Richtung der Westerngöttin hinter der Theke. Mit einem angedeuteten Nicken und einer lässigen Drehung ihres rechten Zeigefingers erteilt sie mir schließlich die Absolution: »Großes Pils, ein Tequila braun, zwei Orangenscheiben, kommt sofort.« Fünf Zeigefingerdrehungen später habe ich zwar immer noch nicht die Weltformel entdeckt, dafür aber so viele Weisheiten von Guns'n'Roses, Metallica und Motörhead inhaliert, dass ich dafür eine Woche lang sogar Einslive im Radio ertragen könnte. Gegen ein Uhr früh stürze ich noch einen Tequila runter und klemme die zwei Orangenscheiben in das Glas, genau wie Jenny es getan hätte. Als sich die Tür des Weißen Bären hinter mir schließt, um vergeblich den metallischen Dampfhammer von *Bad Religion*'s *21st Century Digital Boy* vor der kalten Oktobernacht zu verbergen, bin ich noch nicht mal richtig betrunken, dafür aber geläutert und bereit. Beschissener wird es kaum werden.

Bielefeld

Ich stehe auf der Bolker Straße und gehe im Geiste meine Optionen durch. Die Möglichkeiten sind eher begrenzt. Mein Bekanntenkreis rekrutierte sich in den letzten Jahren fast ausschließlich aus Kollegen, weil ich die alten Connections, die mich an Jenny denken lassen, kappte. Und die Lehrer, mit denen ich mich – was ohnehin eher selten vorkam – auch privat traf, haben sich nach dem Vorfall in der 10b schneller von mir abgewendet, als man »ab« sagen kann. Wobei das jetzt auch wieder nicht stimmt. Um sich abzuwenden, hätten sie ja irgendwas machen müssen. Als ich noch einmal ins Lehrerzimmer musste, um mir die paar Bücher aus meinem Fach mitzunehmen, trafen mich zu meiner Überraschung keine missbilligenden Blicke, es gab keine Vorwürfe irgendwelcher Art, mit denen ich mich auseinanderzusetzen hatte. Auf der anderen Seite war es auch nicht so, dass ich auf Solidaritätsbekundungen gehofft hatte. Wie auch? Aber so gar keine Reaktion? Nicht von Franky, mit dem ich mich ab und zu zum Fußball traf, und erst recht nicht von Dagmar, der Sozialarbeiterin, mit der ich zumindest während der harten Zeit in der Abwracktruppe eng zusammengearbeitet hatte. Für meine Kollegen war ich einfach nicht mehr da. Luft. Nein, weniger als Luft, die wird wenigstens ausgeatmet. Grußlos hatte ich den abgetakelten Altbau der Georg-Trakl-Gesamtschule verlassen. Ganz ohne Abschied, so hatte ich mir das nie vorgestellt. Bei den Pappnasen brauche ich jetzt jedenfalls nicht aufzulaufen, schon gar nicht um die Uhrzeit. Die feuchte Kälte des fiesesten Oktobers seit Beginn der Wetteraufzeichnungen kriecht durch meine Lederjacke bis unter die Haut und ich beschließe die Entscheidung über mein Nachtlager noch ein Bier lang aufzuschieben. Die Bolker Straße kocht. Es ist allerdings nicht so ein heiteres WM-Public-Viewing-Brodeln, sondern mehr eine Art Endzeitstimmung, eine fast verstörend aggressive Kakophonie, garniert mit nicht weniger verstörenden Bildern. Heiser grölende Grüppchen kurz vor der Auflösung oder dem Komplettabsturz. Wankende Pärchen, die sich hemmungslos die Zungen in die Hälse hängen, kotzende Loner, die auf dem Weg nach Hause noch einen Killepitsch zu viel kippen mussten. Und nicht zu vergessen die nie fehlenden Beulereien frustrierter Schläger. Ich navigiere mich wie durch ein Minenfeld quer über die Straße und versuche jeden Blickkontakt zu vermeiden.

Es misslingt. »Was glotzt du so? Willsse auf die Fresse, du Vvvvogel?«

Das war ja klar. Ich bin nicht in der Stimmung für auf die Fresse, aber zu flüchten ist keine Option, auch es eine verständliche Reaktion wäre, wenn man bedenkt, was ich in letzter Zeit bereits an Prügeleien hinter mich gebracht habe. Wohin ist noch mal der überzeugte Pazifist in mir abgetaucht? Ich schüttele müde den Kopf, wenigstens ist auch Jake Miller bereits schlafen gegangen. Besser ist das.

»Ich bin schon bedient, aber danke für das Angebot.«

Unter normalen Umständen hätte diese Reaktion (eigentlich jede Reaktion außer sofortiges Unsichtbarmachen) erst recht dazu geführt mir eine einzufangen, aber irgendetwas in meinem Blick verrät dem Besoffski wohl, dass eine Auseinandersetzung mit mir für beide Seiten kein Spaß wäre. Vielleicht ist es auch nur der Nasengips. Und so belässt der Typ es bei den Verbalinjurien. »Fick dich, du Pfosten!« Ich Pfosten rette mich über zerbrochene Bierflachen auf die andere Seite der Partymeile und finde Unterschlupf in der ersten Kneipe, die sich aufdrängt. Kaum durch die Tür, wünsche ich mir allerdings, ich würde draußen mit dem Agro schmusen. Was da aus den Boxen quillt, ist weder nüchtern noch taub zu ertragen. »Verzeihung, wo bin ich hier?«, frage ich den Mann hinter der Theke entsetzt und löse damit einen Lachanfall aus. »Dräh disch ma üm!« Umgedreht sehe ich im Spiegel unter dem Kneipenschild wieder den Abrisstypen, nur ohne Arztkittel. Leider muss ich feststellen, dass ich in der Straßenbahntür nur unwesentlich schlechter ausgesehen habe. »Alles klar, danke.« Na Bravo. *Dat Hüttsche*, das Gegenkonzept zum *Weißen Bären*. Das ganze Jahr Karnevalslieder, garniert mit Matthias Reim und David Hasselhoff. Gerade läuft »Final Countdown« von Europe. Rock für Kinder im Vorschulalter, die in einer 80er-Jahre-Zeitschleife gefangen sind. Das hab' ich nicht verdient, denke ich und muss über mich selbst lachen. Doch, genau das hab ich verdient.

»Darf et auch wat zu trinken sein, oder brauch der Häär noch mehr Orientierung?«

Der Tresenmann hat Humor. Den braucht man aber auch bei dem Gedudel und dem Publikum. Einsame und zweisame Herzen weit jenseits der 50 hängen an der Bar, die sich einmal um das ganze Lokal zieht. Eine Kleiderordnung scheint es auch zu geben: Hawaiihemd für den Herrn und Paillettentop für die Dame. Man trinkt Altbier. »Dat Pils kütt sofocht. Un zur Orientierung: Hier bis du rischtisch.«

Ich habe an der Barseite ohne Spiegel Platz genommen und ertappe mich bei dem Wunsch, es mir in diesem schrägen Paralleluniversum gemütlich zu machen. »Entschuldigung, ich habe zufällig Ihr Gespräch über Orientierung mitbekommen. Sind Sie nicht von hier?«

Ein Hawaiihemd hat neben mir Platz genommen. Ich mustere den nicht mehr frisch wirkenden Mann von oben bis unten. Ganz koscher ist der Typ nicht.

»Sind Sie von den Zeugen Jehovas oder von der Polizei?«

»Wie soll ich das denn verstehen?«

»Ihr Pornobart ist verrutscht.«

»Ups, ja, das ist noch ein Überbleibsel von der Motto-Party, auf der ich vorhin war.«

Umständlich fisselt der falsche Hawaiianer sich den Pornobalken aus dem Gesicht, das auf einmal ganz nett wirkt. Lächelnd streckt der mir seine Hand entgegen.

»Ich bin Bernd.«

»Ziggy. Und ich bin nicht interessiert.«

»Du bist ja schräg. Ich wollte bloß mein Bier nicht alleine trinken, aber ist schon ok.« Jetzt schielt er auf meine ramponierte Visage. »Ich will keinen Ärger. Ich bin auch schon bedient.«

Ich horche auf. Ist der Typ mir gefolgt? Ist der vielleicht wirklich von den Bullen? Wenn ja, dann macht er den Job aber noch nicht so lange. »Von mir aus. Aber erzähl' mir bloß nicht, wie schlecht es dir geht oder so was. Und du sagst, du bist nicht von hier?«

»Nein, ich bin aus Bielefeld, bin nur übers Wochenende in Düsseldorf, um mal rauszukommen.«

»Aus Bielefeld? Gibt's nicht!«

»Doch, gibt's schon, Bielefeld meine ich. Du meinst doch die Bielefeld-Verschwörung, oder?«

Der Typ tickt doch nicht ganz richtig. Wenn das die Bullen heutzutage sind, sollte ich ganz auf die dunkle Seite wechseln. Viel fehlt eh nicht.

»Was für ne Verschwörung? Ich rede von meiner ... von meiner Frau. Sie hat mal in Bielefeld gewohnt.«

»Ach ja?« Ich beobachte Bernd ganz genau und kann unschwer seine Nervosität erkennen. Dem Mann muss man auf den Zahn fühlen. »Sie hat am Siekerwall gewohnt. Von ihrem Zimmer aus hatte man einen wunderbaren Blick auf diese Burg, wie heißt die noch gleich?«

»Ähh ... Ja, genau, die Burg ... die ... die ... ich komm auch grad nicht drauf ...«

»Jetzt fällt mir's wieder ein, die Sperrenburg.«

Bernd schlägt sich mit der flachen Hand an die Stirn. »Klar, die Sperrenburg.«

Jetzt schenke ich ihm den düstersten Blick, den ich drauf habe. Meine Schüler würden sagen: Ohaaaa, er macht Todesblick!

»So, und du sagst mir jetzt, wer du wirklich bist und was du von mir willst! Die Burg heißt Sparrenburg! Du bist nie und nimmer aus Bielefeld!«

»Ok, ok, ich bin nicht aus Bielefeld. Sei nicht böse, ich bin gerade dabei mich neu zu erfinden ... und ... und probiere mich ein bisschen aus.«

Ich glaube ihm kein Wort. Wahrscheinlich war das mit der Kostümparty auch gelogen, was bedeutet, dass der Typ mit einem unfassbar miesen Geschmack geschlagen ist. Aber er probiert sich ja nur aus. Mit einer falschen Bielefeld-Identität? Kein Mensch kommt freiwillig aus Bielefeld.

»Weißt du, ich bin gerade dabei mich von meiner Frau zu trennen. Ich möchte halt nicht, dass mich jemand erkennt, wenn ich alleine auf die Piste gehe. Das Gerede und so ...«

Der Typ wischt sich mit dem Handrücken eine Schweißperle von der Stirn. Seine Finger sind dünn und sehen so labberig und so weiß aus wie zu lang gekochte Spargelstangen.

»Und du?«, versucht Bernd von sich abzulenken, »was machst du hier alleine um die Uhrzeit?«

»Ich? Ich komme aus Castrop-Rauxel und bin von meiner Brieftaube verlassen worden. Jetzt versuche ich es mit Menschen. Ich dachte, ich fange mal ganz unten an. Deshalb bin ich hier.«

Strike. Ich lehne mich milde lächelnd zurück, doch bevor ich mich wieder meinem Bier widme, fällt mir eines meiner dringlichsten Probleme wieder ein. Ist eh schon egal, nach dem Tag. »Ach ja, ich weiß nicht, wo ich heute Nacht pennen soll. Du hast nicht zufällig ein Hotelzimmer mit einer extra Couch oder so?«

Jetzt ist es Bernd, der milde lächelt.

»Na siehst du, wir haben ja noch mehr gemeinsam als Münchhausen-Geschichten. Das wäre jetzt eigentlich auch meine nächste Frage gewesen.«

Im Hintergrund läuft Marianne Rosenberg.

Er gehört zu mir, wie mein Name an der Tür.

Old School

»Hier sollen wir pennen?« Bernd ringt um Fassung. Die Graffitis neben dem Eingangsportal wirken eher ausladend. Zwischen zahllosen Tags von irgendwelchen Noname-Street-Artists finden sich auch echte Kunstwerke wie die farbenfroh stilisierte Alliteration *SchuleScheise* gleich neben dem Schild *Georg-Trakl-Gesamtschule*.

»Du, wir können auch ins Steigenberger, wenn dir das hier nicht recht ist. Aber wenn ich dich richtig verstanden habe, kommen wir zusammen auf magere siebenunddreißig Euro und zwanzig Cent. Wird eher knapp.«

Vor nicht mal drei Stunden hat mir Jenny gesagt, ich müsse hier nicht mehr hin. Aber was soll ich machen? Das hier ist anders. Ein Notfall. Ich krame den Schulschlüssel aus meiner Jackentasche und vergewissere mich noch einmal, dass ich den Code für die Alarmanlage nicht vergessen habe. Hundertprozentig sicher bin ich nicht. »Ich habe schon in ganz anderen Baracken gewohnt, also stell dich nicht so an.«

Damals. Eine andere Zeit. Ich wollte die Welt verändern, nein, wir wollten die Welt verändern und fingen, wie viele vor uns, damit an, aus der Mietpreisfalle rauszuspringen. Dass Hausbesetzen irgendwie en vogue war, hatte mich schon immer angekotzt. Hier ging es schließlich um mehr. Um ein Zeichen. Weg von der Unmündigkeit der Besitzlosen, hin zu ... Ach, was solls. Das war gestern. Heute gilt es, eine Schule zu besetzen, zumindest übers Wochenende. Und dann? Mein Dispo bietet noch ein bisschen Luft, aber sobald ich die Karte benutze, weiß die Polizei, dass ich noch in Düsseldorf bin. Wobei: Ist es denn wirklich schon so schlimm, dass die meine

Karte überprüfen? Ich drehe den Schlüssel um. Schnell den Code eingeben, bevor der Alarm ausgelöst wird. *Pieppiepiep.* Mist. Ich habe nur noch einen Versuch und für den einen Versuch sechzig Sekunden Zeit. Dann rückt die Bullerei an. 43765 oder 43567? Dass ich den Code überhaupt bekam, liegt nur daran, dass ich im letzten Jahr das Sommerschulfest organisierte und unbedingt am Samstagmorgen um neun schon mal die Bierbänke vorbeibringen wollte. Und daran, dass der Hausmeister krank war. Bescheuerte Aktion, völlig unnötig. Vor zwölf kam sowieso niemand, und um drei waren alle wieder weg. Kein »Danke, Herr Kern, schönes Fest«, nur ein, »Sorry, Herr Kern, aber so einen Aufwand betreiben wir nicht noch mal. Denken Sie doch auch mal an die Kollegen, die hier ihr Wochenende opfern.« Jau, die Armen. Schön Altbier auf dem Schulhof süffeln und später motzen. Gut, so richtig nach vorne ging die Party nicht. Die Schulband hatte den Sänger vergessen, und der Bassist seinen Bass. Der Auftritt der *Trakler* war selbst für Schulbands unterste Schublade. Das Wort *Geschrammel* wäre eine unangebrachte Beschönigung für das, was da an Geräuschen in unsauberem Viervierteltakt von der Bühne schwappte. Drei Lehrer meldeten sich am Montag drauf mit Tinnitus oder Hörsturz für den Rest des Schuljahres ab. Das empörte niemanden. Und Kurt? Ärgerte sich noch, dass er nicht selbst auf die Idee mit dem Ohrensausen gekommen war.

»Du warst doch nicht mal dabei, Kurt!«

»Na und? Wer sagt denn, dass meine Ohren nicht empathisch sind?«

Was für ein Lappen. Egal. Ich hätte nur nicht gedacht, dass dieses wohl langweiligste Schulfest in der Geschichte der langweiligen Schulfeste noch im Nachhinein für was gut ist. Daumen drücken, dass der Hausi nicht den Code geändert hat.

»Nu mach schon ...«, zetert Bernd. Ich blicke ihn kurz an und bemerke ein Entsetzen in seinem Gesicht, das darauf hindeutet, dass für ihn mehr auf dem Spiel steht, als die Entdeckung durch eine eifersüchtige Ehefrau. Fünf Sekunden. 43756. Das muss es sein. Grüne Diode, Glück gehabt. Bernd und ich schleichen durch die Gänge wie Einbrecher, nur, dass ich den Weg durch das Schullabyrinth blind gehen könnte und keine verräterischen Taschenlampenkegel durch die Dunkelheit schicken muss. C 112. Mein Klassenraum. Abermals öffnet sich ein Schloss und wir stehen in der 10b. Meiner 10b. Blicken über die leeren Tischreihen.

»Hier riecht's aber komisch.« Bernd rümpft theatralisch die Nase und auch ich kann nicht umhin einzugestehen, dass für ihn diese Atmosphäre unerträglich sein muss. Selbst wenn man stoßlüftet, ist die Luft nach spätestens 10 Minuten wieder völlig schal, so tief steckt der Mief in den Wänden. Auf einem Heizkörper klebt Schokolade vom letzten Winter und der Eimer mit Wischwasser für die Tafel wurde heute anscheinend auch nicht geleert. Zwanzig Jahre so ein Mief. Eine Mischung aus abgestandenem Tafellappen und Zwiebelschweiß, zwischendrin billiges, süßliches Deo und eine Note alte Socke. Zwanzig Jahre dieser Mief, zwanzig Jahre für den Arsch.

»Ich unterbreche ungerne deine sentimentale Einkehr, aber ich muss mal.«

Schon wieder eine Pipi-Meldung, nur diesmal ist es Bernd, der sich erdreistet, seine deplatzierten Bedürfnisse an mich ran zu schwätzen.

Automatisch fällt mir das Kinn auf die Brust. »Lass uns mal in die Umkleide der Sporthalle gehen, da müssten auch noch Decken sein.«

Rocky Kern

Ich bin mir mit Bernd einig, dass wir uns nicht mit unseren Problemen vollheulen wollen. Bernd hat mit seiner schrägen Bad-Taste-Tarnung wohl beschlossen, einen Neustart hinzulegen, und mir ist im Augenblick auch nicht nach Vergangenheitsbewältigung. Die Erlebnisse der letzten Tage muss ich erst mal *integrieren*, wie Harnmüller das wohl nennen würde, und auch wenn ich im *Weißen Bär* eine Art Epiphanie erlebt habe, so bin ich doch noch weit davon entfernt, auch nur einen Ansatz einer Idee, wie ich aus dieser Klemme wieder rauskomme, parat zu haben. Problemlösung muss warten. Manche Dinge erledigen sich von selbst, habe ich mal gehört. Ich nehme mir vor, zu glauben, dass das, was im Moment mit mir passiert, zu diesen Dingen gehört, und bin fürs Erste beruhigt. Was Bernd betrifft, so geht es ihm wohl ähnlich – richtig entscheidungsfreudig sieht er nicht aus. Er sagt aber auch nicht viel, und wenn ich einen Vorschlag mache, wie zum Beispiel, gleich auf dem Mattenwagen zu schlafen, statt die Matten einzeln auf den Hallenboden zu wuchten, sagt er »Ok«. Hier sind wir sehr verschieden. Für Bernd ist alles ok, für mich überhaupt nichts. Es ist auch definitiv nichts *ok*. Nein, das stimmt nicht. Dass Bernd gleich nach dem Aufstehen losgezogen ist, um vom Büdchen Kaffee zu holen, ist voll ok. Chips hat er auch mitgebracht und ein paar Bier. Und so machen wir es uns nach einer ziemlich durchwachsenen Nacht in der Turnhalle im Chemiesaal so gemütlich wie möglich, denn hier ist einer der wenigen Plätze an der Georg-Trakl-Schule, die technisch erkennen lassen, dass wir im 21. Jahrhundert sind. Jedenfalls gibt es hier einen funktionierenden PC und einen

Beamer. Wenn ich Bernd so dasitzen sehe mit der Chipstüte auf dem Schoß, kann ich nicht anders, als zu denken, dass diesen Mann alles heillos überfordern würde, was über Videoglotzen hinausgeht. Die Tüte lehnt an seinem Bauch, der unnatürlich aus seiner Hüfte quillt. Mit seinen dünnen Beinen erinnert er mich an eine alkoholkranke Frau, die ich mal kannte. Sie war Wirtin in einer Düsseldorfer Eckkneipe und hatte auch so einen Quellbauch. Wenn sie morgens um vier den Laden zumachte, konnte sie kaum noch stehen auf ihren Stelzen, geschweige denn sprechen. Auch die Blässe haben beide gemein und dieses unterwürfig Bucklige. Bernd ist ein Typ, den ich unter normalen Umständen niemals kennengelernt hätte. Jetzt nicht und früher schon gar nicht. Er rangiert in einer Kategorie von Männern, die höchstens in einer Selbsthilfegruppe Kontakte schließen können. Zumindest denken das Menschen wie ich, die immer coole Leute um sich hatten, früher jedenfalls. Die Überheblichkeit als Alleinstellungsmerkmal haben. *Scheiß Popper, scheiß Spießer.* Heute ist es nicht anders. Meine Schüler haben einen Ausdruck für die Bernds dieser Welt. Opfer. *Gib ma Chips, du Opfer. Geh sterben, du Opfer.* Ich frage mich, ob Frauen das auch haben, dieses Köter-Gehabe. Andere anrammeln, um ihnen zu zeigen, dass sie unter einem stehen. Ich schäme mich ein bisschen, denn Bernd ist eigentlich ganz nett. »Ist Rocky ok?«

Ich erwarte keinen Widerspruch. Außerdem habe ich die DVD eh schon eingelegt und würde auch kein Nein akzeptieren. Meine Schule, meine DVDs, meine Regeln. Bernd nickt.

Und da sitzen wir, mit meiner DVD-Sammlung, die ich für letzte Schultage vor den Ferien reserviert habe, und richten uns an Rocky Balboa auf, dem Underdog aus Philadelphia, dem Opfer, das sein Leben lang gegen seine Herkunft und eine Reihe von monströsen Gegnern anboxt, um am Ende wieder da anzukommen, wo er herkam. Ich liebe Rocky. Und Adriane, seine Opferfrau. Gerade lässt sich Rocky von Apollo Creed, dem Champion, dermaßen die Fresse polieren, dass seine Augen zuschwellen. Der Kampf ist aussichtslos, Rocky kann schon nichts mehr sehen und er ruft seinem Trainer Mickey zu, dass der ihm die Augen aufschneiden möge, und Blut läuft über sein Gesicht, doch wenigstens kann er den Champ mit dem Killer-Punch wiedererkennen, zumindest schemenhaft. Ich bin ganz ergriffen von der Illusion, Rocky und ich hätten irgendetwas gemeinsam und ich blicke rüber zu Bernd, um zu sehen, ob es ihm ähnlich geht, doch der krümmt sich in seinem Stuhl und winselt bei jedem Punch wie ein geprügeltes Tier.

Schnell schaue ich wieder auf die Leinwand, stopfe ein paar Chips rein, denn gleich ist der Kampf vorbei. Rocky wird nicht gewinnen, das lassen die Kampfrichter nicht zu, doch Rocky interessiert das nicht. Er sucht in der grölenden Menge nach Adriane mit dem roten Hut. Rockys Gesicht ist grotesk verzerrt, er brüllt ihren Namen. *Adriane! Adriane!* Sie hat er gewonnen, und das ist alles, was zählt. Großes Kino. Und da der Tag noch jung ist, beschließe ich, die anderen Teile auch noch zu gucken. Nach fast neun Stunden Sylvester Stallone sind Bernd und ich völlig fertig und schaffen es kaum noch *Gute Nacht* zu sagen. Aber Rocky wäre nicht Rocky, wenn es jemals vorbei wäre. Es muss immer weitergehen. Als ich die Augen schließe, werde ich schon wieder von ihm in Empfang genommen.

Er hat meine Lederjacke an und sie droht über seinen Muskeln aus allen Nähten zu platzen. Wir stehen auf dem Schulhof, der mit Gräbern überzogen ist. Vor uns liegt das Grab von Adriane, doch auf dem Grabstein steht nicht »Adriane Balboa«, sondern »Jenny Kern«. Ich falle auf die Knie und versinke in der pechschwarzen Schulhoferde, bis nur noch mein Kopf raus schaut. Der Grabstein direkt vor meinem Gesicht, Rocky, ein Riese über mir. Rocky spricht mit mir, er nuschelt und ich versteh nur, dass er mich mit »Paulie« anredet, aber ich bin doch nicht sein Schwager, der Loser, das muss er doch sehen! Ich will ihm antworten, will ihm sagen, wer ich bin, doch als ich sprechen will, füllt sich mein Mund mit schwarzer Erde. Ein Wurm schafft es gerade noch zwischen meinen Lippen nach draußen. Rocky stellt seinen Fuß auf meinem Kopf ab. Jetzt versteh ich ihn besser. »It all boils down to what a man can take.« Und dann kriege ich den ganzen Vortrag, der für seinen Schwager mit dem Schlapphut bestimmt ist, vom Leben, das härter zuschlägt als jeder Boxer, und dass es nur darauf ankommt wie viele Prügel ein Mann einstecken kann. Dass man wieder aufstehen muss und das ganze Gelaber vom Leben als fortwährendem Kampf. Sehe ich in sein aufgedunsenes Gesicht, weiß ich nicht, ob Rocky den Kampf gewonnen hat, und wahrscheinlich ist es das, was er mir sagen will. Du kannst nicht gewinnen, sieh dich an. Du hast SIE verloren, schau dir den Grabstein an und dann schau dir an, wo du bist, du Opfer. Der Schulhof zieht mich gnadenlos weiter nach unten und als meine Nase nur noch Erde atmet und ich denke, dass es das war, dass ich von innen und von außen Dreck geworden bin, zieht mich Rocky an meinen Haaren aus dem Boden und klopft mir mit seinen Stahlpranken den Schmutz von den Klamotten. Zuerst unbeholfen kumpelhaft, doch dann wird sein Punch immer härter und schließlich drischt er auf mich auf ein wie auf eine gefrorene Rinderhälfte vom Schlachthaus in Philadelphia. Rechts-Links-Kombination, mein Kinn bricht, linker Haken, Magengrube. Ich kotze schwarze

Klumpen aus, die zu Erdöl werden, sobald sie den Boden berühren, und Rocky lässt endlich von mir ab. It all boils down to what a man can take. Und Robert Tepper *tanzt zwischen den Grabsteinen und singt* No easy way out.

Breakfast Club

»Ich hab uns Frühstück besorgt!«

Bernds gute Laune lässt sich nicht so ganz mit meiner Grundstimmung synchronisieren. Die Nacht mit Rocky hängt mir nach. Ich versuche mich dennoch an einem Lächeln. Im Moment bin ich dankbar für die Gesellschaft, die Bernd mir bietet. Seit zwei Tagen kampieren wir nun in der Turnhalle und anfangs machte es schon irgendwie Spaß hier zu sein und das konnte ich in der letzten Zeit weiß Gott nicht oft behaupten. Der kleine Anarchist in mir freut sich nach wie vor tierisch darüber, ausgerechnet die Schule als Unterschlupf zu nutzen. Eigentlich genial, diese Notlösung, hier werden sie bestimmt nicht nach mir suchen. Außerdem haben gerade die Herbstferien begonnen. Apropos. So langsam wird das Versteckspiel albern und je länger ich mich hier verschanze, zwischen Medizinbällen und Reckstangen, desto unwirklicher erscheint mir das Ganze. Klar, ich bin abgehauen aus der Klapse, gefesselt war ich auch, so viel ist sicher. Sicher? Aber habe ich diesen Harnmüller tatsächlich umgehauen? Nach der Rocky-Orgie gestern erscheint mir Letzteres wenig plausibel. Das Leben ist kein Movie und ich habe auch nicht Rockys Hammer. Aber wie hätte ich sonst fliehen können? Egal, schlimm erwischt hat es den Seelenklempner bestimmt nicht. Bernd hat seine Mitbringsel auf dem Hallenboden verteilt. Viel ist es nicht – zwei Plastiktüten, ein rotes Samtjackett und eine Herrenhandtasche aus Rindsleder. Alles schön säuberlich aufgereiht, in eine geometrische Ordnung gebracht. Er hat seinen Claim abgesteckt, und der sieht ziemlich mickrig aus, wenn man die Fläche der Dreifachturnhalle als Maßstab nimmt. »Du magst es ordentlich, was?«

»Hm«, ist das Einzige, was ich als Antwort kriege, da dämmert mir langsam, dass ich so gut wie nichts über diesen Typen weiß – außer vielleicht, dass es mit seiner Fantasie nicht weit her sein kann. Die Bielefeld-Story jedenfalls ist an Einfallslosigkeit nicht zu überbieten. Jenny hätte das amüsiert. Dass zwei Männer sich tagelang in einer Turnhalle auf der Pelle hocken und sich nur über belanglose Filme unterhalten. Nein, noch nicht mal richtig unterhalten, einfach nur glotzen. Am Ende gehen wir wieder getrennter Wege, und ich weiß nicht einmal, wie Bernd mit Nachnamen heißt. »Hör mal Bernd – wie heißt du eigentlich mit Nachnamen?«

»Büschl, ich heiße Bernd Büschl.«

Ok, Klippe umschifft. Und was fange ich jetzt mit dieser bahnbrechenden Information an? Bernd Büschl, der nicht aus Bielefeld kommt und bestimmt noch nicht mal Bernd Büschl heißt. Ich sollte es dabei belassen, schließlich haben wir eine Abmachung. Egal. »Erzähl doch mal was von dir, ich weiß so gut wie nix über dich!«

Bernd packt seelenruhig die Kiosk-Beute vor uns aus. Was habe ich mir nur dabei gedacht, diese verschwiegene Altkleidersammlung mit mir rumzuschleppen? Wenigstens mussten wir nicht auf der Straße pennen, und die Nächte auf dem Mattenwagen in der Turnhalle gehören auf jeden Fall in die Top Ten der schrägsten Übernachtungsorte in meinem Leben. Wenn ich's mir recht überlege – schräger war nur die Nacht mit Jenny auf dem Damenklo im KaDeWe in Berlin 1993. Jenny hatte unsere ganze Kohle für Trödel ausgegeben, unter anderem für die alte Vostok, so dass wir bei der Übernachtung improvisieren mussten. Jenny hatte keinen Bock auf Hausbesetzen in Friedrichshain gehabt und ihr war wichtig, dass es eine ordentliche Toilette gab mit einem großen Spiegel und einem Fön für ihre Mähne. Das hat die Optionen ziemlich eingeschränkt. Was wir nicht wussten, war, dass die im Kaufhaus des Westens das Fahrstuhlgedudel die ganze Nacht nicht abstellen, und so liebten wir uns zu den Soundtracks von Hausfrauenpornos und Sonderangeboten. Dass wir nicht erwischt wurden, grenzt an ein Wunder. Videoüberwachung gab es anscheinend keine und wenn doch, dann ist der Wachmann auf jeden Fall auf seine Kosten gekommen. Ich habe es tatsächlich geschafft, mir beim Sex auf den Klokacheln das linke Knie aufzuschlagen. Ich hab das erst gar nicht gemerkt, bis Jenny anfing zu kreischen. Also so Panikkreischen jetzt. Mann, was für eine Sauerei, es hörte einfach nicht auf zu bluten. Wir haben ganze Klopapierrollen mit meinem Blut getränkt und gelacht haben wir, das war nicht mehr normal.

»So, der Herr, Kaffee vom Büdchen, dazu Croissants und Mettbrötchen. Ich dachte, du magst so was. Milch für den Kaffee?«

»Nein danke, Bernd, ich trinke schwarz. So wie gestern auch. Das wäre übrigens nicht nötig gewesen. Ich meine, du hast es doch bestimmt eilig, langsam mal nach Bielefeld oder so zurückzukommen, oder? Wann geht denn dein Zug?« Ich bereue meine Direktheit sofort. Was mache ich denn da schon wieder? Der Straßenkötermodus hat mich immer noch im Griff. Bernd steht die Enttäuschung ins Gesicht geschrieben, und er macht einen hilflosen Versuch sie zu überspielen.

»Du, jetzt direkt vor habe ich eigentlich nichts. Ich dachte, vielleicht könnten wir ...«

»Was hast du denn da?«

»Ach so, ja, die Zeitung. Willst du die haben? Ich räume derweil ein bisschen hier auf.«

Ich bin froh Zeit gewonnen zu haben. Schnell das Thema wechseln. »Ich bin eigentlich nicht so der PROTZ-Leser, trotzdem gerne ...«

»Ja, ich auch nicht, aber ich dachte, dich interessiert das. Ist was über Schule drin. Kannst echt froh sein, dass du da raus bist. Völlig richtig, dass du gekündigt hast. Besser ohne Job, als mit diesen Wahnsinnigen zusammenzuarbeiten. Nicht zu fassen, man glaubt es kaum. Warte ... hier steht's: AMOK-Lehrer: Flucht aus der Psychiatrie! Seite acht!«

Ich ersticke fast an einer Zwiebel und schaffe es nicht mehr, Bernd das Blatt zu entreißen. Der hat Seite Acht auch schon gefunden und runzelt die Stirn.

»Gibt's so was wie einen Dress-Code bei euch Lehrern? Der hat ja dieselbe Lederjacke wie du! Äh, das ... bist du das?«

Ein unbehagliches Schweigen breitet sich aus. Ich starre wie in Trance auf das Foto, eine alte Aufnahme von einem Lehrerausflug an die Aar. Ich mit einem Glas Burgunder in der Hand, leicht debil grinsend. »Hör zu, ich kann das erklären ...«

»Das ... das ist schon ok, du musst mir nichts erklären, mir ist nichts Menschliches fremd, glaub mir.« Bernd ist aufgestanden und blickt auf seine Armbanduhr.

»Lass mich raten, dir ist wieder eingefallen, wann dein Zug nach Bielefeld geht.«

Mir wird mit einem Schlag klar, dass dieser seltsame Kauz, von dem ich nicht viel mehr weiß, als dass er nachts nicht schnarcht und dass er vor irgendwas davonläuft, mein einziger Verbündeter ist. Wenn Bernd jetzt geht, bin ich ganz alleine.

Schlimmer noch, Bernd könnte mich verraten, und dann gibt es nichts, das mich vor Dr. Harnmüller schützen kann. Die Öffentlichkeit hat sich ihr Urteil gebildet. Ich bin der gewalttätige Psycho-Lehrer, da steht's. In Fettdruck. SIEGFRIED K. – WIE VIELE KINDER HAT DER PSYCHO-LEHRER MISSHANDELT?

»Es ist nicht so ... Das liest sich jetzt so ... Ich ... ich habe einen Fehler gemacht ... aber ich bin so nicht, das musst du mir glauben!«

»Aber du willst mich doch sowieso loswerden, habe ich nicht recht? Deswegen ist es wohl das Beste, wenn ich jetzt verschwinde ...« Bernd zieht sich sein Jackett über das Hawaiihemd und ist bereits im Begriff zu gehen, doch ich halte ihn am Ärmel fest.

»Stimmt nicht, ich wollte dich nicht loswerden. Ich bin nur nicht geübt in ... Small-Talk. Die letzten Jahre bin ich ganz gut ohne ostwestfälische Lügenbarone ausgekommen, doch wie es aussieht ...«

Bernd wedelt mit Seite Acht. »Wie es aussieht, bist du seit heute der meistgehasste Mensch der Stadt. Nicht, dass mir das persönlich was ausmachen würde, du hast mir immerhin eine Bleibe für die letzten Tage besorgt ... und irgendwie ... mag ich dich sogar. Allerdings kann ich es mir nicht leisten, mit Prominenz aus der Boulevardpresse gesehen zu werden. Ich bin geliefert, wenn sie dich finden. Du kannst dir ja denken, dass ich nicht zum Spaß so rumlaufe. Und jetzt wäre es mir recht, wenn du mich loslassen würdest.«

Ich nehme meine Hand von seinem Ärmel und klopfe ein paar Mal auf seine Jackett, um den Stoff wieder in Form zu bringen, so wie mein Mutter das immer tat, bevor ich aus dem

Haus bin. Schließlich lasse ich von ihm ab, und Bernd schlurft ohne ein weiteres Wort aus der Turnhalle und verschwindet in einem dunklen Gang. Ich höre noch, wie Bernds Stiefel nachhallen und rufe ihm hinterher. »Ich habe aber einen Plan!«

Der Stiefelhall ebbt ab.

Bist du verrückt?

Natürlich habe ich keinen Plan. Nur ... alleine drehe ich total durch. Mein Glück ist, dass Bernd auch keinen hat, sonst wäre er wohl nicht zurückgekommen. Allerdings benimmt er sich höchst seltsam. Seit Stunden sitzt er nur auf dem Mattenwagen rum und sagt kein Wort. Von Zeit zu Zeit wirft er mir vorwurfsvolle Blicke zu. Ich weiß, was er von mir erwartet. Er hat es nicht gesagt, aber ich spüre, dass er einen Grund braucht, nicht zu glauben, was in der Zeitung steht. Ich werde ihm da was anbieten müssen, Vereinbarung hin oder her. Das bin ich ihm schuldig. Ganz recht ist mir das nicht. Dass ich mich jetzt vor Bernd entblättern soll, während er weiterhin anonym bleibt, ist unfair. Dafür macht Bernd aber auch keine Kinderschänderschlagzeilen. Die Sache kann man aber eigentlich schnell hinter sich bringen. Nur – wo soll ich anfangen? Wenn ich etwas nicht habe, dann sind das Erklärungen. So schwer kann es ja nicht sein, schließlich muss ich ja nicht mein ganzes Leben vor Bernd auskotzen. Nur erklären, wieso ich zum Hassobjekt Düsseldorfs geworden, und wie es dazu kam, dass ich aus der Psychiatrie abgehauen bin, was wiederum erforderlich macht zu erörtern, wie ich da überhaupt erst reingekommen bin. Ich gebe mir echt Mühe, suche nach einem Anfang. Doch so sehr ich es will, ich finde keinen. Nicht für diese Story. Noch weniger finde ich ein Ende, mit dem ich leben könnte. Ich probiere es schließlich mit *Als vor zwei Jahren Jenny ...*, doch das schaffe ich nicht. *Weißt du, im Grunde bin ich einfach nur müde von diesem Job* funktioniert auch nicht. »Bernd, ich kann das nicht, es tut mir leid.«

Doch Bernd sitzt einfach nur da, im Schneidersitz auf diesem albernen Mattenwagen und guckt wie ein trauriger Häuptling, von Manitu verlassen. Und wartet. Und ich weiß, wenn ich aufhöre, es zu versuchen, geht er. Gut, denke ich, geh doch. Und dann sehe ich wieder, dass ich gar keine Wahl habe. Wie sehr ich so gar keine Wahl habe. Weiser Häuptling Bernd. Entweder ich erzähle ihm, wer ich bin, oder ich sitze alleine in einer Turnhalle voller schlechter Erinnerungen. Und verwese. Gegen neun Uhr abends höre ich auf zu kämpfen, nach vier Dosen Bier und einem halben Päckchen Tabak. Wenigstens einen Anfang habe ich gefunden. Ich komme mir ein bisschen vor wie bei einem Meeting der Anonymen Gewaltverbrecher, als ich sage: »Ich bin Studienrat Siegfried Kern und ich habe die 15-jährige Bettina Spenkel geschlagen. Zwei mal. Und dann habe ich Dr. Franz Harnmüller bewusstlos gehauen und ihn an ein Bett gebunden.«

Chief Bernd zuckt nicht mal mit der Wimper. Aber er sagt was. »Das ist schon ok, weißt du. Jeder Mensch hat Leichen im Keller. Aber eines wüsste ich doch gerne: Bist du verrückt?«

Die Frage aller Fragen. Wenn ich das wüsste, ginge es mir bedeutend besser, dann könnte ich sagen, ich hätte eine miese Kindheit gehabt oder dass alles, was mit mir passiert, auf eine Stoffwechselstörung zurückzuführen ist oder auf traumatische Erlebnisse in der analen Phase oder auf alles das, was Harnmüller mit eingetrichtert hat, wie zum Beispiel, dass ich eigentlich eine Frau bin, eine, wie es aussieht, gewalttätige Frau. Doch ich glaube das alles nicht. »Was heißt eigentlich verrückt?«, würge ich heraus. »Hier mit dir in meiner verhassten Penne zu kampieren oder über mich in einem Schmierblatt zu erfahren, dass ich ein Psychopath bin, das ist schon verrückt.

Ob ich verrückt bin? Die Wahrheit ist: Ich habe keine Ahnung.«

Jetzt lächelt Bernd. Er lässt mich vom Haken, wie es aussieht. »Ist eigentlich auch egal. Ich glaube nicht, dass du ein übler Typ bist, Ziggy Kern. Solange du mich nicht an den Mattenwagen bindest und dann abhaust, ist alles gut.«

Ist alles gut. Dieser Satz erwischt mich aus dem Hinterhalt. Die absurde gute Nachricht, so unzutreffend sie auch sein mag, trifft meine angesägten Nerven und ich muss meine Arme um den Kopf legen, sonst flenne ich noch los. Als ich mich wieder im Griff habe, schaffe ich es, Bernd anzusehen, den guten Bernd, Häuptling, Gefährten und Lügenbaron.

»Danke, mein Freund.«

Es gibt Ei

Bernd ist nicht zu fassen. Gerade ist er vom Büdchen zurückgekommen. Er muss einer der ersten Kunden gewesen sein, denn mein Gefühl sagt mir, es ist immer noch Nacht. Das liegt vielleicht daran, dass die Turnhalle noch nie Tageslicht gesehen hat, oder einfach daran, dass ich so gut wie nicht geschlafen habe. Ich reibe mir die Augen. Bernd hat ein paar Eier dabei. »Was willst du denn damit?«, frage ich und hoffe, er trinkt sie nicht roh wie Rocky.

»Gibt's in eurem Chemiesaal keinen Bunsenbrenner?«

Ich bin begeistert. Bernd Mac Gyver wird immer besser. Er ist nicht nur mein Seelentröster, sondern auch mein Ernährer. Wir gehen zurück in den Chemiesaal im Erdgeschoss, der für einen Tag Rockys Ring war, und Bernd schreitet sofort zur Tat. »Hier stinkt es ja heute noch mehr als gestern. Ich mach mal die Fenster auf.«

Da hat er Recht. Hier stinkt's. Nach kaltem Rauch, Bier, Chipskrümel und nach Rockys Schweiß und Blut. »Erinnerst du mich nachher, dass ich sie wieder zumache, bevor wir gehen?«

»Klar, sonst bricht noch jemand ein«, antworte ich, und Bernd muss lachen. Das ist das erste Mal, dass ich ihn lachen höre. Hört sich kindlich an. Unschuldig. Ich setze mich auf einen Klappstuhl in den old-style Chemiesaal, der was von einem Minihörsaal hat und beobachte Bernds rührende Bemühungen um unser leibliches Wohl von der letzten Reihe ganz oben.

Das Frühstück fällt richtig fürstlich aus. Zu den Mettbrötchen und dem Kaffee reicht mir Bernd ein paar Spiegeleier, die er auf einem Metalltablett gebrutzelt hat. Bernd hat sogar Kochsalz im Labor gefunden und ich hoffe inständig, dass er sich mit chemischen Formeln auskennt und dass seine Eier mich nicht von innen verätzen. Tun sie nicht und als Bernd sich auch noch anbietet, mir aus der Zeitung vorzulesen, ist mein Glück fast perfekt. Ich fürchte heute auch keine weiteren Enthüllungen über mich aus der Presse, denn ich habe ja schon gebeichtet, also lehne ich mich einfach zurück, schließe die Augen und stelle mir vor, ich bin auf Campingurlaub in Südfrankreich, die Sonne im Gesicht. Erst mal eine rauchen. Wollte Bernd mir nicht was vorlesen? Ich rauche und warte. Und warte. Und ...

»Bernd, alles klar bei dir?«

Bei Bernd ist nicht alles klar. Er übergibt sich gerade in den Ausguss am Chemiepult und wedelt mit der linken Hand mit der Zeitung. In Nullkommanix bin ich bei ihm und reiße ihm das Schmierblatt aus der Hand. Vor Schreck fällt mir die Kippe aus dem Mund. Offensichtlich bin ich auf Seite zwei vorgerückt. MONSTERLEHRER SIEGFRIED K: JETZT AUCH MÖRDER? Ich halte mich am Steinpult fest, so sacken mir die Beine weg. Wie ist das möglich? Der Psychodoc hat doch noch gelebt, als Jake mit ihm fertig war. Der Artikel ist recht kurz, und so weiß ich schnell, dass es nicht um Harnmüller geht, sondern um einen Banker, einen gewissen Horst S., den Ehemann einer gewissen Ursula BK-S. Der Bitch.

MONSTERLEHRER SIEGFRIED K: EIN MÖRDER?

Der entflohene Patient aus der Universitäts-Klinik, der Prügelpädagoge Siegfried K. (PROTZ berichtete gestern) ist offenbar auch in das Verschwinden des unbescholtenen Bankkaufmanns Horst S. (46) verstrickt. Die Polizei geht mittlerweile von einem »abscheulichen Gewaltverbrechen« aus, wie PROTZ exklusiv erfuhr.

Gestern kam zudem ans Licht: Prügel-Sigi vergreift sich nicht nur an kleinen Mädchen, sondern auch an unbescholtenen Frauen, wie Ursula BK-S. (48), der Ehefrau des verschwundenen Horst S. Selbst vor Ärzten macht er nicht halt!

Die Amok-Tour von Prügel-Sigi:

Fr, 08.10.

Sigi K. misshandelt Bettina S. während des Unterrichts.

Di, 12.10.

K. bedroht die Regierungsrätin Ursula BK.-S., schlägt in ihrem Büro alles kurz und klein und verletzt sich selbst.

Do., 14.10.

K. attackiert Dr. H. Das Krankenhauspersonal kann eingreifen und Schlimmeres verhindern.

Fr., 15.10.

18. Uhr: Sigi K. überwältigt Dr. H. während der Visite, schlägt ihn fast zu Tode und flieht aus der geschlossenen Abteilung der Uniklinik Düsseldorf.

21 Uhr: Horst. S. verschwindet spurlos. Die Kriminalpolizei findet jede Menge Blut im Hause von Horst S. – eindeutige Spuren eines Gewaltverbrechens! Der Täter lässt seinen Büchereiausweis am Tatort liegen: Und der ist ausgestellt auf Siegfried K.!

Ist der Monsterlehrer Siegfried K. jetzt auch ein Mörder? Vieles spricht dafür. PROTZ sprach mit Schulleiter August B. über K. und erfuhr: »Der Mann ist eine tickende Zeitbombe!« Wie sicher ist Düsseldorf noch? So viel *ist* sicher: Solange Siegfried K. nicht gefasst ist, sind wir alle in Gefahr.

Plan Z

»Pack deinen Krempel, wir müssen hier raus. Jetzt.«

Bernd wischt sich gerade mit dem Ärmel über den Mund, so richtig gut geht es ihm nicht. Und dann der Blick. Als hätte er den Leibhaftigen vor sich.

»Guck nicht so! Du glaubst das doch nicht etwa? Ich kenn den Typen nicht mal! Sag schon was!«

Bernd schließt die Augen und hält seine Handflächen nach unten. »Gut, angenommen, ich glaube dir und du bist kein Mörder. Wie kommt dann dein Ausweis in die Bude von dem Sü... von dem Mann? Und was hast du mit dieser Frau zu schaffen?«

»Erklär ich dir alles unterwegs, mach schon!«

Bernd ist skeptisch, das kann ich ihm nicht verdenken. Dass er diese Kröte nicht gleich schluckt, nachdem er mit der Story gestern schon überfordert war, ist doch klar. Aber ich habe doch selber keine Ahnung, was hier gespielt wird. »Wir sollten lieber die Fenster wieder schließen«, sagt er schließlich. Als hätten wir keine anderen Probleme. Für Bernds Ordnungswahn haben wir jetzt definitiv keine Zeit.

»Scheiß drauf, wir müssen los!«

»Aber wohin denn – ich dachte, das hier wäre schon Plan B.«

»Wir gehen über zu Plan Z. Einen Ort gibt es noch, an dem wir sicher sind.« Nie im Leben wollte ich dorthin zurück. Nie im Leben. Dieser Ort schmeckt nach Verrat. Verrat an Jenny.

»Und wie sollen wir an diesen Ort kommen?«

»Wir können laufen. Es ist nicht weit. Wie gehen in die Kiefernstraße.«

Kaum ist es raus, werde ich von Erinnerungen geflutet. Musikalisch begleitet von *Ton, Steine, Scherben. Wir müssen hier raus!*

Jetzt nehme ich endgültig Abschied von der Schule und in einem perversen Anfall von Sentimentalität atme ich noch einmal tief durch, als sei der Schulmief nicht eh schon längst für alle Ewigkeit in meinen Klamotten, meiner Haut und meinem Gedächtnis konserviert. Kurz überlege ich noch, ob ich in Direktor Bleis Büro pissen soll, doch damit würde ich ohnehin nur die Putzkolonne treffen, also begnüge ich mich damit, Reichskanzler Bismarck von der Wand zu reißen und auf Bleis Schreibtisch zu zertrümmern. Die Glasscherben sollen Blei zeigen, was er für einen kaputten Laden hat. Wir schleichen raus und geben Acht, nicht von irgendwelchen Passanten bei unserem Schulausbruch gesehen zu werden. Es schifft und die Straßen sind leer. Jetzt brauchen wir Glück. Die Viertelstunde bis in die Kiefern dürfen wir nicht erkannt werden, das heißt, *ich* darf nicht erkannt werden, der Prügelpädagoge. Ich klemme meine Lederjacke, die jetzt die ganze Stadt kennt, unter meinen Arm. Wir gehen Schleichwege, an mit Bierflaschen und Kippen übersäten Spielplätzen vorbei mit ihren rostigen Gerüsten und morschen Piratenschiffen. Wegen des miesen Wetters liegen sie verwaist und schmutzig da wie die Reste einer an Zombies verlorenen Zivilisation. Düsseldorf-Oberbilk. Sozialer Brennpunkt, Bahnhofshinterland. Hier kehrt die feine Modestadt ihren Müll hin, versteckt ihre Alkoholiker, Obdachlosen und Junkies. Es ist Zeit, mein Versprechen einzulösen und Bernd reinen Wein einzuschenken. Der Marsch durch die klare Kälte hilft meinem Sprachzentrum auf die Sprünge, und schon nach den ersten zitternden Sätzen bricht der Damm, der die Buchstabensuppe in meinem Kopf gehalten hat, und so schütte ich alles über dem armen Bernd aus, was sich da so angesammelt hat, in seiner ganzen Säuerlichkeit. Eine Welle schlechtgewordener Blumenkohlsuppe. Ich lasse nichts aus, kein noch so unappetitliches Detail. Und Bernd ist zu meiner großen Erleichterung irgendwie verständnisvoll, zumindest haut er nicht gleich ab. Und als ich von der dämonischen Regierungsrätin Ursula Braunkaucher-Sülzn erzähle, wird er auf einmal ganz blass und kriegt fast einen Moralischen. Egal, was er wohl erlebt haben mag – wäre er an meiner Stelle in der Bezirksregierung gewesen, hätte er das sicher nicht überlebt. Der Mann ist hochsensibel und über alle Maßen empathisch, scheint mir. Das macht einem das Leben nicht gerade leichter. Und als ich endlich fertig bin mit meinem Report aus dem Misthaufen, der sich jetzt »mein Leben« nennt, sind wir auch schon da.

Kiefernstraße

»Ist hier ein Farbeimer explodiert?« Bernd hält sich die Hand vor die Augen, als müsste er sie vor der gleißenden Wüstensonne schützen. Dabei ist der Tag genauso grau und nasskalt wie die letzten. Wahrscheinlich macht ihm der Kontrast zwischen dem trostlosen rheinländischen Herbsthimmel und den grellbunten Häusern zu schaffen.

»Nee, da hat jemand versucht dein Hemd an die Mauer zu malen.«

»Spotte nur, ich habe mich mittlerweile dran gewöhnt und wie du siehst ...«

Bernd deutet mit einer ausholenden Bewegung auf die Wand gewordene Farborgie vor uns. »Wie du siehst, bin ich voll im Trend. Aber mal im Ernst. Bist du sicher, dass du dich nicht in der Adresse geirrt hast? Das sieht ja aus, als hätte einer einen ganzen Straßenzug auf LSD bepinselt.«

»Dann sind wir an der richtigen Adresse«, antworte ich, ziehe meine Lederjacke wieder über und klappe den Kragen hoch. Ich schaue auf aufwändig künstlerisch gestaltete Altbaufassaden, auf Fabelwesen und Regenbogen, aufgemalte Buddhastatuen und überdimensionierte Fantasieblumen und erkenne trotz der Farbpracht unter all den Wandtattoos die alte, graue Haut der Kiefernstraße wieder. Die Transparente mit systemkritischen Parolen und die Anarchograffitis aus der Anfangszeit der Besetzung sind Geschichte. Das Facelifting kann sich aber sehen lassen, ein richtig kleines Fantasialand ist hier entstanden, für große und für kleine Kinder. Selbst ein ziemlich plastisch wirkender Polizeibulli in Originalgröße ist irgendwo ins Mauerwerk gepinselt worden, wohl als Erinnerung an den Häuserkampf. Aber ich sehe durch die Farben hindurch und betrachte die Hüllen der Häuser, als wären sie vergilbte Fotos in einem Album, das man im Keller versteckt, damit man es nicht ja mehr ansehen muss. Wäre alles anders gekommen, würde ich heute noch in der Kiefernstraße wohnen. Vermutlich hinter der Fassade mit dem herausspringenden Einhorn. Nein, ich hätte darauf gedrängt, irgendwo eine echte Aussage verewigt zu sehen und nicht nur Comics. Auf meiner Fassade würde immer noch stehen: *Keine Macht für Niemand!* Ich hätte schon dafür gesorgt, dass die Künstler nicht alles verkitschen können. Aber was solls. Vielleicht tut diesem trostlosen Stück Düsseldorf die Farbe gut, und vielleicht ist die Welt hinter den Fassaden wirklich so rosa wie von außen. Das zu glauben fällt mir allerdings schwer. Schade, dass Jenny diese Wandlung nicht mehr sehen kann. Sie würde sich totlachen. Aber ihr war es hier ja damals schon zu eng geworden.

Ganz ehrlich, Ziggy, ich kann die Heuchler nicht mehr sehen. Alles ist nicht richtig, die ganze bekackte Welt ist ihnen nicht recht. Die Regierung ist das Letzte, die Stadt ist korrupt, die Immobilienbesitzer sind geldgeile Faschos, nur sie, sie sind alle bunte Engel mit dem Abo für die Wahrheit. Ich scheiß auf den Weltfrieden, Ziggy, echt jetzt. Mir reicht es, wenn wir beide uns nicht die Köpfe einschlagen. Von dem ganzen Gelaber krieg ich die Krätze. Lass uns abhauen.

Es hätte keinen Sinn gehabt, zu widersprechen, das wusste ich, und so waren wir von Oberbilk nach Flingern gezogen, unter normale Menschen. Mir war klar, dass für Jenny das Normale eine magische Anziehungskraft hatte. Und ich wusste auch, warum. Aber jetzt stehe ich wieder hier, um mich zu verstecken, ja, um Asyl zu suchen. Als Verfolgter des Staatsapparates, welch Ironie. Seit Jennys Beerdigung habe ich keinen von den alten Jungs mehr gesehen. Dabei hätten mir die Türen in die selbst renovierten Altbauwohnungen jederzeit offen gestanden. Hatten sie gesagt – wer's glaubt ... Sie hatten Jenny nie leiden können. Sie war ihnen zu extrem gewesen. Zu extrem wenig öko, zu extrem wenig abgegrenzt vom Konsumterror und zu extrem wenig klassenbewusst. Und zu extrem wenig wie sie. Nach dem Streit im legendären AK47, *dem* Punk-Schuppen der Stadt, war etwas zerbrochen. Zwischen Rico und mir. Jenny hatte Rico mal wieder aufs Blut gereizt und ihn damit aufgezogen, dass er auf Frauenflüsterer macht und – heimlich, wie peinlich! – die rote Bea aus der Wagenburg vögelte, da eskalierte die Lage plötzlich. Noch bevor ich eingreifen konnte, hatte Rico Jenny am Hals gepackt, doch die hörte nicht auf zu lachen und zog ihm kurzerhand eine Becksflasche über den Schädel. Was Rico eine hässliche kleine Narbe an der Stirn und mir eine Vorladung vor den Straßenrat einbrachte. Da kam der ganze Mist dann auf den Tisch, und Lena, Ricos gehörnte Muse, packte ihre Sachen und war weg. Und ich konnte mir noch eine Stunde lang das Gewalt-geht-gar-nicht-Geseier anhören, als hätte ich Rico eins übergezogen. Aber in der Logik der Kiefernstraße hatte Jenny nie zum inneren Zirkel gehört und schließlich hatte ja ich sie angeschleppt. Im Nachhinein betrachtet kommt mir die Straßengemeinschaft vor wie ein Hells Angels Chapter. Nur eben ohne Gewalt und Prostitution. Was die Waffen angeht, so war ich mir da nie so sicher gewesen. Angeblich hatte sich in den 80ern auch RAF-Prominenz in der Kiefernstraße versteckt. Kurz bevor ich dazu kam, geriet die Protestwelt in der Kiefernstraße gehörig in

Aufregung. 1986 unternahm die Staatsmacht einen verzweifelten Versuch, Licht ins dunkle Viertel zu bringen und veranstaltete eine Razzia von der Dimension eines Rosenmontagszuges. 600 Polizisten und über zwanzig Staatsanwälte durchsuchten die besetzten Häuser auf der Suche nach Terroristen, wie es hieß. Was sie da erfahndeten, weiß kein Mensch. Die RAF der zweiten oder dritten Generation war jedenfalls nicht anwesend. Und so findet sich unter den Klingelschildern auch heute keines für Christian Klar oder Brigitte Mohnhaupt, dafür aber eins für Richard Schmand. Rico. Und ausgerechnet bei Rico suche ich jetzt Schutz? Es ist, wie es ist. Meine Hand zittert, als ich auf die Klingel drücke.

Rico

»Ziggy? Du hast ja Nerven, hier aufzulaufen!«

Ich blinzele durch die nur einen Spalt offene Wohnungstür. »Mach schon auf, Mann, so schön ist euer Hausflur auch nicht. Das hier ist übrigens Bernd.«

Bernd wird von mir etwas zu unsanft in Richtung Eingang geschoben.

»Hör zu, ich weiß nicht, was du vorhast, aber die komische Vogelscheuche da ist kein gutes Argument, egal, um was es geht.«

Ich verlagere mein Gewicht mehrmals von einem Bein aufs andere, als würde mir das helfen, die passenden Worte finden.

»Darf ich auch mal was sagen?«, versucht sich Bernd an einer Intervention. »NEIN!« kommt es unisono von Rico und mir, dann bricht Rico in schallendes Gelächter aus und erstickt beinahe an einem Hustenanfall. »Kommt schon rein. Ich hoffe, im Haus hat euch noch keiner gesehen.«

Bernd und ich drängen uns in den engen Flur, der von Krempel nur so überquillt. »Wolltest du gerade zum Flohmarkt?«

»Sehr witzig, Ziggy, sehr witzig. Aber bevor du dich hier häuslich niederlässt mit dem Papagei da, beantworte mir bitte eine Frage: Hast du dich wirklich den Kinderschänder und Meuchelmörder in dir entdeckt?«

Jetzt muss ich überlegen. Mir muss schnell was einfallen, was uns ein paar Nächte in Sicherheit einbringt. Denn in die Kiefernstraße hat seit 1986 kaum ein Polizist mehr einen Fuß gesetzt. Eine ganze Straße quasi rechtsfreier Raum und das mitten in Düsseldorf. Ideal. Ich entscheide mich für die harte

Tour. Rico versteht sowieso keine Zwischentöne. »Ich wusste gar nicht, dass du jetzt rechte Hetzblätter liest, Rico. Aber anscheinend überfordert dich mittlerweile selbst diese Lektüre, denn wenn du annimmst, dass stimmt, was da steht, was schon schlimm genug ist, dann sei so gut und mach es nicht noch schlimmer. Zu den Fakten: Ich hab ...«

»Mann, siehst du scheiße aus.«

»Äh, was?«

Rico, in den Türrahmen gelehnt, macht einen Gesichtsausdruck, den ich nur schwer zuordnen kann. Irgendwas zwischen Langeweile, Abscheu, Desinteresse und Übelkeit. Also alles Mögliche. Typisch. Aber vielleicht ist er auch nur breit. Mist. Ich brauche nur einen einzigen Moment echter Neugierde in Rico zu wecken, dann werde ihn schon rumkriegen, da bin ich mir sicher.

»Ich habe ... ich habe wirklich ...«

»Du kannst von mir aus ein, zwei Stündchen bleiben, dann bist du und ...« Jetzt deutet Rico mit wackelndem Zeigefinger auf Bernd, der sich mit auf dem Rücken verschränkten Händen an einen morschen Schrank schmiegt und vergeblich versucht, sich unsichtbar zu machen. »... und das da, also dann seid ihr, ihr beiden Zuckerschnuten, hier verschwunden.«

War Rico schon immer so? So kalt und zynisch? Das kann nicht sein, schließlich gab es mal eine Zeit, in der ich Stein und Bein geschworen hätte, dass dieser Mistkerl, der uns gerade so gnadenlos im Wohnungsflur zappeln lässt, mein bester Freund ist. Wir sind zusammen durch Dick und durch Dünn gegangen, wir haben die AntiFa gerockt und Demos organsiert, waren gegen Nazis, gegen Atomkraft, gegen Rüstung und den amerikanischen Imperialismus, was immer das gewesen sein mag. Aber wenn ich ihn knacken will, sollte ich ihn an das erinnern, wofür wir waren. Da fallen mir nur leider spontan keine Gemeinsamkeiten ein. Ich war irgendwann für Jenny, er war für Lena. Und als Lena weg war, war er gegen mich.

Irgendwie machte er mich dafür verantwortlich, dass sie gegangen ist. Aber was kann ich dafür, dass er seinen kleinen Rico nicht im Griff hatte und ihn bei jeder sich bietenden Gelegenheit in der weiblichen Nachbarschaft zum Einsatz brachte? Er fand, das sei Punk, aber während die Menschen um ihn herum zumindest ansatzweise erwachsen wurden (für ihn also spießig), ist er anscheinend übergangslos nach der Pubertät in die Midlife-Crisis gerutscht. Rico ist ein Fossil, auch ihn dürfte das kunterbunte Künstleridyll an den Wänden nicht besonders begeistern. In Ricos Wohnung ist die Zeit stehengeblieben. Ungefähr im Jahr 1992, würde ich tippen. Gut, er hat technisch ein bisschen aufgerüstet und die Blumentöpfe auf dem Balkon durch Hochleistungsgewächshäuschen eingetauscht, die das halbe Wohnzimmer vollstellen.

Die Hanfpflanzen, die er hier hochzieht, können sich sehen lassen. Riesenblüten, und wie ich Rico kenne, züchtet er eine Sorte Gras, die einen solchen THC-Gehalt hat, dass man sich damit auch einen Heroinentzug erträglich rauchen könnte. Das bringt alles nichts, ich muss ihn an seiner Ehre packen und hoffe, dass er sich die nicht komplett weggekifft hat.

»Rico, Alter, das kannst du nicht machen! Ich geh hier durch die Hölle! Seit einer Woche, ach Quatsch, seit zwei verschissenen Jahren ist mein Leben ein einziges endloses Jammertal, und jetzt sind auch noch die Bullen hinter mir her. Alles was ich brauche, sind ein paar Tage Unterschlupf bei einem alten Freund. Meinem alten Anarchofreund und Bullenhasser Rico.

Und was machst du?« Ich schließe die Augen und schüttele theatralisch den Kopf. Die nächsten Sätze müssen treffen, sonst kann ich mich gleich selbst bei den Bullen abliefern.

»Du spielst immer noch Hausbesetzer, dabei bist du jetzt ein ganz gewöhnlicher Spießer mit Mietvertrag. Ein mieser, kleiner, selbstgerechter Hobbylinker, der nur seine Bude nicht aufräumt, damit keiner merkt, was für ein erzreaktionäres Arschloch er eigentlich ist. Hörst du dir eigentlich mal selber zu? *Ich hoffe, im Haus hat euch noch keiner gesehen.* Wo kam das denn her? Von deiner Mutter?«

»War's das?« Rico ist gänzlich unbeeindruckt. Verdammt. Ich überlege, ob Rico mir nicht noch irgendetwas schuldet, außer vielleicht, dass er nicht auf Jennys Beerdigung war und sich nicht einmal bei mir gemeldet hat, seit wir damals ausgezogen sind. Aber wenn ich ihn mir so ansehe, wie er mit den Wangen zuckt und versucht, seine Anspannung zu überspielen, habe ich eher das Gefühl, dass er tatsächlich immer noch sauer auf mich ist wegen Lena. Das ist ziemlich tief, aber mir bleibt keine Wahl. Selbst Rico in seinem Wahn muss erkennen, dass es Bullshit ist, mir seine Beziehungsunfähigkeit anzuhängen. »Nein, Mann, das war's noch nicht. Dass du unbedingt die Bea bumsen musstest, ist wirklich nicht meine Schuld! Und bevor du mir jetzt mit Prügeln drohst, muss ich dich warnen. Ich hatte viel Übung in letzter Zeit.«

In Ricos teigige Gesichtszüge mischt sich so etwas wie Überraschung. »Auch 'n Bier?«

Hurra, Hurra ...

Bernd lässt sich geräuschvoll auf Ricos Sofa nieder, eine offene Flasche Pils in der Hand, und versucht sich an einem Rülpser, um sich optimal zu assimilieren. Er hat dem Schlagabtausch zwischen mir und Rico zugesehen, als säße er vor dem Fernseher und würde eine Trash-Talkshow glotzen. Die Gäste beschmeißen sich mit geistigen Untiefen, und der Zuschauer fühlt sich aufgewertet, weil er denkt, er selbst könne nie so tief sinken. Aber in dem Punkt sollte Bernd schon weiter sein, er sollte es besser wissen. Er war schon tiefer, die schmuddelige, aber geräumige Junggesellenbude Ricos ist definitiv ein Fortschritt im Vergleich zur Turnhalle. Oder etwa nicht? Und warum guckt er so komisch? Wahrscheinlich bereut er, dass er mitgekommen ist in die Kiefern. Das Ganze ist ja auch ein Himmelfahrtskommando. Mit einem mutmaßlichen Mörder unterwegs zu sein, das muss man erst mal bringen. Und Rico wirkt auf Außenstehende bestimmt auch eher verstörend. Er gehört zu den Vertretern der Generation Punk, die den Absprung nicht geschafft haben. Ich habe keine Ahnung, was er alles einwirft, aber Gras und Bier alleine lassen einen doch nicht so fertig aussehen. Ricos blutunterlaufene Augen liegen tief in dunklen Höhlen, was irgendwie nicht zu dem aufgedunsenen Gesamtbild passt. Aber Rico ist ein guter Gastgeber, war er schon immer. Und WG-Kumpel. Und so besteht er natürlich darauf, dass wir sein Homegrown probieren. *Ricos Speciaal.* Er ist unheimlich stolz auf sein Marketing und ich nicke höflich. Wahnsinnig toller Trick, einen niederländischen Namen für sein Gras zu wählen. Wäre ich nicht so verzweifelt, hätte ich ihm das Kraut ins Gesicht gepustet. Das letzte Mal, als ich gekifft habe, ist das so richtig in die Hose gegangen. Naja, so was passiert mir nicht zweimal. Und wenn Ricos Aufnahmeritual in seine Höhle darin besteht, sich die Lampe anzumachen, dann muss ich da durch. Vielleicht vergesse ich ja dabei, dass ich mittlerweile als Charles Manson von Düsseldorf gehandelt werde. Rico reicht mir seine Bong. Sie ist mindestens einen Meter hoch, und das Ansaugrohr hat etwa den Durchmesser eines Auspuffendstücks. Auch das Köpfchen, in das das Gras gestopft wird, kommt mir gigantomanisch vor. Das ist heute nicht Ricos erste Bong, so viel ist sicher. Das Wasser im unteren Teil der Röhre ist schon ganz brackig und am Plexiglas sitzen braune Ablagerungen. Ich schau kurz zu Bernd, der neben mir auf dem Sofa kauert, und nicke ihm aufmunternd zu, als wollte ich sagen: »Junge, du musst jetzt ganz tapfer sein ... du schaffst das schon!«, aber ich sehe nur Angst in seinen Augen und sage lieber nichts. Ich nehme also dieses Teil, sauge an, dass es ordentlich blubbert, und weiß sofort, was mit *Speciaal* gemeint ist. Meine Schädeldecke geht schon wieder auf, doch diesmal, so scheint mir, fliegt mein Hirn gleich mit raus. »Wieso nennst du das Kraut nicht *Ricos Dead Brain*?«, huste ich Rico entgegen. »Was hast du da noch reingemacht? Speed?«

Rico nimmt mir die Bong aus der Hand und lacht mich aus. »Nee Mann, ich bin doch nicht bescheuert. Speed rauchen nur Deppen, das schlägt voll auf die Lunge. Nee, nee, das ist eben *Ricos Speciaal,* Mann. Bombe, oder?«

Total. Meine Lungenbläschen sind Kummer gewöhnt, aber Bong zu rauchen, fand auch ich schon immer pervers. Ich kann nicht glauben, dass Speed noch übler reingeht als dieses *Ricos Speciaal.* Auf jeden Fall muss ich meine Sitzposition verändern, bevor ich auf dem unbequemen Fünfzigerjahre-Sofa festwachse. Außerdem brauche ich frische Luft. »Können wir nicht auf den Balkon?«

Ich schau zuerst zu Rico, der mich gar nicht gehört hat, und dann zu Bernd. Der kämpft tapfer mit dem ersten Kiff seines Lebens. Ich kann nicht genau erkennen, ob er Qualm in die Augen bekommen hat oder ob er schon wieder einen Moralischen kriegt. Bernd ist ohne Drogen schon schräg, aber jetzt, fürchte ich, kippt er mir auf die falsche Seite von schräg. Auf einmal schreit er los: »Hör auf! Hör endlich auf! Du hast mich lange genug gequält! Das ist nicht wahr! Ich schaffe es ohne dich!«

»Geht's eigentlich noch?« Rico bemüht sich unter erheblichen Schwierigkeiten empört zu klingen. »Hey Ziggy, dein Begleiter ist ja crazy.«

Bernd so zu sehen, macht mir ein schlechtes Gewissen. Jetzt bloß keine Paranoia schieben. Aber ich muss doch auf ihn aufpassen. Ich bin schuld, ich bin immer schuld, ich ziehe alle mit rein, Mann bin ich schuld. Ich bin so schuld. »Hmmm ...«, ist alles, was ich rausbringe.

»Hör zu, Paradiesvogel, solange du deine Beine unter meinen Tisch streckst, wird geraucht, was gerade da ist, ok?« Der Versuch Ricos, den Papavortrag weiter auszubauen, vereitelt sein eigener Lachanfall. Doch Bernd kommen Tränen und bald krümmt er sich vor Weinkrämpfen, während Rico mit zusammengekniffenem Gesicht die nächste Bong stopft. Im Gegensatz zu Bernd genießt Rico anscheinend das Gefühl, Backsteine auf den Augen zu haben. Irgendwann gehen Bernd die Tränen aus und auch *The Cure* im Hintergrund hören endlich auf zu heulen.

Ich schaffe es irgendwie auf den Balkon und gebe mich der Illusion hin, wieder klar im Kopf zu werden. Es ist wahrlich kalt, definitiv zu kalt, und ich bin froh, dass Bernd sich zu mir gesellt. Er hat noch mal die Kurve gekriegt, wie es scheint. Rico hat sich gerade verabschiedet mit dem Hinweis darauf, was für Lutscher wir seien und der Abend finge doch gerade erst an. Er wolle erst mal ins AK47, außerdem hätte er noch was Geschäftliches zu erledigen, blablabla. Der hat definitiv noch eine Line Speed hinterhergeschoben, so hektisch, wie der auf einmal war. Jetzt sitze ich also mit Bernd auf dem Balkon im Regen und genieße den Sonnenuntergang. Ein herrlicher Anblick ist das, und mit dem Gras wirkt der Feuerball über den Dächern noch intensiver und gewaltiger. In meiner Vorstellung ist der Horizont ein riesiger Hamburger. Die Häuser im Vordergrund sind das Brötchen unten, und das Rindfleisch wird gerade von der Sonne kross gebraten, so dass man es nicht erkennen kann, und oben liegt noch eine dicke Schicht Wolken drauf. Ich war schon immer ein Sunset-Typ. Mal hören, was Bernd dazu meint.

»Ist das nicht ein grandioser Anblick?«

»Was meinst du?«

»Na, den Sonnenuntergang. Komm schon, man muss sich auch mal freuen können.« Bernd lässt sich mit der Antwort Zeit. Er ist halt nicht so leicht zu euphorisieren. Auch nicht mit Gras.

»Nee, Ziggy, du täuschst dich. Nur Regen, keine Sonne. Ich glaube, da hinten brennt es. Sogar ziemlich heftig. Liegt in der Richtung nicht auch deine Schule, Ziggy?«

Schon wieder eine bahnbrechende Erkenntnis. Ich weiß jetzt, warum *Extrabreit* sich *Extrabreit* genannt haben.

Hurra, hurra, die Schule brennt!

Wir müssen reden

Rico ist die ganze Nacht nicht wieder aufgetaucht, worüber ich echt dankbar bin. So habe ich Gelegenheit, mit Bernd den Stand der Katastrophe bei Tageslicht zu betrachten, ohne mich schon wieder mit *Ricos Speciaal* wegdröhnen zu müssen. Shit, ich bin immer noch ein bisschen breit. Bernd hat in der Küche tatsächlich Kaffee in ganzen Bohnen gefunden, ihn gemahlen, den Teekessel aufgesetzt und kredenzt uns einen frisch Aufgebrühten, mit dem er sich in keinem Wiener Kaffeehaus verstecken müsste. Wenn ich ein Lord wär und einen Butler bräuchte, wär Bernd mein Mann. Ich bin aber in Wirklichkeit kein Lord, sondern ein Arbeitsloser zur Untermiete, ohne Miete bezahlen zu können, und muss gerade mehrere massive Probleme nach Dringlichkeit sortieren.

Und dank Bernds Bunsenbrennerei kommt wahrscheinlich auch noch eine abgefackelte Schule obendrauf. Meine abgefackelte Schule. Aber ich will ehrlich bleiben. Immerhin kann ich jetzt die Frage, ob ich versuchen soll, wieder an meiner Penne als Lehrer zu arbeiten, von der Liste streichen, denn die ist ja anscheinend bis auf die Grundmauern niedergebrannt. Macht mich das traurig oder habe ich ein schlechtes Gewissen? Keine Ahnung. Zwanzig Jahre meines Lebens habe ich den maroden Mauern der Georg-Trakl-Schule geschenkt und ich rede mir ein, es sei irgendwie nur fair, dass ich sie einreiße, nachdem sie mich ausgespuckt haben wie einen stinkenden Hering. Bernd schwenkt mit dem dampfenden Kaffee durch die Bude und setzt sich zu mir an den Couchtisch, auf dem immer noch die Bong von gestern steht und nach Verwesung riecht. »Ich entsorge das mal eben«, sage ich zu Bernd und mache mich daran die Bong wegzubringen, doch Bernd hält mich auf. »Du, wir müssen reden.«

Er sieht schon wieder so traurig aus.

»Da hast du Recht ... Und über was genau?« Verleugnung als Konfliktlösungsstrategie hat sich bei mir noch nie ausgezahlt, dennoch hält sie sich wie Fußpilz. Es könnte ja doch sein, dass das mit dem Brand nur ein schlechter Traum war

»Du weißt schon. Deine Schule.«

»Ach das ...«

Auch schlechte Träume können platzen, wie sich zeigt. Danke, Bernd, danke dafür, dass du mir alle Hoffnung nimmst.

»Das tut mir echt leid, weißt du. Aber ich sag noch, lass uns die Fenster ...«

»... schließen, ich weiß schon. Mach dir keine Gedanken. Es war bestimmt nicht nur der marode Bunsenbrenner. Wahrscheinlich war meine Kippe nicht richtig aus, dann die Zeitung. Naja, die offenen Fenster haben sicher nicht geholfen, das muss ich zugeben.«

Bernd rutscht auf dem Sofa hin und her, als fände er keine Stelle, die bequem genug ist für diese Unterhaltung. Wie auch. Das Ding ist die Hölle.

»Ich versteh nicht, wie du so ruhig bleiben kannst. Ich meine, du, du ...«

Was will er mir sagen?

»Was willst du mir sagen?«

»Ich will dir sagen, dass du, ich meine, dass wir was unternehmen müssen, damit das aufhört.«

Jetzt hat er mich verloren. Ich nippe an dem Kaffee und hoffe, das Koffein setzt möglichst schnell ein, damit ich mir einen Reim auf Bernds Gestammel machen kann. Was soll ich denn machen?

»Was meinst du denn? Ich tu doch, was ich kann! Hier sind wir sicher und auch vorher ...«

»Vorher waren wir an deiner Schule und das war gut, bis wir das Ding aus Versehen dem Erdboden gleichgemacht haben ...« Bernd rauft sich die Haare. »Kriegst du eigentlich irgendwas mit? Ich meine, du musst doch sehen, dass wir uns immer tiefer reinreiten!«

Jetzt geht er richtig ab. Ist das fair?

»Sprich dich ruhig aus, Bernd.«

»Was meinst du wohl, steht heute wieder in der PROTZ? Ich sehe die Schlagzeile direkt vor mir: *Amok-Ziggy zieht eine Spur der Verwüstung durch die Stadt – er brandschatzt und mordet sich weiter durch Düsseldorf!* Ist dir das egal? Mir nicht! So geht es doch nicht weiter!«

»Jetzt komm mal wieder runter, Mann! Wir sind jetzt hier, und wenn wir Glück haben, stellen die gar keine Verbindung her zu mir, jedenfalls, was die Schule angeht. Und überhaupt: Was hat das denn mit dir zu tun? Du bist doch fein raus, dich hat doch niemand auf dem Radar!«

Bernd ist aufgestanden und tigert kreuz und quer durchs Wohnzimmer. »Ach nein? Wenn du dich da mal nicht täuschst. So oder so, wir stecken hier zusammen in diesem Schlamassel, und ich als dein Freund sage dir, die Situation ist gar nicht gut, und dein Rico ist auch keine große Unterstützung, wenn er uns dauernd nötigt, Drogen zu nehmen. Außerdem traue ich ihm nicht über den Weg.«

Ich auch nicht, aber wenn ich das jetzt sage, ist alles aus, also versuche ich gegen meine Überzeugung, die Sache runterzuspielen. »Ich finde, du übertreibst, Bernd. Jetzt lass uns erst mal hier bleiben, wirst sehen, in ein paar Tagen ist Gras über die Sache gewachsen. Wahrscheinlich ist dieser Horst bis dahin wieder aufgetaucht, und wenn er tatsächlich von so einem Irren umgenietet wurde, dann werden die Bullen den schon finden. Die meisten Morde werden innerhalb der ersten Woche aufgeklärt, ist es nicht so?«

»Dem ist nicht so. Wenn sie ihn innerhalb der ersten 48 Stunden nicht finden, sieht es schlecht aus. Aber wie hätten sie ihn finden können? Sie suchen doch nach *Dir*, verstehst du das nicht? Und wir sollten nicht darauf setzen, dass der Mann einfach wieder auftaucht oder dass der freiwillig zurückkommt zu der ... also nachdem, was du erzählt hast ...«

Bernd hört für einen Moment auf, zu tigern und fuchtelt mit den Händen durch die Luft, als hätte er einen Anfall oder so was. Er hat ja Recht, niemand würde zu Frau Regierungsrätin freiwillig zurückkehren. Weder tot noch lebendig.

»Also gut. Was schlägst du vor?«

Bernd setzt sich wieder und atmet tief durch. »Das wird dir nicht gefallen, aber ich habe alle möglichen Szenarien gegeneinander abgewogen, eine Risikoanalyse durchgeführt und komme zu dem Schluss, dass es im Interesse von uns beiden nur eine Möglichkeit gibt, endlich selbst aktiv zu werden. Ich jedenfalls werde nicht hier rumsitzen und warten, bis Rico eines unschönen Tages dicht wie ein Eimer durch diese Tür kommt und uns mit einer Schrotflinte erlegt.«

Ich scanne mit meinen Augen den Tisch ab nach der Analyse, die Bernd da erwähnt hat, finde aber nichts und gucke ihn ratlos an. Ich verstehe echt nur Bahnhof. »Wo ist denn jetzt deine Analyse? Ich meine, ich mache mir auch so meine

Gedanken und ich bin auch zu einem Schluss gekommen. Und zwar, dass es schlimmer nicht mehr werden kann. Und das ist doch auch was wert, oder?«

Der Analyst rechnet gnadenlos mit meiner Bauernphilosophie ab. »Das hast du auch gesagt, als wir in die Schule gegangen sind. Was seither passiert ist, muss ich nicht noch mal wiederholen, glaube ich.«

Das ist der Moment, in dem er mir eine unbequeme Wahrheit präsentieren wird. Mich erinnert das an ein Gespräch mit Jennys Onkologen. *Und wir alle wissen, dass der Eingriff alternativlos ist.*

»Jetzt spuck's schon aus.«

Bernd holt schon wieder tief Luft. So theatralisch kenne ich ihn gar nicht. »Um reagieren zu können, brauchen wir mehr Informationen. Es hilft nichts. Du musst zur Polizei gehen.«

Jetzt bin ich es, der spuckt. Und zwar den schönen frisch Aufgebrühten. *Wie gefährlich ist so ein Eingriff?*

»Bist du jetzt total bekloppt?«

Hinter feindlichen Linien

Nachdem Bernd mir seinen Plan und die Funktionen der kleinen Digitalkamera erklärt hat, bin ich etwas ruhiger, aber mir ist dennoch nicht wohl bei der Sache. Also frage ich nochmal nach: »Wieso gehst du nicht selber? Ich meine – das ist doch total absurd: Ich gehe als Du zu den Bullen, ich, den sie suchen, und gebe mir als Du ein Alibi. Warum gehst du nicht hin und boxt mich raus?«

Bernd zögert, bevor er antwortet, als müsste er erst jedes Wort auf eine Waage legen und rausfinden, ob sie nicht zu leicht oder zu schwer sind, um sie verdauen zu können.

»Glaub mir, ich bin das beste Alibi, das du haben könntest. Aber ich hab es dir doch erklärt. Ich habe nicht die Nerven für so was. Wenn es drauf ankommt, knicke ich am Ende noch ein und vermassele das Ganze. Ich meine, selbst du musst doch gemerkt haben, dass ich gewisse Probleme habe ... denk mal an gestern ...«

»Moment mal, was heißt denn *selbst du*, bitte?«

»Naja, also mir ist schon aufgefallen, dass du nicht gerade immer feinfühlig bist, was die Wahrnehmung deines Umfeldes betrifft.«

Übersetzt soll das wohl heißen, ich bin ein Egomane und ein Arschloch. Na Dankeschön. Ich mache mir eine mentale Notiz, mein Arschlochsein auf den Haufen mit den anderen Problemen zu schmeißen.

»Und das ist Teil des Problems.«

Sag ich doch. »Ok, ok, ich hab es kapiert. Du bist das Sensibelchen und ich die Axt im Walde. Und diese Mission erfordert krudes Handwerk, schon klar.«

Bernd gibt mir genaue Instruktionen, was ich zu sagen habe und was ich nicht zu sagen habe, und am Ende seines Vortrages weiß ich, worauf es ankommt, aber ein bisschen verwirrt bin ich auch. Denn Bernd, so scheint es, ist mehr als ein komischer Kauz mit angeknackster Psyche. Irgendwo scheint auch ein kleiner Feldherr in ihm zu stecken. Von seiner Buckelhaftigkeit ist jedenfalls momentan nichts mehr zu sehen. Soll mir egal sein, ich bin froh, dass jemand die Sache in die Hand nimmt, aber eins müssen wir noch klären.

»Alles schön und gut. Aber was, wenn *ich* es vermassele? Was, wenn mich die Bullen erkennen?«

»Das wird nicht passieren, glaub mir. Tarnung ist alles. Und selbst wenn – dann hole ich dich raus, du hast mein Wort.«

Witzig. Wie denn rausholen? Aber er hat Recht: Tarnung ist alles. Nachdem Bernd mich ausstaffiert hat, erkenne ich mich selbst kaum wieder. Beachtlich, was so ein falscher Bart ausmacht. Und die Taschentücher, die ich mir in die Backen stopfen musste. Kombiniert mit dem einzigen Paar Hosen in Ricos Schrank, das einigermaßen nicht nach Trash-Punk aussieht, Bernds Hawaiihemd, seinem Samtjackett und seinen Cowboystiefeln, macht das aus mir einen neuen Menschen. Ich wiederhole noch mal im Geiste: *Ich bin Bernd Büschl, geboren am vierten Juni 1972 in Herne, wohnhaft in der Talstraße 22 in Düsseldorf-Bilk*, von *Beruf Bauschreiner, habe weder Frau noch Kinder und war an besagtem Freitag ab 18 Uhr im* weißen Bären*, habe dort gegen 18.30 Uhr den gesuchten Lehrer an der Bar kennen gelernt und mit ihm bis 23 Uhr gesoffen.* Und so weiter.

Ok, das könnte klappen. Besser ist das. Wenn sie mir die Story abkaufen, kriegen sie die Braunkaucher-Sülzn dran, das ist der Plan. »Gut, ich mach's. Dann gib mir mal deinen Pass, denn ich werde mich bestimmt ausweisen müssen bei den Cops.«

Bernd reicht mir seinen Reisepass. Ich muss ihn gar nicht aufmachen, um zu sehen, dass der noch nie benutzt wurde. Bingo. Kein einziger Stempel. Ausgestellt wurde das Dokument am 20. September 2014, also gerade mal vor drei Wochen oder so. Das Foto zeigt Bernd Büschl, wie ich ihn kennengelernt habe und so wie ich im Moment aussehe, inklusive falschem Bart und Hawaiihemd. Nicht zu fassen.

»Frag nicht«, sagt Bernd, der meine Skepsis bemerkt haben muss, »es ist besser, wenn du nicht alles weißt. Kannst du damit leben?«

Habe ich denn eine Wahl? So viel steht fest: Ich habe Bernd unterschätzt. Schon wieder. Wir verabschieden uns kurz und als ich auf der Kiefernstraße stehe, muss ich mich erst wieder daran gewöhnen, dass ich mich nicht in dunklen Ecken rumdrücken muss, sondern gesehen werden darf. Bernd hat so Recht – hier muss was geschehen, ein Leben auf der Flucht ist bestimmt nicht viel besser als ein Leben im Knast. Zudem verfüge ich auch nicht über Bernds kriminelle Energie oder die Connections, mir einen Pass basteln zu lassen. Denn so viel ist sicher: Bernd Büschl ist genauso wenig Bernd Büschl wie ich. Ich werde der Sache auf den Grund gehen, sobald ich das mit den Bullen hinter mich gebracht habe. Aus der Zeitung von heute konnte ich erfahren, dass ein gewisser Kriminalhauptkommissar Schnöder dankbar ist für Hinweise im Fall des Verschwindens von Horst S. Den werde ich aufsuchen. Bernd lag übrigens richtig: Die PROTZ hat natürlich schon den Schuldigen für den Schulbrand ausgerufen – Monster-Sigi. Damit haben sie offiziell die Jagdsaison eröffnet, denn wenn sie denken, dass ich das war, dann denken sie auch, dass ich noch in der Stadt bin. Ohne die Bernd-Tarnung wäre ich tatsächlich aufgeschmissen. Hoffentlich hält der Bart. Als ich die Stufen zur Polizeiinspektion Düsseldorf 1 hochgehe, versuche ich mich zu erinnern, wie Jake Miller sich einst unter die Russenmafia gemogelt hat, um rauszufinden, wer wo irgendwelche Atomsprengköpfe vercheckt hat. Jake hat ganz selbstverständlich einen aalglatten deutschen Waffenhändler gespielt und ist damit durchgekommen. Müßig zu erwähnen, dass es am Ende auf Seiten der Russen doch zu erheblichen Verlusten gekommen ist. Mir stehen nur keine halbautomatischen Waffen zur Verfügung, aber ich versuche ja auch nicht, einen Atomkrieg zu verhindern, sondern will lediglich die fehlgeleiteten Ermittlungen eines Hauptkommissars wieder in die richtigen Bahnen lenken. Das wird schon.

Das Kommissariat ist, was vorne draufsteht. Eine Polizeibehörde, mit Betonung auf Behörde. Und so schlurfe ich durch die schmucklosen Gänge der Verbrechensbekämpfung wie vor nicht allzu langer Zeit durch die der Bezirksregierung. Die ist allerdings wesentlich weniger verstaubt, die Polizei kann einem leidtun. Wahrscheinlich müssen sie den lindgrünen Anstrich an den Wänden des Nachkriegsbaus ertragen, bis auch der letzte Deutsche Stephan Derrick vergessen hat. Es muss hart sein jeden Tag in einem Stein gewordenen Klischee zur Arbeit gehen zu müssen. Aber was rede ich denn da, mir ist es ja selber nicht besser ergangen. Doch ich habe unfreiwillig Abhilfe geschaffen, sodass meine Kollegen bald an einem neuen Klischee mauern können. Und das werden sie, sie können ja gar nicht anders. Ich fahre in einem Paternoster in den zweiten Stock und finde ohne Mühe Schnöders Büro. 2.14. KHK

Schnöder steht auf dem Schild. Auf mein Klopfen öffnet mir ein höfliches Männlein, so um die 60. Fliege, glattrasiert, graue Haare, strenger Scheitel. Schnöder bittet mich herein. »So, und Sie haben sachdienliche Hinweise im Fall des Verschwindens von Horst S.«, leitet er unser Gespräch ein und mir fällt im Fortgang seiner etwas umständlichen Einleitung auf, dass er peinlich darauf achtet, dem Wortlaut aus der offiziellen Pressemitteilung nichts hinzuzufügen. Ein Profi, ich muss auf der Hut sein, aber Bernd hat mich ja gewarnt. Jetzt schlägt Schnöder die Akte auf, und seine Lesebrille rutscht ein wenig zu weit auf die Nase runter, sodass er sie wieder hochschieben muss.

»Ja, das ist so ... Also Sie suchen doch diesen Lehrer aus der Zeitung ...«

Schnöders Mimik gleicht einem Fragezeichen. Verdammt ... Wenn ich hier so rumstammele, schmeißt er mich gleich wieder raus. »Also nochmal von vorne ...«, mache ich einen neuen Versuch und hoffe, Schnöder merkt nicht, wie ich schwitze.

»Möchten Sie vielleicht ein Glas Wasser?«

Natürlich merkt er es. Wie gesagt, er ist Profi. »Wie ist nochmal Ihr Name?«

»Büschl, Bernd Büschl. Also, ich habe am Freitag den Lehrer gesehen, mir ist das am nächsten Tag aufgefallen, als ich die Zeitung aufgeschlagen habe. Ich denk so, die Lederjacke und das Gesicht kennst du doch, und dann denk ich so, dem Perversen hätte ich aber einen eingeschenkt, wenn ich gewusst hätte, dass der unsere Kinder schlägt.«

»Haben Sie Kinder?«

»Äh, nein.« Puuh, ist das zäh. Der riecht einen Blender zehn Meter gegen den Wind. »Wann haben Sie den Herrn K. denn gesehen?«

»Ich hab direkt neben ihm am Tresen gehockt, so von 18.30 Uhr bis 23.00 Uhr etwa. Der hat die ganze Zeit rumgeheult, was für einen miesen Job er hat und so.«

Schnöder hat die Stirn in Falten und macht sich Notizen. Ich frage mich, ob sich die Falten bei ihm über die Jahre festgefressen haben oder ob es an mir liegt. Es ist jetzt genau 15 Uhr 15. Worauf wartet Bernd noch? Jetzt müsste doch eigentlich gleich das Telefon klingeln, wenn alles nach Plan geht. So war das zumindest abgemacht. Schnöder sieht mich an und sagt kein Wort. Sein Blick ein Messer, ein Seziermesser, das mein Fleisch in feine Streifen schneidet. So schaut also ein Bulle von der Kripo. Schlimm, was der wohl alles zu sehen bekommen hat in seinem Berufsleben. Und jetzt auch noch mich. Das fühlt sich an wie eine Autopsie bei lebendigem Leibe. Aha, ein Scheibchen Lehrer, ein Scheibchen Trickbetrüger und was haben wir denn da? Eine, nein, zwei Scheiben Psycho, ein Stückchen Raucherlunge, durch die erst kürzlich illegale Substanzen in den Blutkreislauf gelangten. Wer sagt's denn: Hinter dem Herzmuskel, der viel zu schnell pumpt, versteckt sich auch noch so etwas wie eine Seele. Vergrößerter Hohlraum, dunkle Schatten. Könnte der Täter sein. Doch bevor Schnöder mit seinem Skalpell noch tiefer vordringen kann, klingelt endlich das Telefon, Gott sei Dank. Und Schnöder geht ran. »Ja, ich verstehe, danke.«

Der Kommissar steht auf und greift nach seinem Sakko, das er von einem Bügel am Kleiderständer holt. »Es tut mir leid, ich muss kurz noch mal weg. Würde es Ihnen was ausmachen, kurz draußen zu warten?«

Mist. Was jetzt? »Echt jetzt? Kann ich nicht sitzen bleiben? Ich hab Rücken und wenn ich ...«

Unsere Blicke treffen sich kurz.

»Eben schien noch alles in Ordnung gewesen zu sein mit Ihrem ... Rücken.«

»Schon, wenn ich mal in Gang bin. Aber dieses ewige Aufstehen und Hinsetzen ...«

Schnöder winkt ab, er hat es jetzt sehr eilig. »Schon gut, schon gut, ich bin ja gleich wieder da.«

Jackpot. Kaum ist die Tür zu, schnappe ich mir die Akte und das Erste, was meine müden Augen sehen, ist die gemeine Visage der Braunkaucher-Sülzn. Auf einem Foto vom Erkennungsdienst. Von vorne, von rechts, von links, die Dreifaltigkeit des Teufels. Schnell überfliege ich ein paar Berichte und mache hastig Aufnahmen von den Seiten, die mir wichtig erscheinen. Dieser Horst ist echt eine arme Fritte gewesen, keine Frage. Denn neben den offiziellen Berichten hängen klein bekritzelte Klebezettel mit Schnöders Notizen. Das Grauen in Kurzfassung. Mir wird beim Lesen schon schlecht.

BKS macht kaltblütigen Eindruck. BKS zeigt trotz nachgewiesenen Misshandlungen ihres Gatten keinerlei Unrechtsbewusstsein (Verweis auf sado-masochistisch geprägte Liebesbeziehung). Keinerlei Hinweise auf Trauer bei BKS. BKS leugnet mögliches Motiv. Verweis auf Siegfried Kern.

Und dick unterstrichen noch ein letzter Hinweis:

Fahndung Kern einleiten, Weisung Sta Preller: Presse aktivieren.

Dem habe ich diese mediale Hetze also zu verdanken. Insgesamt sieht es dennoch nicht so schlecht aus. Aber bevor ich hier so richtig in Begeisterung ausbrechen kann, fällt mein Blick auf ein Schreiben mit dem Briefkopf der Uni-Klinik. Das muss ich noch überfliegen, bevor Schnöder wieder zurückkommt. Hoffentlich reicht die Zeit.

... kein Verlust der Impulskontrolle festzustellen ... zeigt keinerlei Anzeichen für antisoziale Persönlichkeitsstörung ... daher keine Anhaltspunkte für Abnormitäten in Bezug auf aggressives Verhalten ... somit geht aus psychiatrischer Sicht auch keine besondere Gefährdung durch die begutachtete Ursula Braunkaucher-Sülzn aus ...

Offensichtlich hat sich die Regierungsrätin per psychiatrisches Gutachten bestätigen lassen, dass sie keiner Fliege was zuleide tun könnte, und hat so den Termin beim Haftrichter zur Farce gemacht. Und als ich sehe, wer für das Gutachten verantwortlich zeichnet, schwinden mir die Sinne. Dr. Franz Harnmüller höchst selbst. Ich höre Schritte auf dem Gang und beeile mich die Akte wieder an ihren Platz zu schieben und die Kamera zu verstauen. Schnöder entschuldigt sein Fernbleiben knapp und setzt sich. Er sieht irgendwie genervt aus. Kein Wunder, Bernd sollte ihn ja nur mit einem fingierten Anruf aus dem Büro lotsen. Doch bevor Schnöder wieder mit mir spricht, nimmt er sich noch die Zeit, die Akte geometrisch nach den Linien des Tisches auszurichten. Jetzt hat er mich. Wenn er die Fingerabdrücke von der Akte mit denen auf meinem Büchereiausweis vergleicht, bin ich geliefert. Er sieht zu mir hoch. Er sieht alles. Er kann bestimmt sogar die Fingerabdrücke mit seiner Superbrille erkennen. »Herr Büschl, ich habe das unbestimmte Gefühl, dass wir uns kennen. Kann das sein?«

Das Messer ist wieder da. Da wo es weh tut. Jetzt hast du doch alles untersucht, quäl mich doch nicht so, buchte mich ein, na los. Ich möchte jetzt nur noch alles sagen, es loswerden, dem Bullen die ganze schändliche letzte Woche vor die

Füße kotzen, damit es raus ist und ich endlich das einzig Richtige tun kann, nämlich mich zu stellen wie ein Mann, wie Rocky. Doch anstatt zu gestehen oder meine Unschuld zu beteuern am Tod von diesem Herrn Sülzn, werfe ich auch noch mein letztes bisschen Selbstachtung über Bord und pokere weiter drauf los. »Mich? Nein, nein, das wüsste ich, aber das höre ich öfter. Ich bin halt ein Allerweltstyp.«

Schnöder mustert mich von oben bis unten und lächelt auf einmal. Nicht so richtig fröhlich, eher süffisant. »Das würde ich jetzt so nicht unterschreiben. Wie auch immer, Herr Büschler ...«

»Büschl« korrigiere ich ihn und klopfe mir im Geiste auf die Schulter. So nicht, Columbo, so nicht.

»Ist Ihnen an Herrn K. irgendwas Besonderes aufgefallen?«

Ich tue so, als müsste ich überlegen. »Naja, er war jetzt nicht so gut drauf, wenn Sie das meinen. Ansonsten eher nicht.«

Schnöder runzelt die Nase, sodass sich seine Brille schon wieder bewegt. Diesmal nach oben. »Was haben Sie denn da gemacht? Mit Ihrem Gesicht, meine ich.«

Oh nein. Ist mein Bart doch noch verrutscht? Wenn ich jetzt dran rum zuppele, dann bestimmt. Ich kann die Bewegungen meiner Finger gerade noch in eine andere Richtung lenken, auf die verbleibenden Pflaster auf der Backe.

»Ach so, ja. Wissen Sie, Bier und Heimwerken vertragen sich nicht so gut.«

Schnöder nickt verständnisvoll und faltet die Finger wie zum Gebet. Weiße Finger ohne Haare, die Fingernägel manikürt. Kein Tatortkommissar, so viel steht fest. »Herr Büschl, es ist so. Ich bedanke mich für die Information, aber soweit waren wir schon. Sie sind nicht der einzige, dem Herr K. in der Altstadt aufgefallen ist. Und die mögliche Tatzeit wird von Ihrer Aussage auch nicht vollständig gedeckt. Trotzdem, herzlichen Dank, würden sich alle Bürger so verhalten wie Sie, hätten die Verbrecher keine Chance. Und dann noch bei Ihrem Rücken. Also dann ...«

Gut, dass er mich an mein Rückenleiden erinnert. Er streckt mir seine Hand entgegen und ich erhebe mich mit leicht schmerzverzerrtem Gesicht. Schnöders Händedruck ist trocken und fest, meiner ist das nicht.

»Ist doch Ehrensache«, sage ich im Rausgehen, wobei er mir fast freundschaftlich mit der anderen Hand auf die Brust klopft. Ich finde das ein bisschen schräg, denke mir dann aber, dass er sich bei seiner Körpergröße zu sehr strecken müsste, um mir auf die Schulter zu klopfen.

»Alles Gute für Sie, passen Sie auf sich auf, Herr Kern.«

Ode an die Freude II

Als ich auf dem Weg nach unten bin, vibriert der Paternoster, so schlottern mir die Knie. Ich versuche meine Nerven zu beruhigen, indem ich das Gespräch noch einmal Revue passieren lasse. Ist eigentlich richtig gut gelaufen, also keine Panik jetzt. Und man kann über die Polizei sagen, was man will, dieser Herr Schnöder ist ausgesprochen höflich und zuvorkommend. Gar nicht wie im Krimi. Hat mir sogar *Alles Gute* gewünscht. Moment mal, hat er mich nicht gerade mit *Herr Kern* verabschiedet? *Passen sie auf sich auf, Herr Kern?* Ich bin mir nicht mehr sicher. Kann eigentlich nicht sein, wahrscheinlich spielt mir mein verwirrtes Ich einen Streich. Ich weiß ja schon ohne Tarnidentität nicht mehr, wer oder was ich eigentlich bin. Und selbst wenn er *Kern* gesagt haben sollte, ist ihm das bestimmt rausgerutscht. Der hätte mich doch sonst nicht gehen lassen.

Ich beschließe, Bernd hiervon nichts zu sagen, der macht sich schon genug Sorgen um mich, der Arme. Vorsichtshalber blicke ich mich an jeder Straßenecke zweimal um, um zu sehen, ob Schnöder mir folgt, aber ich kann keine verdächtigen Aktivitäten ausmachen. Ok, ok, alles wird gut.

Heute scheint seit einer halben Ewigkeit mal wieder die Sonne, und das ist doch ein gutes Zeichen, oder? Mir fällt auf, dass ich mich seit ebendieser Ewigkeit praktisch nur in muffigen oder verrauchten Buden aufgehalten habe. Es ist höchste Zeit für ein bisschen Erholung an der frischen Luft. So wie andere Menschen das auch tun, will ich spazieren gehen und den lieben Gott einen guten Mann sein lassen. Ich muss den Umstand nutzen, dass ich so gut getarnt bin und mich wieder frei unter Menschen wagen kann. Unter Menschen gehen, genau. Wahrscheinlich ist es so einfach. Ich gehe unter Menschen und werde sehen, was die so machen, und dann wird mir schon wieder einfallen, wie das ist, wie man sich fühlt, wenn alles gut ist. Wo gehen andere Menschen hin an einem so wunderschönen Herbsttag? Es zieht sie ans Wasser, ganz klar. Damit sie ihre Sorgen an den guten alten Papa Rhein übergeben können. Sie schmeißen ihren Müll einfach von der Rheinpromenade in eine der vorbeifahrenden Kohleschuten oder auf einen Reisedampfer der weißen Flotte und schwuppdiwupp sind die lästigen Gedanken auf dem Weg nach Rotterdam. Arme Niederländer. Als wäre es nicht schon schlimm genug, dass sie ihre gutturale Sprache Rico und seinem Speciaal-Kraut leihen müssen.

Sei es, wie es sei, ich mische mich unters Volk und gehe einfach nur spazieren. Die Kö entlang mit ihrer heilen Welt aus Designer-Labeln und den ganzen Botox-Hackfressen. Hier falle ich nicht auf. Und wenn schon. Dann halten sie Bernds Samtjackett vermutlich für den neuesten Schrei oder zerreißen sich hinter meinem Rücken das Maul. *Samt geht gar nicht. Und dann die Cowboy-Stiefel, da kriegt man ja Augenkrebs von, hahaha.* Ich geh rüber zur Altstadt, die Bolker runter, am *Weißen Bären* und am *Spiegel* vorbei bis runter zum *Uerige*. Das Uerige ist die gute Seele von Düsseldorf. Eine Altbierbrauerei als gemeinsamer Nenner für eine ganze Stadt. Hier sitzen Uni-Professoren, Maurer, Bank-Fritzen, Studenten und Touristen und freuen sich, dass sie von ihren Bierbänken den Blick auf den Rhein genießen können. Also freue ich mich auch, hier darf ich das. Aber etwas fehlt noch. Gott sei Dank hat das *Uerige* irgendwann damit angefangen, auch Weißbier zu brauen, denn der Anblick von der malzigen Altbierbrühe lässt bei mir so etwas wie Freude gar nicht erst zu. Freude. Ich kann sie sehen bei den anderen. Manche sitzen alleine und freuen sich über die Sonne in ihren Gesichtern, andere sind zu zweit, Pärchen oder Kumpel, wieder andere hocken zusammen in Grüppchen und streiten über irgendein Problem auf der Arbeit, aber am Ende lachen sie zusammen, stoßen an. Zuerst regen sie sich auf und dann lachen sie. Das ist mein Weg. Aufgeregt habe ich mich genug, es ist Zeit für ein bisschen Entspannung. Ich konzentriere mich auf mein Bier, und damit das auch was wird, sehe ich mal von den anderen Menschen weg, denn es soll meine Freude werden und kein Fremdfreuen. Ich nehme einen tiefen Schluck und warte. Ich gucke auf mein Weizenglas. Es perlt ganz schön und eine tolle Farbe hat es auch. *Er gönnt sich*, würden meine Schüler jetzt sagen. Ganz genau, ich gönn mir. Da kommt Freude auf, wie es heißt. Aber bei mir kommt da grad gar nix, wenn ich ehrlich bin. Außer, dass sich in meinem Kopf schon wieder alles um die Frage dreht, wie ich mich aus meiner trostlosen Lage befreien kann, und vor allem, was danach passieren soll. Jede dieser Luftbläschen in meinem Weizen hat mehr Spaß am Leben als ich. Für die geht es nämlich immer nur nach oben. Zuerst sitzen sie am Glas fest, doch irgendwann lösen sie sich und perlen nach oben und gehen in der Schaumkrone auf. Ein wunderbarer Tod, wenn es sowas überhaupt gibt. Aha, jetzt bin ich also schon bei Todesgedanken. Mission grandios gescheitert, würde ich mal sagen. Ich nehme noch einen Schluck und lasse die Luftblasen in Ruhe sterben. Hoffentlich räumt der Wirt mein Glas nicht sofort weg, wenn ich gegangen bin, dann können sie noch ein bisschen die schöne Aussicht genießen.

Das Monster

Zurück in der Kiefern wundere ich mich erst einmal, dass Bernd nicht da ist. Er hat auch keine Nachricht hinterlassen, er müsse dringend etwas erledigen oder so. Eigentlich müsste er doch auf glühenden Kohlen sitzen und darauf hinfiebern, mit mir die Ergebnisse meiner Recherche zu besprechen. Als ich die Rumpelkammer, die unser provisorisches Nachtlager geworden ist, betrete, merke ich aber, dass Bernd sehr wohl da ist. Er schläft, ist das zu fassen? Gut, das war wahrscheinlich alles ein bisschen viel für ihn. Wie er so daliegt auf unserer Gästematratze, erinnert er mich an ein Baby. Nein, eher an einen Fötus. Bernd hat die Knie angezogen und sich fast komplett unter der Bettdecke versteckt, als sei er auf einem Campingausflug und der Schlafsack reicht nicht aus, um die Oktoberkälte draußen zu halten. Dabei ist es überhaupt nicht kalt, im Gegenteil, es ist richtig stickig in der Bude. Bernd lutscht an seinem Daumen. Ist wohl besser, ihn schlafen zu lassen. Später ist auch noch Zeit für die Strategiebesprechung. Aber ich muss erst einmal aus diesen Klamotten raus. Das blöde Jackett und das Hawaiihemd lege ich zu Bernds anderen Habseligkeiten, packe den Bart oben drauf und versuche, die Sachen genauso akkurat zu falten und auf den Boden zu legen, wie Bernd das tun würde. Ich mache also einen kleinen Kleiderhaufen und platziere ihn so, dass er rechtwinklig mit Bernds Tasche abschließt. Sehr, sehr schön. Ich möchte mich gerade abwenden, da fällt mein Blick auf etwas Rotes, das unter einer gefalteten Unterhose hervorschaut. Ein rotes Schreibheft. Ich versichere mich, dass Bernd tatsächlich noch schläft, und ziehe es vorsichtig raus. Könnte ein Tagebuch sein. Ich weiß natürlich noch von meiner Ehe mit Jenny, dass man fremde Tagebücher nicht lesen darf, dass es da so eine Art Ehrenkodex gibt. Jenny hatte einen ganzen Stapel solcher Hefte gehabt, die jetzt irgendwo zwischen dem alten Beethoven und meinen Lucky-Luke-Heftchen verstauben. Ich habe sie nie geöffnet, der Ehrenkodex gilt über den Tod hinaus, denke ich mir. Aber auf diesem Heftchen steht ja auch nicht *Tagebuch* drauf, und Bernd ist auch nicht meine Frau. Also gilt dieser Kodex hier nicht? Wahrscheinlich ist es gar kein Tagebuch, sondern die Analyse, von der Bernd gesprochen hat, also kann ich sehr wohl einen Blick riskieren. Ich setze mich auf den Boden und schlage das ominöse Heftchen auf. Handgeschriebenes, kleine Schrift, ein bisschen krakelig. Das passt gar nicht zu Bernd. Ich blende mein schlechtes Gewissen aus, beginne zu lesen und schiele mit halbem Auge immer auf den schlafenden Bernd. Nach den ersten Zeilen weiß ich, dass ich das nicht einfach wieder weglegen kann. Das ist krasses Zeug.

Heute bin ich das erste Mal dem Monster begegnet. Es sah mir direkt ins Herz und ließ es gefrieren. Wie kann es mir das antun? Ein gefrorenes Herz kann nicht pumpen. Also muss ich mir denn dabei zusehen, wie ich mich langsam, Stück für Stück, in einen Eisklumpen verwandele? Doch das Monster hatte Mitleid und schenkte mir seine Gnade. Ein Gefühl tiefster Dankbarkeit und Verbundenheit durchströmte mich, als es von mir abließ, und ich wusste, dass ich dem Monster für immer zu Diensten sein würde, mit Haut und Haaren. Wie also kann ich nur darüber nachdenken, wie ich mich ihm entziehen würde? Was für ein herzloses Geschöpf tut so was? Ich empfange die Gnade, weiterleben zu dürfen, und trete sie mit meinen schwarzen Gedanken mit Füßen. Nein, das ist nicht der Weg. Es gibt nur einen Weg, ich will mich mit Freuden fügen und all die Demütigungen und Schmerzen als das empfangen, was sie sind. Geschenke eines liebenden Dämonen. Sie sagen mir, dass wir für einander bestimmt sind.

Bernd schläft noch und ich blättere ein paar Seiten vor. Ich wusste gar nicht, dass Bernd an einem Roman schreibt. Aber wenn er vorhaben sollte, das hier jemals einer Öffentlichkeit zugänglich zu machen, sollte er dringend an seinen Sprachbildern arbeiten. *Ein gefrorenes Herz kann nicht pumpen* blablabla. Fürchterlich und dann schon wieder *herzlos.* Wenn ich einen Rotstift zur Hand hätte, würde ich *pumpen* unterringeln und *Stil!* an den Rand schreiben und in Klammern *schlagen* hinzufügen. Ganz schön schwülstig, die literarischen Auslassungen von meinem Escape-Buddy. Aber warum nicht? Es wird so viel Mist veröffentlicht, irgendwo ist bestimmt auch ein Markt für Bernd Büschl mit dem Samtjackett und dem bahnbrechenden Roman *Ein gefrorenes Herz kann nicht pumpen.* Auf jeden Fall schlägt einem der Text aufs Gemüt, da kann man gar nicht meckern.

Du siehst mich nicht, weil du ein Monster bist. Du hast mich immer weiter getrieben wie einen nutzlosen Hund, auf den Abgrund zu, an dem ich jetzt stehe. Und ich weiß nicht einmal, warum. Habe ich dich nicht genug verehrt? Habe ich mich dir nicht mit Leib und Seele verschrieben? Was von deiner Liebe bleibt, sind Trümmer und Narben. Ich habe versucht, dir zu sagen, dass ich das nicht will, dass ich das nicht kann, aber es war dir egal. Nein, es war dir sogar recht. Und auch dafür habe ich dich geliebt. Weil jede meiner Fasern dir gehörte. Mich in dir aufzulösen, hat mich erst komplett gemacht. Doch tief in mir wusste ich, dass ich so nicht leben kann. Aber ein Leben ohne dich, ist das denn möglich? Wer einmal von der Süße gekostet hat, die nur echter Schmerz zu schenken vermag, wird nie wieder etwas anderes wollen. Auch, wenn es einen um-

bringt. Jedes Mal, wenn du mir aufs Neue mit deinen Spielzeugen, die du beim Teufel persönlich gekauft haben musst, zu Leibe gerückt bist, habe ich mich ehrlich lebendig gefühlt und nicht nur am Leben. Doch das ist eine Täuschung, denn du bist die Täuschung. Ich werde das, uns, nicht überleben. Und es gibt nur die eine Möglichkeit, dir zu entrinnen und das scheinbar Unausweichliche zu besiegen. Es ist mir unmöglich, neben dir zu atmen, es ist mir unmöglich zu existieren und zu wissen, dass du noch irgendwo da draußen bist, denn ich kann so wenig mit dir sein wie ohne dich. Ginge ich zurück zu dir, die für mich immer wieder dieses herrliche Grauen heraufbeschworen hat in einer Dimension, die keine Seele kennen sollte, ginge ich in den sicheren Tod. Und dennoch liebe ich dich, sehne mich nach deinen Schlägen. Du hast auf mich eingehämmert und was mir geblieben ist, sind Krümel meiner selbst, die ich jetzt akribisch zusammenfügen muss zu etwas Neuem, das ohne dich auskommen muss. Doch sobald ich auch nur ein Fünkchen Hoffnung schöpfe, bist du wieder da in meinem gemarterten Geist und verfolgst mich in meine Träume. Und ich weiß, dass du nicht ruhen wirst, bevor ich, die jämmerliche Kreatur, die du einst geschaffen, vollends zerstört bin. Erst dann ist dein Werk vollendet, doch ich werde dich wieder enttäuschen, ein letztes Mal. Und ich weiß, dass es erst vorbei sein kann, wenn du vernichtet bist.

Jetzt ist mir auch kalt auf einmal. Ich schiebe das Heft vorsichtig zurück und hoffe, dass es sich tatsächlich um einen Schundroman handelt und nicht doch um ein Tagebuch. Wenn nicht, dann sollte ich Bernd aufwecken, denn süße Träume hat er sicher keine. »Bernd, wach auf! Es gibt gute Neuigkeiten!«

Bernd ist mit einem Schlag hellwach. Das ist gelogen, eher mit mehreren Schlägen, denn ich muss ganz schön rütteln an dem armen Kerl. Und die frohe Kunde mitteilen.

Er klopft mir auf die Schulter und sagt: »Ziggy, ich bin stolz auf dich! Ich wusste, dass du das kannst. Also, ich habe es gehofft! Jetzt geht es los, jetzt können wir zurückschlagen!«

Mir ist noch nicht ganz klar, wie und warum, aber ich lasse mich für den Moment von Bernds Energie inspirieren und bereite alles vor für den Rückschlag. Gott sei Dank hat Rico einen PC, der funktioniert. Das war so nicht zu erwarten. Ich fahre das Ding hoch. Verdammt, eine Passwortabfrage. Was jetzt?

»Lass mich mal«, sagt Bernd. »Das ist kein Problem.« Bernd zieht einen USB-Stick aus der Tasche und steckt ihn in einen Slot. Es erscheint ein Eingabemenü, Weiß auf Schwarz mit blinkendem Cursor, so wie bei den ersten PC-Generationen. Bernd lässt seine Finger über die Tasten fliegen und Zeichenkolonnen rauschen von oben nach unten. Unglaublich, was Bernd da macht. Und tatsächlich – das Betriebssystem startet. Das Hintergrundbild ist ein Schocker. Eine Hanfpflanze in Form einer nackten Blonden, in deren Unterleib eine qualmende Bong steckt. Herrgott nochmal, hoffentlich werde ich das Bild jemals wieder los. Bernd schüttelt nur den Kopf und atmet theatralisch aus. »Gib mir mal die SD-Karte aus der Kamera.«

Meine Aufnahmen sind geglückt, doch damit wir nicht vor diesem verstaubten Bildschirm rumhängen müssen, drucken wir meine Beute aus und legen die Blätter auf den Glastisch im

Wohnzimmer. Als Erstes nehmen wir uns den KTU-Bericht aus dem Hause Sülzn vor, denn Bernd will genau wissen, was mit dem Mann geschehen ist. Er sagt, es sei wichtig für mich, zu erfahren, was genau ich nicht getan habe, damit wir beweisen können, dass ich es nicht getan habe. Ganz genau verstehe ich die Logik nicht, aber das Detektivspielen beginnt, mir Spaß zu machen, und so stellen wir uns den gruseligen Details aus der Welt der Schwerverbrecher.

Zuerst wird der Kellerraum beschrieben, in dem das Opfer anscheinend gefoltert wurde, bevor es mit ihm zu Ende ging. Da ist die Rede von einem Metallstuhl, auf dem Reste von Blut und Urin vom Opfer sichergestellt wurden. Dazu Hautpartikel an Hand- und Fußfesseln. Und jetzt kommt ein Teil, der auch den geübten Tatort-Gucker nicht kaltlässt. Abriebspuren einer Schuhsohle auf dem Treppenaufgang zur Garage. Arbeitshypothese: Die Leiche wurde durch die Garage in den PKW verladen. Und weiter geht es: Das Luminolverfahren hat auf den Fliesen des Raumes großflächige Spuren von Blut sichtbar gemacht (Abb. 4-7).

Abbildungen 4-7 sind blau-violett leuchtende Pfützen, die mich entfernt an Mandalas erinnern. Wenn das alles Blut war, muss der Sülzn komplett ausgelaufen sein. Im weiteren Verlauf ist die Rede von Wäscheklammern und Pinzetten mit Geweberesten, von Augenwimpern und von Speichel und Haaren. Bernd und ich sitzen schweigend vor diesem Dokument der Gewalt, und ab und an entkommt Bernd ein schweres Schnaufen, als würde es mit ihm zu Ende gehen. Ich habe genug von Körperflüssigkeiten und so lege ich die Blutseite weg und wir betrachten die sonst noch sichergestellten Gegenstände, die mit Nummern markiert sind. Was folgt, ist ein

Katalog. Nummer Sieben sticht mir gleich ins Auge: Büchereiausweis, ausgestellt auf Siegfried Kern. Einzige brauchbare Fingerabdrücke registriert auf Siegfried Kern. Bernds Augen sind wohl an der gleichen Stelle. »Woher haben die denn deine Fingerabdrücke? Bist du etwa auch noch vorbestraft?«

»Würde dich das wundern? Keine Angst, bin ich nicht. Aber das mit den Fingerabdrücken erzähle dir ein andermal. Ich bin grad nicht so in Anekdotenstimmung.«

Weiter geht's. Gegenstand Nummer Acht. Stabtaschenlampe, Marke Maglite: Länge 34 Zentimeter, Durchmesser sieben Zentimeter, Anhaftungen von Vaginalsekret. Zuordnung Ursula Braunkaucher-Sülzn.

»Sollen wir eine Pause machen?«, schlage ich vor. Ich bin restlos bedient. Bernd auch, wie es scheint, er sagt nicht mal mehr was. Irgendwie ist es auch kein Trost, dass ich mit meiner ursprünglichen Einschätzung über die Aktendomina gar nicht so daneben lag. Anscheinend reichen ihr Akten aber nicht. »Was ist das bloß für ein Mensch, die Braunkaucher-Sülzn? Was hat die bloß mit ihrem Mann gemacht? Stell dir mal vor, Bernd, du wärst mit der verheiratet – wie abartig wär das denn?«

Bernds Mundwinkel zittern und das wundert mich nicht. Ich bin durch den Konsum nicht immer besonders hochwertiger Thriller und Splatterfilme einiges gewöhnt, aber Bernd ist nicht so hartgesotten. Ich frage mich, auf welcher Insel der Glückseligkeit der bisher gelebt hat. Aber das hier ist auch grobes Schrot, selbst für mich. So schwarz auf weiß und in Echt ist das nämlich nochmal was anderes. Besonders, wenn man selber knietief drinsteckt. »Kannst du mir erklären, wieso der Sülzn nie zur Polizei gegangen ist? Ich meine, der muss doch irgendwann mal gemerkt haben, dass er einen Todesengel geheiratet hat.«

Bernd atmet schwer und ich fürchte schon, er hat einen Asthmaanfall oder sowas. »Warum gehen Frauen, die von ihren Männern verprügelt werden, nicht zur Polizei? Oder ziehen die Anzeige zurück, wenn sie es dann doch geschafft haben? Und jetzt frage ich dich: Welcher Mann würde zugeben, dass er von seiner Frau misshandelt wird? Außerdem denke ich, dass er sie einfach geliebt hat. So muss es sein.«

Da muss ich jetzt schon mal drüber nachdenken. Jenny hatte auch so Phasen, in denen ich mir nicht sicher war, ob das noch meine Frau ist oder eine Furie, komplett außer sich und von bösen Geistern geritten. Bei uns ging viel zu Bruch, wenn sie ihre Phasen hatte. Vasen, Gläser, Teller. Einmal hat sie mit meinem Plattenspieler nach mir geworfen, nur weil ich ihre »emotionale Logik«, wie sie es nannte, mal wieder nicht verstanden hatte. Aber da gab es auch nichts zu verstehen. Für mich. Wir waren Eins, aber ich war nicht sie, ich war nie in ihrem Kopf. Ich habe diese Dunkelheit nie gespürt, die da irgendwo saß und auf ihre Chance wartete. Aber wäre ich zur Polizei gegangen, wenn sie mich getroffen hätte mit dem Plattenspieler? Niemals. Jetzt hat mich Bernd angesteckt, auch ich muss schwer atmen. Ich würde unsere Dokumentensichtung am liebsten vorerst beenden, um das alles gleich wieder zu vergessen, bevor es sich in mir festsetzt und mich in meinen Träumen heimsucht. Aber Bernd will anscheinend weitermachen und deutet nun auf ein paar Seiten, in denen ein Gespräch protokolliert ist. Ich sehe mir das genauer an und stelle fest, dass es sich um das Transkript einer Vernehmung handelt. Aber bevor ich mir das auch noch reinziehe, bediene ich mich an Ricos gut sortierter Plattensammlung. Es gibt nur eine Scheibe, die zu dieser Lektüre passt. *Iron Maiden. – The number of the beast.* Als Bruce Dickinson anfängt zu singen, ist mir, als hörte ich die angsterfüllten Schreie Horst Sülzns. Und sie kommen direkt aus der Hölle.

Die Befragung

Vernehmung Ursula Braunkaucher-Sülzn (im Folgenden BKS) durch KHK Schnöder (im Folgenden KHK) am 19. Oktober 2014. Polizeiinspektion Düsseldorf 1

Vernehmungsraum 3
Beginn der Vernehmung: 10:45
Ende der Vernehmung: 11:02

KHK: Sie sind Regierungsrätin Ursula Braunkaucher-Sülzn, wohnhaft am Greinerweg 4 in Düsseldorf-Grafenberg. Sind diese Angaben korrekt?

BKS: Das ist korrekt, Herr Wachtmeister. Schön haben Sie es hier.

KHK: Kriminalhauptkommissar, bitte. Nun ja, unsere Räumlichkeiten wirken nicht ganz so morbide wie Ihr Keller. Ich hoffe, Sie fühlen sich trotzdem wohl.
[Pause]

KHK: Sie hatten in der letzten Woche eine Auseinandersetzung mit einem gewissen Siegfried Kern, wobei *Auseinandersetzung* wohl Schönfärberei in den Akten sein dürfte. Sind Sie gewalttätig?

BKS: Ich könnte keiner Fliege was zu Leide tun.

KHK: Sie belieben zu scherzen. Sie haben Siegfried Kern bewusstlos geschlagen.

BKS: [lacht]

BKS: Erstens hat es bisher auch keine Fliege gewagt, mir in den Ausschnitt zu kotzen. Und zweitens hat sich diese Karikatur von einem Pädagogen seine Verletzungen selbst zugefügt, wie Sie ...

KHK: Wie bitte? Ihnen ist wohl nicht bewusst, in was für einer prekären Lage Sie sich befinden. Hanebüchene Theorien wie diese lassen mich sehr an Ihrer Glaubwürdigkeit ...

BKS: Dazu ist alles gesagt und dieses *Alles* ist hinreichend dokumentiert. Vertrauen Sie Ihrer Kriminaltechnik. Sie werden keinen Zusammenhang zwischen mir und den Verletzungen von Herrn Kern finden. Und wissen Sie auch warum?

KHK: Ich bin ganz Ohr.

BKS: Weil es keinen gibt. Vielleicht sollten Sie sich eine psychiatrische Expertise über Herrn Kern einholen. Ist der nicht aus der Psychiatrie abgehauen und hat dabei noch einen Arzt halb totgeprügelt? Das arme Ding. Wenn Sie mich fragen, der Mann ist ein Psycho, gemeingefährlich und autoaggressiv.

KHK: Wissen Sie, Frau Regierungsrätin, ich bin seit nunmehr 35 Jahren Polizist. Aber von so einem Irrsinn habe ich noch nie gehört.

BKS: Nicht wahr? Kaum zu fassen, was für Kretins unsere Kinder unterrichten.

KHK: Ich rede von Ihrer Aussage! Eine einzige Frechheit ist das, was Sie da zu Protokoll gegeben haben!

BKS: Herr Schnöder, kann ich jetzt gehen?

HKH [laut]: Sicher nicht! Glauben Sie ernsthaft, dass Sie damit durchkommen? Wir sind nämlich nicht nur hier, um über Ihre Kollateralschäden zu schwadronieren, sondern um darüber zu reden, was Sie mit Ihrem Mann gemacht haben!

BKS: Mein Privatleben fällt nicht in Ihre Zuständigkeit, fürchte ich.

KHK: Leider irren Sie sich da – bei Ermittlungen in einem Tötungsdelikt gibt es keine Privatsphären mehr. Aber ich bin gerne bereit, das hier abzukürzen. Wissen Sie, in vier Wochen werde ich pensioniert, und ehrlich gesagt ist mein Bedarf an perversen Grausamkeiten nach all den Jahren längst gedeckt. Aber so ist nun einmal mein Beruf, also: Sparen wir uns die schmutzigen Details. Beantworten Sie einfach die nächste Frage mit JA, und wir machen hier Feierabend. Haben Sie Ihren Mann getötet?

BKS: Das habe ich nicht.

KHK: Ich glaube Ihnen nicht. Es gibt Hinweise en masse in Ihrem Haus dafür, dass er vor seiner Ermordung schwer misshandelt wurde.

BKS: Misshandelt trifft es nicht ganz. Und ermordet? Haben Sie denn eine Leiche?

KHK: Wie wäre es mit gefoltert?

BKS: Gezüchtigt, Herr Wachtelmeister, gezüchtigt ist der passende Ausdruck. Eine ganz normale Züchtigung, wie sie in keiner guten sado-masochistisch geprägten Beziehung fehlen sollte.

KHK: Sie bestreiten also nicht, dass Sie Ihrem Mann körperliche Schäden zugefügt haben?

BKS: Ich bestreite nicht, dass mein Mann und ich gespielt haben.

KHK: [laut] Gespielt? Seine Hautfetzen und sein Blut sind über den ganzen Kellerboden verteilt! Was haben Sie gespielt? Doktorspiele? Aderlass? Zum letzten Mal: Wo ist Ihr Mann? Wo ist seine Leiche?

BKS: Es gibt keine Leiche. Horst war auf der Betriebsfeier seiner Bank. Er kam spät und roch wie eine läufige Wildsau. Da habe ich ihn *befragt*, so wie das Millionen andere biedere Ehefrauen auch tun, wenn ihre Gatten stockbesoffen und nach Sprit und Nuttendiesel stinkend das eheliche Heim betreten. Nicht mehr ...

[Pause]

BKS: Aber auch nicht weniger.

KHK: Wo ist Ihr Wagen?

BKS: Den hat er anscheinend mitgenommen.

KHK: Wer?

BKS: Wer wohl? Mein Mann natürlich. Darf ich rauchen?

[BKS raucht]

KHK: Sie wurden gesehen. Augenzeugen haben dokumentiert, wie Sie am Steuer Ihres Passats sitzend um 17 Uhr weggefahren sind. War Ihr Mann da schon tot?

BKS: Das war bestimmt die Krampl. Ihre angebliche *Augenzeugin* ist ein Blindgänger. Die ist so kurzsichtig, dass sie auf drei Meter einen Mann nicht von einem Kanaldeckel unterscheiden kann.

KHK (schnauft laut): Ich fasse noch einmal zusammen. Herr Kern, der Studienrat, hat eine Anhörung bei Ihnen und verletzt sich in Ihrer Gegenwart selbst so schwer, dass er sich an nichts erinnert. Ihr Ehemann wird von Ihnen *befragt*, wie Sie sich ausdrückten, verschwindet und hinterlässt eine Blutspur in Ihrem Keller, als sei er geschächtet worden. Machen Sie reinen Tisch, Frau Regierungsrätin. Die Indizien sind erdrückend. Es wird Ihnen guttun.

BKS: Erdrückend und ermüdend finde ich, dass ich ständig wegen meiner sexuellen Präferenzen kriminalisiert werde. Ich behalte mir eine Beschwerde über Sie bei der Dienstaufsicht vor. Im Übrigen werde ich jetzt gehen.

KHK [sehr laut]: Es reicht! Hören Sie endlich auf mit dieser Show! Was sind Sie denn für ein Mensch? Haben Sie denn gar kein Mitgefühl mit Ihrem Mann?

[KHK schlägt mit der Hand auf den Tisch]

BKS: Klassische Übersprungshandlung. Zu Ihrer Frage: Nein. Aber dafür habe ich etwas anderes.

KHK: So, was denn?

BKS: Ein Alibi. Und darüber werden Sie zu gegebener Zeit von höherer Stelle in Kenntnis gesetzt werden. Von viel höherer Stelle.

KHK: Ich weiß nichts von einem Alibi. Aber wir werden ja sehen. Befragung beendet um 11.02 Uhr. Und jetzt gehen Sie. Frau Regierungsrätin, wir sehen uns morgen beim Haftprüfungstermin.

Das Alibi

Bernd und ich sitzen auf der Horrorcouch und schweigen uns an. Es kommt mir vor, als hätten wir beide gerade einen Krimi gesehen und seien nun über den Ausgang enttäuscht. Denn normalerweise gewinnen ja nicht die Bösen. Aber es sieht nicht gut aus. Wie der Haftprüfungstermin ausgegangen ist, ist klar. Jedenfalls läuft die Braunkaucher-Sülzn noch frei rum. »Die gute Nachricht ist, dass der Film ja noch nicht vorbei ist«, versuche ich mich an einer Überbrückung des Schweigens.

»Wenn das die gute Nachricht ist, möchte ich gar nicht wissen, wie das ist, wenn du merkst, dass es bergab geht.«

Bernd kann einen echt runterziehen manchmal.

»Komm schon, immerhin wissen wir jetzt, dass dieser Schnöder eigentlich Frau Regierungsrätin im Visier hat und nicht mich.«

»Hatte«, korrigiert mich Bernd, »denn wie wir auch wissen, hat ihn inzwischen ein Staatsanwalt namens Preller auf dich angesetzt. Okay, aber du hast natürlich Recht. Es könnte schlimmer sein. Ich frage mich nur, wie es sein kann, dass Frau Braunkaucher-Sülzn von deiner Psychiatrieerfahrung wusste. In der Zeitung stand das doch erst später.«

»Das hat mich auch gewundert. Gibt es denn überhaupt kein Arztgeheimnis mehr?«

Bernd runzelt die Stirn. »Naja, bei einer Morduntersuchung kann ein richterlicher Beschluss das Arztgeheimnis aufheben. Aber wie kommt die Braunkaucher-Sülzn da dran?«

Jetzt fällt es mir wie Schuppen von den Augen. Ich hätte es wissen müssen – die Sache ist sonnenklar. »Logisch! Die BKS steckt mit dem Psychodoc unter einer Decke! Ich fand den in der Klapse schon so komisch. Jedes Mal, wenn die Rede von der BKS war, ist ihm fast einer abgegangen. Ich sag's dir, der steht auf die Hexe! Und dann hat er sie noch selbst begutachtet!«

Bernd ist in sich zusammengesackt. Wahrscheinlich gönnt er mir nicht, dass ich auch mal richtig kombiniert habe. Er hält mich ohnehin für einen ich-bezogenen Arsch, da kann ich meinen Triumph auch auskosten.

»Jetzt sagst du nix mehr, Watson, was? Wer ist hier der Sherlock? Ich fasse mal zusammen: Ich habe den Kommissar geleimt und den Fall gelöst! Bin ich gut?«

Bernd ringt sich zu einem blassen Lächeln durch. »Findest du nicht, dass du übertreibst? Den Fall gelöst? Dann sag mir doch mal, Sherlock, wie die BKS es angestellt hat, die Leiche verschwinden zu lassen.«

»Na, der Harnmüller hat ihr geholfen, ist doch klar!«

Jetzt lacht Bernd sogar. Lacht und macht einen angedeuteten Diener.

»Natürlich, Sherlock. Aber haben wir da nicht eine Kleinigkeit übersehen, Eure Kombinationsgewaltigkeit? Der Harnmüller ist von einem gewissen Siegfried Kern k.o. gehauen worden und hat den Nachmittag und auch den Abend der Tat in einer seiner Psychozellen verbracht. Gefesselt. Vergiss den Harnmüller. Da ist nichts.«

Verdammt. Vielleicht hat Bernd Recht. Es wäre auch zu einfach gewesen. Die Akte ist zu vage, was einen möglichen Tatzeitpunkt angeht. Die Blutflecken konnten laut Aussage des Anwalts der BKS auch von den einvernehmlichen Sado-Maso-Spielchen aus der Nacht vorher stammen, es sei halt ordentlich zur Sache gegangen. Ich frage mich, wie einvernehmlich man die Nacht nackt auf einem Metallstuhl gefesselt verbringen kann. Mit Wäscheklammern auf den Augen, damit man auch genau sieht, wie sich die Ehefrau mit einer Monstertaschenlampe selbst befriedigt. Wie abgewichst muss ein Anwalt sein, der einem Richter so was verkauft? Aber das ist ja noch nicht alles: Außerdem könne man, so der Anwalt, von der Fläche der Rückstände nicht eindeutig auf die Blutmenge schließen. In einer weiteren Aktennotiz muss ich lesen, dass dieser Anwalt beim Haftprüfungstermin zu Demonstrationszwecken etwas Blut auf den Boden des richterlichen Amtszimmers verteilt hatte, um es so umständlich zu verwischen, dass ein riesiger Fleck daraus wurde. Und mit diesem Taschenspielertrick ist die BKS tatsächlich vom Haken gekommen. Hinterher hatten sie nicht mal mehr einen ordentlichen Tatzeitpunkt. Eher einen Zeitraum und zwar von nicht weniger als 20 Stunden. »Ach du Schande ... Das hier wird dir nicht gefallen, Ziggy ...«

»Noch weniger als alles andere?«

»Noch weniger als alles andere. Ich weiß nicht, wie ich dir das beibringen soll ...«

»Mach schon.«

»Also gut. Selbst wenn du ein Alibi hättest, hättest du kein Alibi.«

»Geht's ein bisschen weniger kryptisch, Watson?« Ich reiße Bernd das Schriftstück aus der Hand, und natürlich hat er Recht. Gefällt mir ganz und gar nicht. Der Psychodoc hat doch tatsächlich zu Protokoll gegeben, ich sei bereits um 15 Uhr aus der Klapse abgehauen. Das kann doch gar nicht sein! Als ich in der Altstadt angekommen bin, war es doch schon fast dunkel! Entweder mir fehlen schon wieder ein paar Stunden, oder der Harnmüller lügt, dass sich die Balken biegen. Und das kann ich nur hoffen, denn was da noch alles steht in seiner Expertise über mich, ist noch verheerender als alles, was er mir in der Klapse schon an Ungeheuerlichkeiten zugemutet hat. Unterm Strich komme ich rüber wie Klaus Kinski mit der Attitüde von John Rambo. Kein Wunder, dass ich zum Liebling des Boulevards geworden bin. »Bernd, nimm es mir nicht übel, aber jetzt reicht's. Wirklich. Ich hol mir ein Bier, willst du auch eins?«

Und wenn ich nicht hundertprozentig wüsste, dass danach wieder eine Katastrophe biblischen Ausmaßes über mich hereinbricht, würde ich mich mit *Ricos Speciaal* in einen hundertjährigen Dornröschenschlaf dröhnen.

Psychokärchern

Bernd ist einfach gegangen, ohne mich zu wecken. Hat aber einen Zettel dagelassen. Muss was erledigen. Liebe Grüße, B.

Er hat vermutlich gespürt, dass mich unsere Sherlock-Watson-Geschichte überfordert hat am Ende. Das bringt ja auch alles nix, denn je mehr ich über den Fall Sülzn erfahre, desto hoffnungsloser wird die Sache. Vielleicht sollte ich einfach abreisen, damit ich wenigstens noch einmal das Meer sehe, bevor sie mich verhaften und ein Leben lang wegsperren. Ich stehe unter der Dusche und hoffe stark, dass mit dem Wasser aus Ricos Duschkopf die Düsternis mit abgewaschen wird, die mich schon den größten Teil der Nacht davon abgehalten hat zu schlafen. Ich drehe ganz heiß auf und der Strahl befeuert mein Gesicht. Ein Dampfstrahler, der hoffentlich auch in die Regionen hinter der Stirnplatte vordringt und die Schmutzpartikel rauswäscht, bis mein Geist einen Grad der Reinheit erreicht hat, den man gemeinhin als inneren Frieden bezeichnet. Ich sollte mir das Verfahren patentieren lassen. Einen Namen habe ich auch schon: Psychokärchern. Was dem einen seine vermooste Terrasse, das ist dem anderen sein dunkler Geist. Ich habe Angst, dass ich verbrühen könnte bei der Aktion, aber es hilft ja nix, also drehe ich noch ein bisschen heißer. Ich stelle mir vor, wie meine Gehirnsynapsen stimuliert werden und fortan nur noch neue, fröhliche Verbindungen eingehen, die zur Problemlösung beitragen. Wow, und wie sie anspringen, meine Synapsen. Doch der Film, der vor meinem inneren Auge läuft, ist nicht der Geniestreich, der dieses Chaos entwirren wird, sondern meine eigene Gerichtsverhandlung. Der Staatsanwalt, den mit dem Richter die Leidenschaft für die Philatelie teilt, klappt endlich seine Sammlung seltener Briefmarken aus der Kolonialzeit, Fachgebiet Namibia, zu und räuspert sich, bevor seine Anklageschrift verliest. Das ist viel dabei, was den gemeinen Wutbürger noch wütender und noch gemeiner macht, und so wundert mich auch nicht, dass im Publikum des vollbesetzten Sitzungssaales die ersten Transparente mit Parolen wie *Todesstrafe für Kinderschläger* auftauchen und Unmutsrufe nach vorne dringen, einfach nur, weil ich da bin. Der Richter ruft den Saal zur Ordnung, aber nur halbherzig. Auf dem Richterstuhl sitzt nämlich August Blei. Er hält eine Schrotflinte in der Hand und zielt auf mich und nicht auf das Publikum. Als mein Anwalt, Bernd, sich endlich aufmacht, auch mal was zu sagen oder besser zu nuscheln, nämlich, dass man mich ja schlecht wegen Mordes verurteilen könne, weil es ja gar keine Leiche gebe, da ist der Staatsanwalt hellwach und betet los, von der lückenlosen Indizienkette, angefangen bei meinem psychopathischen Verhalten gegenüber der armen BKS, meinem Motiv, das in den Racheschwüren, die ein gewisser Dr. Franz Harnmüller zu Protokoll gegeben habe, ausreichend dokumentiert sei und als niederer Beweggrund und damit als klassisches Mordmotiv anzusehen sei. Und natürlich erwähnt er noch die Brandstiftung, die Spuren von mir am Tatort und meine Vergangenheit als gewaltbereiter Häuserkämpfer. Das reicht Richter Blei vollkommen und so kommt er im Namen des Volkes zu einem, wie er findet, sehr wohlwollenden Urteil, weil er ja meine Verdienste im Schuldienst nicht ganz unerwähnt lassen wolle. Lebenslange Haft mit anschließender Sicherungsverwahrung. Ja, wann denn? Kriege ich in der Hölle eine Gummizelle?

Meine Haut brennt, und wenn ich nicht tatsächlich noch vor meiner Haftstrafe bei lebendigem Leibe gesiedet werden will, schalte ich um auf eiskalt. Angeblich sind Wechselduschen gut gegen freie Radikale im Körper. Hätte ich das vor fünfundzwanzig Jahren auch so gemacht, wäre ich wahrscheinlich gleich komplett verschwunden, aber da ich im Moment weder besonders frei noch besonders radikal bin, besteht da keine Gefahr.

Renate

»Huhu! Rico? Bist du da?«

Ich habe das Klicken des Türschlosses gehört und stolpere noch etwas benommen aus der Dusche in den Flur, lediglich mit einem Handtuch von Fortuna Düsseldorf bekleidet. »Rico ist ...«

Ich reibe mir die Fata Morgana aus den Augen. Klappt nicht ... Vor mir steht ...

»Renate?«

»Ist es zu fassen? Ziggy!«

Renate wirft ihre feuerrote Mähne nach hinten, ihre Arme theatralisch nach vorne und strahlt. Das Bild erinnert mich an eine Filmszene, in der eine holde Maid ihren geliebten Matrosen endlich wieder in die Arme schließt, nachdem der nach Jahren auf See den Heimathafen ansteuert. Begleitet wird die Zeitlupen-Einstellung von einem Streichquartett. Komisch, dabei waren Renate und ich uns nie wirklich nahe, dachte ich zumindest, aber ihr Anblick löst etwas in mir aus, das ich lange nicht mehr gespürt habe. Das Gefühl, das sich jemand freut mich zu sehen, ja sogar, willkommen zu sein. Entsprechend innig fällt auch die Umarmung aus, Renate hängt sich mir regelrecht um den Hals, schwingt ihre Beine um meine Hüften und küsst mich lange und feucht auf den Mund. An derartig euphorische Begrüßungen nicht gewöhnt, verkrampfe ich natürlich ein bisschen, zumal das Handtuch allmählich zum Problem wird.

»Mann, mach dich mal geschmeidig, du bist ja völlig blockiert.«

Nachdem ich Renates Umklammerung etwas zu grob gelöst habe, blicke ich zu Boden und räuspere mir den Frosch aus dem Hals. Wie gesagt, Small-Talk war noch nie mein Ding. Außerdem komme ich ja gerade von meiner eigenen Verurteilung. Wer kann da so schnell umschalten? »Und ... Wie geht's dir so ... ich meine ... Wie kommst du hier überhaupt rein? Ich hab gar keine Klingel gehört ...«

»Du bist wirklich lange weg gewesen, oder?«

Jetzt fällt es mir wieder ein. Natürlich haben alle im Haus einen Schlüssel für alle Wohnungen. Privatsphäre Fehlanzeige, aber dafür bist du Teil einer Großfamilie.

»Mir sind die Räucherstäbchen ausgegangen und ich weiß doch, dass Rico immer welche hat, um den Kiffgestank in seiner Bude loszuwerden.«

»Der hat ihn doch früher nie gestört, oder?«

»Ihn nicht, aber Herby. Wegen Nele und Thorben. Das zieht doch alles in den Flur, wenn Rico mal wieder eine Krise hat und sich wegdröhnt. Und wie du aussiehst, hat euer Wiedersehen eine ziemliche Krise ausgelöst, hihi ...«

Ich schüttele den Kopf. Herby hat Kinder, das muss erst mal verdaut sein. Die Welt ist so schlecht geworden.

»Hast du nicht gesehen?«, fragt Renate und guckt irgendwie einladend.

»Was meinst du?«

Renate startet anscheinend einen zweiten Annäherungsversuch, jedenfalls macht sie einen Schmollmund, und den macht sie gut, das muss man ihr lassen. Da möchte ich gerne nochmal begrüßt werden.

»Na, meinen Laden unten! Ich hab' ein Yoga- und Massagestudio, das *Healing Fingers*. Du solltest vorbeikommen, du brauchst dringend was, was dir die Blockaden löst. Sag nichts, ich sehe so was.«

Massagestudio? Ich werde ein bisschen hektisch und fummele an meinem Handtuch rum, damit es mir vor Schreck nicht runterfällt. »Äh ...«

»Ach, hier sind die Räucherstäbchen. Kommst du?«

»Ich kann doch so nicht ...«, versuche ich mich rauszureden und deute auf meine Strandbekleidung. Warum kann ich nicht einfach mitgehen? Renate hat Recht – ich bin blockiert.

Renate aber lacht nur und zieht mich zur Tür, und ehe ich STOPP! sagen kann, sind wir auch schon eine Etage tiefer. Ich kann kaum Schritt halten, aber sie hält mich immer noch fest und so bleibt mir gar nichts anderes übrig, als mich von der Antiblockade-Renate in den Massageladen hetzen zu lassen. Erster Stock. »Sollten wir nicht erstmal einen Kaffee trinken oder so?« Mir geht das jetzt doch ein bisschen schnell. Der Verzögerungsversuch misslingt, allerdings habe ich nicht damit gerechnet, dass er misslingt, und so bin ich kurz mit dem linken Bein ins Stocken geraten. Renate zieht aber unbeirrt weiter, ist schon halb unten, reißt nachgerade an meinem Arm, und weil mein rechtes Bein schon vier Stufen weiter ist als das linke, spannt es nicht nur unangenehm in meinem Schritt. Auch mein provisorischer Lendenschurz hält der Belastung nicht stand, löst sich und fällt auf die Treppe.

»Oha, du hast es aber eilig«, witzelt Renate und pfeift vergnügt, als sich eine Tür öffnet.

»Nele, komm sofort wieder rein! Du musst erst dein Zimmer aufräumen!«

Ich drehe mich reflexartig in die Richtung, aus der Stimme kam. In dem Moment fällt Nele auch schon der Bio-Lolli aus dem Mund. »Papa, hier ist ein Ätz-i-bio-nist!«

»So, und jetzt entspann dich. Zeit für die berühmte Renate-Behandlung.«

Ich bin noch nicht restlos davon überzeugt, dass es eine gute Idee war, nackt durchs Haus zu laufen und ein verstörtes Mädchen als Kollateralschaden zu akzeptieren. Aber Renate hat gesagt ... »Da kannste jetzt eh nix mehr machen. Die Nele wird ja wohl schon mal einen Pillermann gesehen haben, zumindest den von Herby. Obwohl der natürlich nicht ganz so speziell ...«

»Woher ...?«

»Wenn du Glück hast, denkt sie, du hast dir ein Würstchen unter den Bauch geschnallt ...«

Renates ungehemmtes Lachen verfehlt seine Wirkung zwar nicht, dennoch hänge ich noch gänzlich unentspannt auf der Massageliege mit dem Rücken nach oben. Meine Arme baumeln herab, und entgegen Renates strikter Anweisung habe ich meinen Kopf noch nicht in die gepolsterte Kopfablage abgelegt, sondern suche den reichlich asia-kitschig dekorierten Raum nach Indizien dafür ab, dass Renate weiß, was sie da tut. An einer geschlechtsneutralen Skizze eines menschlichen Körpers mit allerlei Linien drauf und noch mehr chinesischen Schriftzeichen bleibt mein Blick schließlich hängen.

»Das sind Meridiane. Durch die fließt das Chi, die Energie, die das Universum und deine Körpersäfte am Fließen hält.«

Ich bin beeindruckt von der für mich neuen Information, dass das Universum fließt, aber da ich in Physik selten gut zugehört habe früher, verkneife ich mir eine Nachfrage.

»Und die Punkte, die du auf dem anderen Bild da siehst, das sind die Chakren, die sieben Energiezentren. Den Rest erkläre ich dir, wenn ich mit dir fertig bin. Kopf runter jetzt.«

Ich gehorche und sehe durch das Loch in der Kopfablage, wie Renate direkt unter mir gleich drei von Ricos Räucherstäbchen entzündet und kräftig damit wedelt.

»Willst du mich vergiften?«, huste ich, doch Renate drückt meinen Kopf vehement nach unten. »Erstens ist mir leider auch das Duftöl ausgegangen, und zweitens schleppst du mit deinem ganzen Stress hier so viele Bad Vibes rein, dass ich da was gegen tun muss. Sandelholz hilft.«

Als nächstes höre ich, wie Renate den Wasserkocher ausstellt und eine Flüssigkeit umfüllt. Sphärische Sitar-Klänge quellen aus den Boxen. Ich sehe nun Renates zierliche Füße unter mir, und dann hängen ihr auf einmal die indischen Bindehosen um die Knöchel, die sie behutsam abstreift. Jetzt geht auch noch ihr Oberteil zu Boden und mich beschleicht der Verdacht, dass Renate sich vollständig entkleidet hat.

»Ähm ... was machst du da?«

»Mensch Ziggy, stell dich nicht so an. Das Öl ist heiß und verteilt sich sonst überall auf meinen Klamotten, wenn ich dich damit ganzheitlich behandele.« Aufs Stichwort beginnt Renate mit der ganzheitlichen Behandlung, wobei von heißem Öl erst mal nichts zu spüren ist. Dafür umso mehr von Renates Füßen in meinem Rückgrat und Renates Ellbogen in meinen Schultern. Das Wort ganzheitlich bekommt für mich eine neue Bedeutung. Ganzer Körpereinsatz. Ich könnte jaulen vor Schmerzen. Nachdem es ein drittes Mal in den Lendenwirbeln knackt, lässt Renates endlich von mir ab. »Mann, Mann, Mann, bist du ein Wrack. Aber keine Sorge, ich krieg das wieder hin.« Endlich kommt es, das heiße Öl, das von Renates *healing fingers* behutsam über meinen Körper in wellenförmigen Streichbewegungen verteilt wird. Und da passiert es. Die versprochene Entspannung umhüllt mich wie ein Mantel aus Seide und ich sinke immer tiefer und scheine fast mit der Liege zu verschmelzen. Hinter meinen geschlossenen Augenlidern fallen Farbkaskaden von oben nach unten und als Renate auch noch meinen Hintern mit ihrer Hingabe beschenkt, wähne ich mich schon in einer anderen Welt. Bilder von tropischen Stränden mit Hängematten und in der Brandung springenden Delfinen bestimmen mein Kopfkino und ich schiebe den Gedanken beiseite, dass derartig banale Klischees eigentlich nicht zu mir passen, und fange endlich an zu spüren. Renates Finger sind nun überall gleichzeitig aktiv und mir gefällt, dass mir das, genau das, gefällt.

Als ich Renates Atem an meinem Ohr und ihre steifen Brustwarzen auf meinem Rücken spüre, ist zwar die Illusion von den zweitausend Fingern geplatzt, dafür macht sich das schon fast vergessene Gefühl übermächtiger Erregung in mir breit. Strand und Palmen werden ohne Ankündigung durch die Vorstellung von der nackten Renate ersetzt und ich lasse es geschehen. Ich lasse es geschehen und folge nur allzu gerne Renates gehauchter Anweisung mich doch umzudrehen und die Augen geschlossen zu halten. Ich spüre das heiße Öl auf meiner Brust und meinen Armen und fühle mich gänzlich von Renate umschlossen, die sich behutsam auf meinem zur Salami gewordenen Würstchen niederlässt. Ich bekomme eine Ahnung davon, wie sich der Himmel anfühlen muss. Und als der Wolkenvorhang aufgeht und das Wort »Himmel« sich in meinem Kopf materialisiert, drängt sich eine vertraute Stimme in die traumhafte Begegnung. Jennys Stimme.

»Die Renate? Dein Ernst jetzt?«

Haus-Rat

»Wir sind uns ja wohl einig, dass Ziggy und sein Kumpel hier nicht bleiben können.«

Herby hat kurzfristig einen Haus-Rat einberufen und das ist so ziemlich das Letze, was ich jetzt gebrauchen kann. Allerdings ist außer Renate und Rico niemand der Einladung gefolgt. Wir haben uns in Renates Wohnung getroffen, auf neutralem Boden sozusagen. Zumindest denkt Herby das. Ich sitze neben Bernd ein bisschen abseits. Ein bisschen auf der Anklagebank. Es sieht so aus, als hätte ich mit meiner Psychokärcherei unter der Dusche Fakten geschaffen. Und von Herby habe ich nach der Begegnung mit seiner Tochter genauso wenig Gnade zu erwarten wie von Richter Blei.

»Herby, du hast das völlig falsch verstanden ...«, versuche ich gleich zu Beginn dem aufgebrachten Papa, die Luft rauszulassen.

»Halt's Maul, Pädo. Wenn's nach mir geht, lassen wir dich gleich von den Bullen abholen.«

»Mach mal halblang, Herby, vermutlich ist das sowieso meine Schuld. Ich habe Ziggy überredet, sich meinen Laden anzuschauen und da ist halt das Handtuch runtergefallen.«

Dankbar fange ich Renates verschwörerisches Lächeln auf.

»Darum geht's doch gar nicht! Der Mann wird polizeilich gesucht! Wegen Mordes! Schon vergessen?«

Herby lässt nicht locker. Hoffentlich sagt Rico auch endlich mal was. Tut er.

»Weißt du, Herby, früher wäre das wie ein Empfehlungsschreiben für einen WG-Platz gewesen.«

»Bullshit«, unterbricht Herby. »Hat es etwa eine einzige Anzeige nach der Razzia 86 gegeben? Nein! Wir haben Häuser besetzt und keine Kinder misshandelt! Und umgelegt haben wir auch niemanden! Ich muss an meine Familie denken! Ziggy muss weg!«

»Wuff wuff wuff«, äfft Bernd Herby nach. Mir klappt der Kiefer runter und auch die anderen wirken leicht verstört.

»Was will der denn?«, kommt auch prompt die Retourkutsche von Herby.

»*Der*«, legt Bernd nach und erhebt sich von seinem Stuhl, »hat euer Jugendbandengequatsche satt und haut sich aufs Ohr. Ihr werdet es ja bestimmt nicht für euch behalten, was der *Große Rat* beschließt. Sagt einfach Bescheid, aber falls ihr nicht wollt, dass ich mir *Scheiß Spießer* auf den Bauch male und mich nackig an euer Treppengeländer kette, solltet ihr uns noch ein paar Tage Asyl gewähren. Ich bin mir sicher, Nele weiß das zu schätzen ...«

Diesen Vortrag hat keiner kommen sehen. Und zuallerletzt hätten wir den von Bernd erwartet. Mich freut das natürlich, mein Anwalt macht sich besser als unter der Gedankendusche. Der gute Watson, immer da, wenn man ihn braucht. Ich werde mich revanchieren müssen. Aber Herby ist gar nicht amüsiert. Er sieht aus, als würde er jeden Moment platzen. »Du Dreckschwein! Verpiss dich von hier!«

Ich hätte nicht gedacht, dass ich ausgerechnet über Ricos Anwesenheit froh sein würde. Im Moment übt er sich in Diplomatie und bedeutet Herby mit einer beschwichtigenden Geste, sich nicht so aufzuplustern. Schon klar, einen Haus-Rat lässt er sich natürlich nicht entgehen. Vor allem, wenn es ausnahmsweise nicht um ihn und seinen schädlichen Einfluss auf

Herbys Blagen geht. Renate hat ein bisschen aus dem Nähkästchen geplaudert, und wie es aussieht, wird Ricos Neandertalerdasein nur widerwillig von der neuen barrierefreien, politisch korrekten Biogeneration der Hausbesetzer geduldet. Dabei war Herby früher selber wahrlich kein Kind von Traurigkeit. Was wird nur aus den Menschen, wenn du ihnen ein bisschen Macht gibst? OK, Herby hat mit der Stadt verhandelt über die legale Bewohnung, Herby hat die Künstler geholt ... Aber gibt ihm das das Recht hier als linke Antwort auf den Blockwart aufzutreten? Was ist nur aus *keine Macht für Niemand!* geworden?

»Komm ma runter, Herby«, interveniert Rico schließlich. »Wen ich bei mir zuhause zu Besuch habe, geht dich einen Scheißdreck an. Es gibt da klare Regeln, wie du weißt. Keine Faschos, keine Banker. Aber das war es dann auch schon. Und sieht der da ...« Rico zeigt auf den im Gehen begriffenen Bernd, der aber kurz innegehalten hat, als hätte er etwas vergessen. »Sieht der da etwa aus wie ein Banker? Ich schlage vor, wir stimmen ab.«

»Aber wir sind doch gar nicht beschlussfähig!«, protestiert Herby.

»Was können wir dafür, dass Jan und Helga in Indien sind und sich der Rest des Hauses nicht für deine Wichtigtuerei interessiert?«

Renate lässt die Hände sinken, was so lange dauert, als wollte sie erst noch ein bisschen Chi sammeln.

»Also, bringen wir es hinter uns. Wer ist dafür, dass Ziggy und Bernd gehen?«

Herby hebt als Einziger die Hand und murmelt etwas, das sich für mich anhört wie »Arschgeigen«. Er könnte aber auch »wird euch noch leid tun« gesagt haben.

»Du, Renate, ich wollte mich nochmal bei dir bedanken. Dass du für uns gestimmt hast, meine ich.« Ich weiß nicht so recht, wo ich hingucken soll, also gucke ich auf den mit thailändischen Sitzkissen gut bestückten Dielenboden von Renates Wohnung. »Und für das andere natürlich auch ...«

»Das andere?«

Das könnte jetzt unangenehm werden. »Na ja, du weißt schon ... Außerdem muss ich mich bei dir entschuldigen. Normalerweise ...«

Renate streicht mir durch die Haare und lächelt wieder so schön unbeschwert, dass mir ganz komisch wird. »Normalerweise hast du keine Erektionsprobleme? Ist es das, was du sagen wolltest?«

Dieses Gespräch entwickelt sich nicht so, wie ich mir das vorgestellt hatte. Jeder Mann kennt das Wort Erektionsprobleme, wahrscheinlich kennen die meisten Männer sogar Erektionsprobleme, aber dass das Wort tatsächlich in einem Gespräch auftaucht, das ist zumindest mir noch nie passiert. Und den meisten Männern bestimmt auch nicht. »Weißt du, Renate, es ist halt so, dass ich das jetzt so auch nicht mehr ... also, dass ich ja irgendwie seit ...«

»Alles klar. Du brauchst dich nicht zu erklären. Ich weiß, was bei dir nicht stimmt. Das konnte gar nicht funktionieren. Deine Chakren, also deine Energiezentren, sind total verstopft. Ich spür das. Ich will dir ja keine Angst machen, aber du hast schlechtes Karma für mindestens drei Leben angestaut, soweit ich das beurteilen kann.«

Erektionsprobleme ... verstopfte Chakren ... Drei Leben lang schlechtes Karma ... Wenn ich die Essenz dieses Gesprächs auf alle meine anderen Probleme obendrauf lege, kriege ich einen Eintrag ins Guinnessbuch der Rekorde. Für den größten Haufen Scheiße, den je ein Mensch an den Hacken hatte. Schnickschnack, seit wann glaube ich denn an Reinkarnation und so? Seit Renates smaragdgrüne Augen ...

»Aber es gibt auch gute Neuigkeiten. Weil ... also, weil mir irgendwie echt was an dir liegt und weil ich sehe, dass du Hilfe brauchst ... Also ich könnte dich mit jemandem zusammenführen, der Chakrenreinigungen durchführt, hochprofessionell und seriös natürlich.«

Das wird mir trotz der smaragdgrünen Augen ein wenig zu viel. »Renate, ehrlich nett von dir, aber ich bin nicht so der Eso-Typ ...«

Jetzt packt Renate mir sehr spontan und für meinen Geschmack ein bisschen zu unsanft zwischen die Beine. »Du nicht, aber ER auf alle Fälle.«

»Schon gut, schon gut, ich hab's kapiert ... Aber eine Sache muss ich wissen, bevor ich von deinem Wunderheiler zur Ader gelassen werde.«

Jetzt zögere ich ein wenig, weil ich fürchte, Renate könne die Frage, die ich jetzt zu stellen gedenke, missverstehen.

»Bist du ... ich meine jetzt hier in deinem Massagesalon ... zu allen Kunden so nett wie zu mir?« Überraschenderweise spüre ich jetzt nicht ihre Faust in meinem Gesicht, sondern ihre Lippen auf den meinen.

»Ziggy Kern«, sagt Renate. »Ich fand dich früher schon cool. Okay, damals sahst du wesentlich weniger mitgenommen aus, aber ich weiß ganz genau, dass unter all diesen Wrackteilen ...«

Bei Wrackteilen ziept sie mit spitzen Fingern an meiner Lederjacke.

» ... dass da drunter ein starkes Herz schlägt und ein toller Typ steckt, den ich gerne freilegen möchte.«

Ich bin mehr als beruhigt über diese Reaktion und gegen Freilegen habe ich auch absolut nichts einzuwenden.

Die Wahrheit klopft an

Als ich gegen fünf die Tür zu Ricos Wohnung öffne, bin ich wie benebelt. Ich erlebe mit Renate gerade etwas, das ich schon längst für mich gestrichen hatte, von dem ich dachte, es sei mit Jenny gestorben. Dabei sind es nur kurze Momente, Momente der Unbeschwertheit, die kurz aufleuchten wie die Taschenlampe eines Kindes, das die Monster verjagt. Meine Taschenlampe hat eine schwache Batterie, denn die Monster verschwinden nur kurz in ihre Schatten. Sind sie wieder da, ist alles noch dunkler. Ich habe Renate gefragt, wie sie das macht, so frei zu sein von jedweder Dunkelheit. Sie hat mir dann erklärt, das hinge auch damit zusammen, dass sie selbst den Prozess der Chakrenreinigung bei Dr. A.J. Cheung bereits durchlaufen habe. Ein leider sehr kostspieliger Prozess, wie Renate einräumen musste. Da ich mich nicht traue, ohne Tarnung das Haus zu verlassen, habe ich Renate meine Kontokarte gegeben. Die Angst davor, dass mein Konto von den Behörden überwacht werden könnte, wischt Renate mit ihrem Lachen weg und dem Hinweis, dass ich auch selbst etwas zur karmamäßigen Gesundung beitragen müsse, indem ich meine Paranoia auch als solche erkenne. Im Grunde bin ich fern davon, an esoterischen Hokuspokus zu glauben, aber eine Berührung Renates reicht und ich weiß, dass der Weg, den sie gegangen ist, auch der richtige für mich sein muss. Wirklich? Und dann ersetze ich Jenny einfach durch Renate oder wie? Genau das meine ich. Kaum sehe ich ein bisschen Land, sagt mir eine Stimme vom Ausguck, dass auf dieser Insel Kannibalen hausen oder dass das Wasser vergiftet ist. Aber so leicht lass ich mir Renate nicht ausreden. Sie strahlt eine Reinheit aus, die nicht mit Yogaübungen allein zu erklären ist. Dass sie in den letzten Jahren nicht gealtert zu sein scheint, kommt noch dazu. Klar, die Menschen sehen das eigene Altern und das ihrer Weggefährten immer erst, wenn sie zusammen alte Fotos ansehen, was eine Art Vorher-Nachher-Effekt hat, wie bei unserer Begegnung nach der Dusche. Unbestreitbar ist Renate aber immer noch eine überaus attraktive Frau, der die Jahre allenfalls einen Hauch Eleganz aufgetragen haben, eine Veredelung, ein Glänzen, das vorher nicht da war. Wie bei Filmstars wie Juliette Binoche oder Veronica Ferres. Und ich möchte auch endlich mal wieder glänzen, wenn ich auch nicht erwarte, dass die Chakrenreinigung ganze Jahrzehnte aus meinem Gesicht zaubert. Aber ein bisschen inneres Glänzen wäre schon was. Und endlich die Antwort auf die Frage, was ich mit meinem halbfertigen Leben denn nun anfangen soll, nachdem offensichtlich geworden ist, dass ich einen guten Teil dieses Lebens an eine fixe Idee verlor. Die Idee, durch moralisch aufgeblähtes Gelaber die Welt zu verbessern. Nein, das ist schon alles gut so – wenn einer an seinem Karma arbeiten sollte, dann ich. Den Gedanken, dass am Ende auch das wieder eine Sackgasse sein könnte, verschiebe ich in das Hirnareal, das für »Dinge-die-zu-schlimm-sind-um-sie-sich-vorzustellen« zuständig ist. Die Gegend ist ohnehin ziemlich öde, seit sich die meisten Dinge, die für mich zu schlimm sind, um sie mir vorzustellen, zu meiner Realität geworden sind. Gerade rechtzeitig, bevor ich anfangen kann, wieder in Düsternis abzutauchen, klingelt es. Ist bestimmt Bernd, der schon wieder noch mal kurz weg musste. Was der immer so zu erledigen hat, würde mich mal interessieren. Sein Geheimnis werde ich auch noch lüften, wenn das hier alles vorbei ist. Wahrscheinlich führt er ein Doppelleben als arbeitslos gewordener Fernfahrer, der nicht weiß, wie er es seiner Frau und seinen Kindern beibringen soll. Wenn er dann doch mal nach Hause kommt, erzählt er von Bügeleisenlieferungen nach Anatolien oder an den Polarkreis. Die Frage ist nur, wie er sich das leisten kann. Nein, es muss was anderes sein. Na, klar, das habe ich ja ganz vergessen. Bernd ist ja Autor und das Geschreibsel, das ich zunächst für ein Tagebuch gehalten habe, ist wirklich ein Manuskript. Bernd schreibt wahrscheinlich Schmierenkrimis, so die Art, die man auch am Kiosk bekommt. Mit extra großer Schrift für extraaltes Lesepublikum. Und sein Aufenthalt hier ist Recherche. Das nenne ich mal Einsatz. Hut ab, Bernd.

»Ich komme, Bernd! Oder soll ich John Sinclair sa...«

Als ich die Wohnungstür öffne, trifft mich fast der Schlag.

Der Besuch

»Guten Tag, Herr Kern. Schön, Sie so wohlauf zu sehen. Darf ich eintreten?«

Der Schock lähmt mich augenblicklich. Aber nur für einen Moment. Im nächsten knalle ich dem Besucher die Tür ins Gesicht, und sinke selbst zu Boden, als könnte ich verschwinden, wenn ich mich nur klein genug mache. Wie um alles in der Welt kommt der Cop hierher? Es klopft abermals und ich höre Schnöder, wie er schnauft. Ich hoffe, ich habe nicht seine Nase gebrochen, das käme nicht so gut vor Gericht. Der Verhaftung widersetzt, mit Gewalt ... Dann dringt Schnöders Stimme ein wenig dumpf durch die geschlossene Tür. Freundlich, aber bestimmt. »Herr Kern, machen Sie bitte auf. Es ist dringend angezeigt, dass wir miteinander reden. Außerdem brauche ich ein Taschentuch für meine Nase. Sie wollen doch nicht, dass ich das Treppenhaus vollblute?«

Ich bin unfähig zu reagieren, geschweige denn etwas zu sagen.

»Seien Sie nicht albern, wenn ich Sie hätte verhaften wollen, hätten Sie mein Büro niemals verlassen können.«

Ein Trick? Vermutlich, aber ich habe zu viele Krimis gesehen, um nicht zu wissen, dass ein Fluchtsprung aus dem dritten Stock meist tödlich endet. Obwohl ... In amerikanischen Krimis klappt das manchmal. Jake Miller würde sogar durch ein geschlossenes Fenster springen und auf der Plane eines vorbeifahrenden Lastwagens landen. Den er aber vorher auf seinem Smartphone über die angezapften Satelliten der NSA hat kommen sehen. Ich besitze noch nicht mal ein

Handy und Zugang zum Satellitenbilder-Livestream des BND habe ich auch nicht.

Bleibt nur eins. Tür öffnen und dem Schicksal trotzen wie Rocky. Es nehmen wie ein Mann.

»Wie ... Wie haben Sie ...«

»Wie ich Sie gefunden habe, erkläre ich Ihnen gleich. Wollen Sie mich nicht endlich hereinbitten? Unhöflichkeit finde ich fast so schlimm wie Unehrlichkeit. Die beiden Grundübel der westlichen Zivilisation. Mit einer zugeschlagenen Tür fängt es an.«

Ich bitte den seltsamen Kommissar formvollendet herein.

»Und wie endet es?«

»Sagen Sie es mir – vielleicht mit einem abgeschlachteten Banker?«

Mir fällt die Farbe aus dem Gesicht.

»Verzeihen Sie den makabren Scherz – kleine Revanche für den Knick in meiner Nase. Und Sie übernehmen die Reinigung für mein Hemd.«

Ich dirigiere Schnöder durch Ricos Hanfplantage zu der Couch des Schreckens und bitte ihn, betont höflich, sich zu setzen. In Ermangelung von Taschentüchern helfe ich ihm noch mit einem Stückchen Klopapier aus, gegen seine tropfende Nase. Geschickt verwandelt Schnöder mit seinen manikürten Fingern das Klopapier in ein saugfähiges Röllchen, das er mit der Kraft der Langsamkeit so in seinem rechten Nasenloch verschwinden lässt, dass es genau abschließt. Kein Fitzelchen schaut aus der Nase raus. Das Ende dieses Nasentampons färbt sich satt rot, doch anscheinend ist die Blutung schon gestillt. Da läuft nichts mehr. Der Mann mit dem einen roten Nasenloch. Die Nase wagt es einfach nicht mehr, zu tropfen, so wird es sein. Der Typ macht mich jetzt schon wahnsinnig, dabei hat er noch gar nichts gesagt. Irgendwas ist falsch an dem Bild, das sich mir bietet, als ich endlich gegenüber von ihm Platz nehme. Kommissar Schnöder auf dieser Couch, in dieser Bude, das ist so falsch, das ist die Definition von falsch. Alleine seine alberne Fliege und sein Zweireiher sind Grund anzunehmen, er sei gerade aus dem All gefallen, in eine Welt, die nicht die seine ist. Wahrscheinlich ist das seine Stärke. Es muss ihm doch ständig so gehen, wenn er sich in die Niederungen des Verbrechens begibt. Ein klarer Wassertropfen in einer trüben Brühe aus Lügen und Gewalt. Mit der Kraft von *Fairy-Ultra*, dem Geschirrspülmittel, bei dem ein Tropfen reicht, um die Essensreste eines ganzen spanischen Dorfes zu entsorgen. Schnöders weißes Hemd blendet mich wie der Blitz beim Familienfoto. Dabei ist es gar nicht mehr nur weiß. Nur sind die Blutstropfen nicht einfach zufällig aufs Hemd getropft. Es scheint, als habe Schnöder sie beim Fallen choreographiert, und zwar so, dass, wenn schon das Bild der vollkommenden Reinheit zerstört wurde durch meine Türattacke, wenigstens die Ordnung intakt blieb. Die Blutstropfen verlaufen senkrecht in einer Linie exakt parallel zur Knopfreihe des Hemdes. KHK Schnöder ist gegen die Anarchie einer blutenden Nase immun. Ich frage mich, was aus diesem Saustall werden würde, würde Schnöder statt mir hier einziehen. Er und Bernd würden hier alles umkrempeln. Wahrscheinlich hätten sie innerhalb von zwei Wochen die ganze Kiefernstraße ins Lot gebracht, also im eigentlichen Wortsinn. Wir sitzen uns eine unendlich lange Minute schweigend gegenüber. *Akward silence* nennen die Amis das, aber unangenehm trifft es nicht annähernd. Eher unerträglich. Schnöder durchschneidet mit seinem Blick die Umgebung, als könne er durch schieres Hinsehen das Chaos in Ricos Bude in Planquadrate pixeln, die ihm Erklärungen darüber liefern, wer hier jemals was verborgen hat. Wie zur Bestätigung rümpft er die ramponierte Nase. Es wird Zeit, dass gesprochen wird. »Möchten Sie eine kleine Erfrischung, ein Bier vielleicht?«

»Danke, das ist sehr zuvorkommend. Ich würde es allerdings begrüßen, wenn wir recht zügig zur Sache kämen. Ich weiß nicht, wie lange ich ignorieren kann, dass hier massiv gegen das Betäubungsmittelgesetz verstoßen wird.«

Ricos Dope ist doch hier wirklich nicht das Problem. Also ehrlich jetzt. »Gut. Fangen wir an. Ich war das nicht.«

Schnöder sieht mich direkt an und mich beschleicht das Gefühl, dass er mich irgendwie nicht ernst nimmt.

»Was waren Sie nicht?«

»Ich habe niemanden umgebracht! Ok, die Schule geht auf mein Konto, aber mit dem Sülzn habe ich nichts zu tun, das müssen Sie mir glauben!« Jetzt mache ich schon wieder alles falsch, ich wollte es doch nehmen wie ein Mann, und jetzt jammere ich hier rum wie eine Memme. Wo sind eigentlich Jake und Rocky?

Schnöder atmet tief durch und schaut auf seine Fingernägel. Seine verfickten, manikürten Fingernägel. »Ad Eins: Dass Sie kein kaltblütiger Mörder sind, wusste ich schon zwei Minuten, nachdem Sie mein Büro betreten haben. Ad Zwei ...«

»Wie haben Sie mich denn erkannt? Trotz meiner Tarnung, meine ich ...«

»Herr Kern. Ich würde es wirklich begrüßen, relativ zügig diesen ungastlichen Ort der konspirativen Verfilzung verlassen zu können. Ich wäre Ihnen also dankbar, wenn Sie mich nicht unterbrechen würden. Zu Ihrer Tarnung: Das soll ja wohl ein Scherz sein. Der offensichtlich falsche Bart in Ihrem Gesicht wäre nur nicht aufgefallen, wenn Sie dazu eine ebenso passende Perücke getragen hätten. Dann hätte ich Sie vielleicht für einen Helge-Schneider-Imitator gehalten. So aber waren Sie für jedermann erkennbar der Mann aus dem Zeitungsfoto ohne Lederjacke, dafür mit Bart. Allerdings scheint Jedermann mit Blindheit geschlagen zu sein. Eigentlich hätten Sie gleich an unserer Pforte festgenommen werden müssen. Wo haben die Kollegen bloß ihren Fokus?«

Das ist mir jetzt schon ein bisschen peinlich. Aber da hätte Bernd eigentlich auch dran denken können. Meine halblangen schwarzen Haare einfach zurück zu gelen, hat offensichtlich keinerlei Verfremdungseffekt hervorgerufen. »Wieso haben Sie mich denn dann nicht festgenommen?« Ich muss das fragen, auch auf die Gefahr, wieder zu unterbrechen.

Er lässt es mir durchgehen, das ist wohl ein zentraler Punkt in seinem Vortrag. »Ist das nicht offensichtlich?«

Nein. Für mich nicht. Mir ist das ein Rätsel. Würde ich sonst fragen, verdammt noch mal? Schnöder seufzt hörbar. Wahrscheinlich hasst er es, wenn sein Gesprächspartner ihm intellektuell unterlegen ist. Der Mann wird mir immer unsympathischer.

»Herr Kern, hören Sie mir zu. Ich arbeite auf meinem Beruf schon sehr, sehr lange. Und ich habe es noch nie, also wirklich noch nie erlebt, dass ein Mörder sich unter falschem Namen bei mir vorstellt, nur um mal die Lage auszukundschaften. Das ist mit Abstand das dilettantischste Täterverhalten, das mir je untergekommen ist. Die Geschichte ist so unfassbar, dass man sie an eine Boulevardzeitung verkaufen könnte.«

Ist schon gut, ich habe verstanden. Eigentlich wollte er *unfassbar dämlich* sagen.

»Es sei denn, Sie sind nicht der Täter. Ein von den Medien bereits vorverurteilter Nichttäter. Verzweifelt und in Panik. Stellt sich die Frage, wieso Sie nicht gleich zu mir gekommen sind, wenn Sie unschuldig sind. Schließlich müssten Sie davon ausgehen, dass wir Ihre Schuld und nicht Sie Ihre Unschuld beweisen müssen.«

Ich will schon zu einer Antwort ansetzen, aber Schnöder macht einfach weiter, als kenne er mich besser als ich mich selbst. »Sie haben ein schlechtes Gewissen wegen Ihrer Schülerin. Sie bestehen zu 90 Prozent aus schlechtem Gewissen. Dass Sie sich zudem verantwortlich fühlen für den Brand an Ihrer Schule, sagt mir zweierlei. Erstens: Sie haben sich für ein paar Tage dort versteckt gehalten, und da hätte ich aber auch früher draufkommen müssen. Zweitens: Sie waren der, Verzeihung, Depp, der die Fenster zum Chemiesaal offen gelassen hat. Aber ich kann Sie beruhigen. Den Brand haben andere zu verantworten. Zwei Schüler Ihrer Schule haben so gut wie gestanden, den Brand gelegt zu haben. Angeblich wollten sie nur grillen. *Chillen und grillen*, wie sie sich ausdrückten.«

Hört sich tatsächlich nach meinen Schülern an. Ich würde spontan auf Kevin und Denis tippen.

»Kennen Sie einen gewissen Kevin Blücher und einen Denis Kurt?«

Sag ich's doch. »Ich wünschte, es wäre anders, aber ja, ich kenne sie.«

»Ferner haben die beiden zu Protokoll gegeben, sie hätten einen langweiligen Film mit einem alten Boxer gesehen und seien dabei eingeschlafen. Nun ja ...«

Das also ist aus Rocky geworden. Erst von Kevin und Denis zu Goebbels in die Kategorie »langweilig« abgelegt und dann den Flammen zum Opfer gefallen. RIP, Rocky. Momentchen mal. »Aber wenn Sie mich nicht für den Täter halten und wenn ich nicht die Schule abgefackelt habe, dann bedeutet das doch ...«

Endlich fällt der Groschen. Natürlich! Ich haue mir mit der flachen Hand auf die Stirn. Ich bin frei! Ich habe mein Leben wieder! Nein, viel besser, ich habe ein neues Leben bekommen, mit Renate als Begleiterin und ohne diesen saublöden Job. »Herr Kommissar, ich bin Ihnen so dankbar, dass Sie sich extra herbemüht haben, um mir die gute Nachricht zu überbringen. Aber so was von! Also, ich brauche jetzt ein Bier, wollen Sie nicht doch eins?«

Das Gesicht von Schnöder ist ein einziges Fragezeichen. »Also gut, also gut, wenn Sie drauf bestehen. Das hier wird wohl doch noch länger dauern.«

Wie ein Feier-Typ wirkt mir der Schnöder nicht gerade, aber das soll mir im Augenblick egal sein. Verdammt, bin ich froh!

Das Experiment

Ich lege den guten alten Bruce Springsteen auf, weil ich vermute, dass Schnöder der Boss besser gefällt als Ricos Punk-Scheiben. Und da dies wirklich ein denkwürdiger Tag ist, setze ich die Nadel auf *Glory Days* ab.

Schnöder sieht das augenscheinlich anders. Oder er ist einfach ein alter Miesepeter im Zweireiher. »Herr Kern, machen Sie die Musik leiser. Wir sind noch nicht fertig. Glauben Sie ernsthaft, ich sei hierher gekommen, in meiner Freizeit, um mit Ihnen zu den Klängen der Populärmusik 80er Jahre anzustoßen? Das wird jetzt ein bisschen komplizierter, ich brauche Ihre ungeteilte Aufmerksamkeit.«

Der Mann geht zum Lachen in den Keller, möchte ich wetten. Diese Bullen. Sollten doch mal den Stock aus dem Arsch nehmen. Aber dankbar, wie ich bin, lenke ich ein und mache leiser.

»Herr Kern, es ist noch nicht vorbei. Die Sache ist vertrackt.«

»Aber Sie sagten doch, ich sei kein Mörder! Damit bin ich doch raus aus der Sache, oder?«

»Mitnichten, Kern. Denn für was ich Sie halte oder nicht halte, das spielt jetzt überhaupt keine Rolle mehr. Man hat mich gestern von Ihrem Fall abgezogen.«

Schnöder hat die Brille abgenommen und putzt seine Gläser mit einem Tuch, das er mit einer geübten Handbewegung, einer Art kurzem Wedeln, auseinanderfaltet. Er kann es bestimmt auch genauso schnell wieder zurück falten. Aber Schnöder sieht traurig aus.

»Und ich werde auch nicht mehr zurückkommen. In knapp vier Wochen werde ich offiziell in den Ruhestand verabschiedet. Bis dahin ... Bis dahin bin ich genauso offiziell im Urlaub.«

Jetzt tut er mir ehrlich leid. Ich kenne das Gefühl, von heut auf morgen raus zu sein. »Was ist denn passiert, um Himmels Willen?«

»Was passiert ist? Haben Sie denn die Akte nicht richtig gelesen? Ich nehme doch an, dass sie das eine oder andere Dokument fotografiert haben.«

»Woher ...?«

»Ach Kern, man hat das Blitzlicht Ihrer Kamera bis auf die Straße gesehen.«

Wieso hat er dann nicht eingegriffen, als er gemerkt hat, dass ich mich an seiner Ermittlungsakte vergreife? Weil er vielleicht sogar wollte, dass ich die Dokumente bekomme? Vermutlich, damit ich daraus irgendwelche Schlüsse ziehe. Was mir eindeutig nicht gelungen ist.

»Aber anscheinend haben Sie aus der Akte keine Schlüsse gezogen. Sie sind nämlich immer noch hier. Was, gelinde gesagt, ziemlich fahrlässig ist.«

Jetzt macht mir der Alte Angst. »Herr Kommissar – was ist hier wirklich los?«

»Bitte keinen Titel. Wenn schon, dann Kriminalhauptkommissar. Oder besser noch Kriminalhauptkommissar a.D. Aber lassen wir das. Wir sollten uns mit Ihren Gegnern auseinandersetzen.«

Hat der *Gegnern* gesagt? Plural?

»Ich will ehrlich mit Ihnen sein. Der Fall hat mehrere offene Enden, und ich brauche Ihre Hilfe, um sie zu verknoten. Also seien Sie so gut und hören mir zu, so aufmerksam es eben geht, wenn man in einer Drogenhöhle haust. Sind Sie bei mir?«

Ich nicke und nehme noch einen Schluck Bier. Es schmeckt bitter.

»Gut. Wir gehen von Ihrer Sicht aus und rekonstruieren die Ereignisse seit Ihrer Entgleisung in der Schule. Wir fangen in der Bezirksregierung an. Sie haben Ihren Mageninhalt über die Regierungsrätin Braunkaucher-Sülzn verteilt. Können Sie mir sagen, was dann geschah?«

Nicht schon wieder.

»Kann ich nicht! Kann ich eben nicht!«

Schnöder blickt zu Boden und schüttelt den Kopf.

»Also gut. Bevor ich jetzt sage, was ich schon seit dem Betreten dieser Wohnung vermute, nämlich, dass Sie nutzlos sind, was die Aufklärung hier anbetrifft, mache ich noch einen Versuch. Da ich nicht dabei war, entwerfe ich Hypothesen und gemeinsam verifizieren oder falsifizieren wir diese.«

Arroganter, alter Mann. Was bleibt von dir übrig, wenn du endlich in Pension bist? Mir reicht das hier. »Mit Ihrer eigenen Höflichkeit nehmen Sie es wohl nicht so genau, was? Was wollen Sie eigentlich hier? Mich runtermachen? Halten Sie sich für witzig?«

Schnöder ist aufgestanden und räuspert sich umständlich. »In Ordnung, in Ordnung. Das war unpassend. Es ... Es tut mir leid ... Ich muss diesen meinen letzten Fall aufklären, verstehen Sie?«

Ich verstehe das nicht. Überhaupt nicht. Das wäre ungefähr so, als würde ich sagen: Ich muss einfach diese meine letzte Deutscharbeit noch korrigieren, verstehen Sie? Aber wahrscheinlich ist das nicht vergleichbar.

»Ich bin einfach ausgemustert worden. Nach 35 Jahren Dienst und einer Aufklärungsquote, von der man noch in 20 Jahren sprechen wird. Einfach so. Weil ich mit meinen Ermittlungen jemandem auf die Füße getreten bin, der mich mit ebendiesen Füßen aufs Abstellgleis tritt. Einfach, weil er es kann. Ich darf das nicht auf mir sitzen lassen. Und ich weiß, dass Sie der Schlüssel zur Lösung dieses Falles sind, bei dem es, glauben Sie mir, um weit mehr geht als um einen ausgebluteten Masochisten im Anzug und einen Lehrer mit Aggressionsproblemen. Dass da mehr dahinter steckt, rieche ich 100 Meter gegen den Wind. Und ich muss wissen, was. Wenn ich jetzt aufhöre, fühlt es sich an, als hätte ich 35 Jahre weggeschmissen, wissen Sie?«

»Entschuldigung angenommen.« Ich will mal nicht so sein. Ist schon eine Weile her, dass sich jemand bei mir entschuldigt hat. Normalerweise bin ich es, der zu Kreuze kriechen muss. Und seine weggeschmissenen Jahre, nun ja, da kann ich ein Lied von singen. Er sollte sich an den Gedanken gewöhnen.

»Vorschlag zur Güte. Wir kürzen das ab. Wir machen ein kleines Experiment, was Handfestes, vielleicht liegt Ihnen das mehr.«

»Kein Verhör?«

»Nein, kein Verhör ... Bereit?«

Ich bin bereit, aber irgendwie beschleicht mich das Gefühl, dass mit dem Erscheinen des Cops auf der Bildfläche meine multiplen Probleme noch multipler geworden sind.

»Herr Kern: Laut Gutachten unserer Kriminaltechnik müssen Sie sich das Veilchen in Ihrem Gesicht selbst zugefügt haben. Das lassen die Wunden an Ihren Fingerknöcheln erkennen. Wissen Sie denn überhaupt, wie man richtig zuschlägt?«

»Weiß ich, ich war sogar in der Box-AG.« Und habe alle Rocky-Teile mehrfach gesehen.

»Sehr schön. Dann schlagen Sie mich jetzt. Mitten ins Gesicht. Ganz spontan.«

»Ist das Ihr Ernst?«

»Machen Sie schon, ich bin Polizist. Einem Fausthieb auszuweichen, ist Standardprozedur.«

Er will es nicht anders. Also lasse ich meine Linke nach vorne schnellen, doch genauso schnell wie meine Linke schnellt, weicht der Kommissar einen Schritt zurück und dreht den Kopf. Nur leider in die falsche Richtung und so landet meine Faust einen satten Treffer. Auf Schnöders Nase, die sich diesmal nicht so einfach choreographieren lässt. Jetzt spritzt es richtig. Und der Kommissar? Scheint jetzt komplett durchzudrehen. Er lacht!

»Gütiger Himmel, Kern! Sind Sie Linkshänder?«

»Äh ... Ja ... Ja und?«

»Warum sind dann die Abschürfungen an Ihrer rechten Hand? Wissen Sie, was das heißt, Kern?«

Ich weiß, was das heißt. Ich bin von Frau Braunkaucher-Sülzn reingelegt worden. Und verprügelt. Das heißt das.

»Aber wenn die BKS das war mit meinem Veilchen, warum hat man bei ihr dann keine Abschürfungen an den Knöcheln festgestellt?«

Schnöder überlegt. »Wenn wir davon ausgehen, dass unsere Arbeitshypothese stimmt und die BKS Ihre angeblichen Selbstverletzungen inszeniert hat, dann gibt es dafür nur eine Erklärung. Sie muss Handschuhe getragen haben. So muss es ... Herr Kern? Hören Sie mir zu?«

Die Stimme des Kommissars dringt nur noch dumpf und leise zu mir vor, denn ein Film hat meine Gedanken zu seiner Leinwand gemacht. Schnöder hat die Filmrolle gefunden, sie aus der Metallhülle genommen und in den Projektor gespannt.

Die Regierungsrätin reißt sich die Brille aus dem Gesicht und schmeißt sie zu Boden. Fast gleichzeitig schießt ihr Knie noch vorne und knallt vor meine Stirn, begleitet von einem Schrei, den ich schon einmal gehört habe. In einem Film mit Jacky Chan, allerdings ist es nicht Jacky, der schreit, sondern ein Kung-Fu-Meister in schwarzem Kampfanzug. Jetzt explodiert ihr Lederhandschuh in meinem linken Auge, und ich halte schützend die Hände vors Gesicht und krümme mich über den Glastisch. Die BKS verschwindet für einen Augenblick aus meinem Gesichtsfeld, doch ich spüre, dass sie über mir ist. Ich spüre ihren Atem, rieche mein Erbrochenes, das aus ihren Haaren auf den Tisch tropft. Noch ein Schrei, ein Tritt mit dem Pferdefuß des Teufels. Mein Gesicht schmettert noch durch die kühle Glasplatte, dann reißt der Film.

Schnöder reicht mir ein Glas Wasser. »Sie sind ganz blass, Herr Kern. Kollabieren Sie mir hier jetzt bitte nicht. Wir sind noch nicht ganz fertig. Sie haben sich erinnert, richtig?«

Ich kann nur nicken, ein bisschen.

»Und? Hat sie Handschuhe getragen?«

»Sie hat. Und High Heels mit Absätzen aus Titan.«

»Herr Kern, das ist ganz famos, nein, das ist großartig!«

Oh Mann, bin ich müde auf einmal. Ich frage mich, ob es noch weitere Erinnerungen gibt, die irgendwo in mir wie Zeitbomben auf ihre Zündung warten. Ticktack, Ticktack. Ein paar Lücken habe ich ja noch. Ein paar entscheidende Lücken. Zum Beispiel die zwei Stunden, die ich angeblich früher aus der Klapse raus war. Was, wenn Jake Miller während dieser zwei Stunden das Kommando übernommen hat? Als ich noch total bedröhnt war. Vielleicht bin ich ja tatsächlich zu den Sülzns gefahren, weil sich Jake an der BKS rächen wollte. Und als er nur diesen Horst angetroffen hat, hat er ihn eben beseitigt. Das ist durchaus denkbar, denn Jake Miller kann auch Rache. Spätestens seit Staffel Sechs. Ich sollte den Kommissar besser nicht über Jake ins Bild setzen. »Heißt das, dass ich jetzt endlich aus dem Schneider bin, Herr Kommissar?«

Schnöder hat mich gar nicht gehört. Er hat die Hände hinter dem Rücken verschränkt und geht im Wohnzimmer auf und ab. Dass immer noch ein bisschen Blut aus seiner Nase tropft, stört ihn anscheinend am Ermitteln. Der ist wirklich von einem anderen Planeten. Es sieht grotesk aus, wie dieser blutverschmierte ältere Herr hier durch Ricos Bude tigert und nachdenkt. Ich hoffe sehr, es kommt was dabei raus. Jetzt redet er auch noch vor sich hin. »Das ändert natürlich alles, nein, falsch, das ändert gar nichts. Das macht es nur noch dringlicher, das – Kern, Sie müssen weg!«

Der Typ schafft mich, ehrlich. »Ich gehe überhaupt nirgendwo mehr hin! Ich habe keine Lust mehr darauf, wegzulaufen! Zuerst sagen sie mir, ich wars nicht, dann muss ich Ihnen aufs Maul geben, dann sagen Sie, ich muss abhauen, aber nicht wieso. Bevor Sie nicht endlich mal was Vernünftiges vorbringen, passiert hier gar nichts, klar? Und jetzt setzen Sie sich endlich wieder hin, das ist ja nicht zum Aushalten! Sie ... Sie ... bluten hier rum und machen alles noch schlimmer ...«

Schnöder setzt sich nicht. Er fummelt an seiner schweinsledernen Aktentasche rum und fördert eine Kladde zutage, die mit dem Hinweis GEHEIM versehen ist. Handschriftlich. Hört das denn gar nicht mehr auf?

»Sie haben ja Recht. Ich schulde Ihnen eine Erklärung. Doch bevor Sie das hier lesen, lassen Sie mich noch eines sagen: Sie sind in Gefahr. Und ich rede nicht von meinen Kollegen bei der Kripo und einem Indizienprozess mit unsicherem Ausgang. Ich rede von einer sadistischen Regierungsrätin, die bereits einen kaltblütigen Mord begangen hat. Und die ein vitales Interesse daran hat, auch Sie aus dem Weg zu räumen. Verstehen Sie doch! Unser Experiment und Ihre Erinnerung haben eindeutig gezeigt, dass ich mit meinem Verdacht gegen die BKS goldrichtig lag. Ich täusche mich selten in einem Menschen, und wenn einem das Böse so massiv entgegenschlägt wie bei dieser ... dieser ...«

»Aktendomina?«

»Von mir aus. Auch wenn an Akten per se ja nichts auszusetzen ist. Im Gegenteil! Wo war ich stehengeblieben? Ach ja, also wenn man also jemandem gegenübertritt, der so kalt ist und so abgrundtief schlecht wie die BKS, dann kann man nur hoffen, dass dieser Jemand verurteilt wird und bis in alle Ewigkeit Gast des Justizvollzugs bleibt, oder man nimmt besser die Beine in die Hand und sucht sich eine neue Welt. Was glauben Sie, wie man die BKS in der Szene nennt, in der sie zu verkehren pflegt?«

Bei dem Wort *verkehren* stellt sich bei mir spontan Übelkeit ein. »Was für eine Szene?«

»Die Sado-Maso-Szene natürlich. Haben Sie überhaupt irgendetwas gelesen von meinen Akten? Glauben Sie, es macht mir Spaß in diesen menschlichen Sümpfen zu wühlen? Die Leute, die die Szene frequentieren und sich in den einschlägigen Etablissements aufhalten und sich gebären wie ... nun ja, egal. Jedenfalls lechzen die normalerweise danach, von so einer Domina gedemütigt und misshandelt zu werden. Aber alle, mit denen ich gesprochen habe, würden sich freiwillig von unserer BKS nicht einmal ein Hundehalsband anlegen lassen. Weil sie maßlos ist und keinerlei Grenzen akzeptiert. Sie nennen sie die *Schwarze Witwe*. Die ist so jenseits von Gut und Böse, dass einem die Reiter der Apokalypse dagegen vorkommen wie Erstklässler beim Ponyreiten.«

Meine Güte, geht's nicht noch ein bisschen theatralischer? Was regt der sich denn so auf? Und überhaupt: Wenn sich jemand gerne Windeln anzieht und auf den Popo hauen lässt, dann soll er doch. Ist der denn bei der Sittenpolizei? »Gottverdammich, dann schicken Sie doch endlich so eine Spezialeinheit zu der BKS und nehmen sie fest, anstatt mich zu nötigen, für ewig im Untergrund zu bleiben!«

Schnöder blickt nach unten und atmet hörbar aus. »Weil sie ein Alibi hat.«

»Jetzt reißen Sie sich mal am Riemen, Herr Superkommissar. Das erpresste Alibi von so einem schmierigen Stricher nehmen Sie doch schneller auseinander, als Sie Ihre Brille putzen.«

Schnöder sieht mich schon wieder so mitleidig an. »Der *schmierige Stricher*, wie Sie sich auszudrücken pflegen, ist kein anderer als Dr. Bertold Pfund. Seines Zeichens Staatssekretär im Innenministerium.«

Ich habe noch nie von dem gehört, aber jetzt wird mir zumindest klar, wieso der Kommissar sich so echauffiert. Man weiß ja, dass Scheiße immer von oben nach unten fällt, und wenn Pfund den Schnöder angeschissen hat, dann aus einer Fallhöhe von mindestens fünf Stockwerken. Was für eine Sauerei. Und so, wie ich den Schnöder einschätze, mit seinem tadellosen Anzug und allem, kann der Mauscheleien im Amt gar nicht gut vertragen. »Und in dieser Mappe haben Sie noch mehr schlechte Nachrichten?«

»Leider ja, Kern, leider ja.« Der Kommissar zögert, mir die Dokumente auszuhändigen und macht auf super geheimnisvoll. »Jetzt geben Sie schon her. Ich weiß schon, höchste Geheimhaltungsstufe und so.«

»Eigentlich haben diese Papiere gar keine Geheimhaltungsstufe. Sie existieren nämlich nicht, wenn Sie verstehen, was ich meine. Offiziell zumindest nicht.«

»Wissen Sie was, Schnöder? Nehmen Sie mich doch einfach mit und liefern Sie mich auf Ihrer Polizeiwache ab. Ich kann das alles nicht mehr hören. Jetzt soll ich auch noch was lesen, was mich nur noch mehr runterzieht, aber was mir kein bisschen weiterhilft, weil es gar nicht existiert. Das ist ...«

»Es hilft uns *im Moment* nicht« korrigiert mich Schnöder. »Aber ich verspreche Ihnen, dass ich mit den wenigen mir noch zugänglichen Ressourcen alles tun werde, um diesen Fall aufzuklären.«

Also gut. Ich lese. Und stolpere gleich zu Beginn, denn das, was ich da lese, ist offenbar das handgeschriebene Transkript von einem Telefonmitschnitt. »Wie haben Sie es denn geschafft, den Staatssekretär abhören zu lassen?«

»Von Abhören kann nicht die Rede sein. Es gibt jedenfalls keinen richterlichen Beschluss, wie Sie sich denken können. Jemand, der die Technik wartet und ab und an – zu Testzwecken – rein zufällig ausgewählte Telefonate aufzeichnet, schuldete mir noch einen Gefallen. Mehr müssen Sie nicht wissen. Und jetzt lesen Sie endlich.«

Ein totes Pferd und eine Kuh

20.10.2014, 15.15 Uhr
Telefonat Pfund/Preller

»Herr Preller, Staatssekretär Dr. Pfund ist auf Leitung eins. Soll ich durchstellen?«

»Ja, bitte, stellen Sie durch, Ertmute.«

»Herr Staatssekretär, das ist ja eine Überraschung. Was kann ich für Sie tun?«

»Herr Preller, ich grüße Sie. Aber die Frage hier ist eigentlich, was ich für Sie tun kann ...«

»Ich fürchte, ich kann Ihnen nicht folgen.«

»Dann passen Sie gut auf. Ich verfolge Ihre Karriere schon seit einiger Zeit und musste mit großem Bedauern sehen, wie Sie bei der Beförderung zum Oberstaatsanwalt übersehen wurden. Jaja, die Juristen. Dabei sind Sie doch politisch voll auf Linie. Nein, Spaß beiseite, mir gefällt Ihre Arbeit, Preller, Hut ab, wie Sie die Ermittlungen der Hilfsbeamten bei der Polizei koordinieren. Aber wissen Sie, was Ihnen fehlt?«

»Ich bin ganz Ohr, Herr Staatssekretär.«

»Ihnen fehlt ein spektakulärer Fahndungserfolg, etwas, das durch die Presse rauscht, bis das ganze Land weiß, warum ich Sie als meinen Nachfolger installieren werde.«

»Hab ich Sie richtig verstanden?«

»Jetzt freuen Sie sich doch mal, Preller! Also, noch ist nix fix, aber ich sag' mal, zu 99 Prozent werde ich im nächsten Kabinett berücksichtigt. Das bleibt aber unter uns, versteht sich von selbst, oder? Und Sie wissen, im nächsten Jahr sind Landtagswahlen, und da muss ich natürlich sehen, dass ich einen fähigen Nachfolger finde, der meinen Laden auch nach meiner Amtszeit sauber hält.«

»Ich weiß Ihr Angebot zu schätzen, ich stehe natürlich bereit, wenn ich im Ministerium gebraucht werde.«

»Sehr gut Preller, das ist die Einstellung, die wir hier brauchen. Wie laufen eigentlich Ihre Fälle zurzeit? Irgendeine Spur von dem Mordopfer aus Grafenberg? Wie hieß er noch? Sülzn?«

»Also, eigentlich darf ich nichts über laufende Ermittlungen sagen. Aber da Sie ja im Bilde zu sein scheinen: nein, leider nichts Neues.«

»Das ist schlecht, Preller. Vielleicht ist das aber auch eine Chance. Sehens Sie, ich will Ihnen ja nicht in Ihre Arbeit reinreden, ich weiß ja, dass die Staatsanwaltschaft nur sehr ungerne Weisungen aus der Politik entgegennimmt. Aber wenn ich Sie wäre, würde ich meine Fälle priorisieren. Und eine unbescholtene Regierungsrätin mit Alibi wäre nicht meine erste Priorität. Also, wenn ich Karriere machen wollte ... Sie müssen das Verfahren gegen Frau Braunkaucher-Sülzn, für die ich mich, wie Sie ja wissen, bereits verbürgt habe, ja nicht gleich einstellen, aber die Fahndungsressourcen werden an anderer Stelle dringender benötigt. Verstehen Sie mich?«

[PAUSE]

»Herr Staatssekretär, ich verstehe. Aber meine Leute wollen natürlich jede Beteiligung von Frau Braunkaucher-Sülzn ausschließen, wir wollen ja nicht, dass da irgendetwas hängen bleibt.«

»Also, wenn ich mich für Sie verwenden soll, müssen Sie auch mal eine positive Presse liefern. Denken Sie mal nach: Wenn – also rein hypothetisch gesprochen – der Sülzn wieder auftaucht, und Ihre Schnitzeljagd nach einem Phantomverbrechen hat den Steuerzahler bis dahin zig Millionen Euro gekostet, dann kann ich nichts mehr für Sie tun, das verstehen Sie doch.«

»Wieder auftaucht? Wir müssen zum jetzigen Zeitpunkt stark davon ausgehen, dass Herr Sülzn getötet wurde.«

»Umso besser, Preller. Ich meine natürlich, dann hat der Arme ja auch nichts mehr davon, wenn Sie zwar seine Leiche finden, nicht aber seinen Mörder.«

»Was schlagen Sie also vor?«

»Zerren Sie doch zum Beispiel diesen psychopathischen Lehrer, diesen Mädchenschänder, endlich aus seinem Versteck und nageln Sie ihn möglichst pressewirksam an die Wand. Dann, ja dann, sind Sie mein Mann! Aber lassen Sie diese sinnlose Suche nach dem Sülzn. Sie reiten da ein totes Pferd. Und schicken Sie doch endlich diesen übereifrigen Schnöder in seinen verdienten Ruhestand. Zu seinem eigenen Schutz, der fängt sich noch eine Klage ein von Ursula, was ich durchaus verstehen könnte, so besessen, wie der agiert. Also: Suche einstellen, Kern verhaften mit Pomp und Trara, der hat wahrlich genug auf dem Kerbholz. Ein schicker Prozess mit Pomp und Trara, aus die Maus. Sind wir soweit klar?«

»Ich denke, wir sind uns einig, Herr Staatssekretär.«

20.10.2014, 15.30 Uhr

Telefonat Pfund/Düsseldorfer Privatbank

»Herr Staatssekretär, schön, dass Sie anrufen.«

»Ja, sehr schön. Die Kuh ist vom Eis, also zu 99 Prozent, sag' ich mal.«

»Sind Sie sicher, dass Sie nicht abgehört werden?«

»Von wem denn? Von den Amis oder von den Russen?«

»Das wär ja noch schöner. Aber ich werte das mal als gute Nachricht. Das mit der Kuh, meine ich.«

»Genau. Ihr Haus und ich bleiben aus der Sache raus. Konnten Sie denn etwas erreichen, meine Einlagen betreffend?«

»Ich denke, dass unser Mann dafür gesorgt hat ...«

»Ihr Mann, hören Sie? Ihr Mann!«

»Wie auch immer. Zu Ihrer Frage: Nein, konnten wir nicht. Selbst falls es einen Rest geben sollte, den Sie verwerten könnten, dürfte das in keinem Verhältnis zu Ihren Verbindlichkeiten beim Fiskus stehen. Von der Strafverfolgung und den damit verbunden Folgen für Sie ganz zu schweigen. Also bleibt es bei unserer Absprache? Ich muss das jetzt wissen, ansonsten muss ich Vorkehrungen treffen ...«

»Jaja, natürlich bleibt es dabei. Dann ... Schönen Tag noch.«

»Ihnen auch, Herr Staatssekretär. Unser Haus ist Ihnen zu Dank verpflichtet! Auf Wiederhören!«

Schnöder hat mir ungeduldig beim Lesen zugesehen und als ich die Blätter sinken lasse, will er von mir eine Auswertung. Ausgerechnet von mir. »Ehrlich, Herr Schnöder, ich weiß nicht, was ich sagen soll. Ich kenne diese Leute nicht.«

»Das habe ich mir schon gedacht. Ich fasse mal kurz zusammen, wie sich mir der Sachverhalt darstellt. Also: Der Staatssekretär, offensichtlich die Fleisch gewordene Korruption, steht mit der BKS in irgendeiner Verbindung. Vermutlich lässt sich der auch von ihr züchtigen. Ihr Mann, Horst Sülzn, ist Mitarbeiter bei der Düsseldorfer Privatbank. Der ist zwar ein kleines Licht, aber irgendwie erlangt er Kenntnis von einem Finanzskandal, in den Dr. Pfund und wohl auch dieser Bankdirektor verstrickt sind. Gehen wir einmal hypothetisch von groß angelegter Steuerhinterziehung oder von veruntreuten öffentlichen Geldern aus. Jedenfalls etwas, das groß genug ist und das es nötig macht, den Sülzn aus dem Weg zu räumen. Die BKS und Pfund machen gemeinsame Sache, dafür verspricht ihr Pfund seine Nachfolge im Amt des Staatssekretärs anzutreten.«

»Ich komm nicht mehr mit. Das hat er doch dem Preller, dem Staatsanwalt versprochen.«

»Kern, ich beneide Sie darum, dass Sie sich Ihre kindliche Naivität bewahrt haben. Der Mann ist Politiker! Versprechen zu machen und sie nicht halten gehört bei dem quasi zur Jobbeschreibung. Wo war ich stehengeblieben? Also, die BKS bzw. die BKS und der Staatssekretär erledigen Sülzn. Was fehlt, ist ein Sündenbock und hier kommen Sie ins Spiel. Das Ganze war von langer Hand geplant, und als Sie Ihren Besuch in der Bezirksregierung hatten, hat die BKS schnell geschaltet, Beweise für Ihre Anwesenheit am Tatort, den Büchereiausweis und ein paar Ihrer Haare, an sich genommen. Offen bleibt die Frage, wie sie es geschafft hat, den Mord so zu timen, dass Sie gerade auf freiem Fuß waren. Ein Zufall vielleicht, aber ich glaube nicht an Zufälle.«

Da kann ich weiterhelfen und erzähle Schnöder von meinem ursprünglichen Verdacht gegen Dr. Harnmüller. Er ist der Einzige, der wissen konnte, wann ich tatsächlich aus der Klapse raus war. Wo bin ich da nur reingeraten? Alles nur wegen Betsy Spenkel. Wenn es mir nicht tatsächlich leidtäte, was in meinem Klassenraum passierte, könnte ich ihr glatt nochmal eine schmieren für den ganzen Mist hier. »Ich denke, Sie verstehen jetzt, wieso Sie dringend hier weg müssen.«

Als ich nicht gleich antworte, versteht Schnöder, dass ich immer noch nicht verstehe. »Oje, Sie sind aber schwer von Begriff. Was genau ist Ihnen denn unklar?«

»Wieso ist dem Staatssekretär so wichtig, dass die Polizei nicht weiter nach der Leiche von dem Sülzn sucht?«

»Das ist doch tatsächlich eine gute Frage. Chapeau, Kern. Es ist so: Die meisten Tötungsdelikte werden durch Geständnisse oder Zeugenaussagen aufgeklärt. Aber fast genauso wichtig sind die Auswertungen der Spuren am Tatort und die Ergebnisse der Obduktion des Opfers. Erstere deuten eindeutig von Pfund und BKS weg auf Sie. Bleibt die Obduktion. Irgendetwas findet die Pathologie immer, das sich mit dem Täter in Verbindung bringen lässt. Deswegen ist es so wichtig, dass es erst gar keine Leiche gibt.«

»Soweit ist jetzt alles klar. Aber wieso glauben Sie, dass die BKS noch hinter mir her ist?«

»Aus Rache. Weil sie Blut geleckt hat. Oder einfach, weil Sie ja schon weg sind und damit ein ideales Opfer darstellen. Suchen Sie sich was aus. Und Sie sind die einzige noch verbleibende Variable in der Rechnung. Ein möglicher Unsicherheitsfaktor. Sie sind der Einzige, der weiß, dass Sie es nicht waren. Ich glaube nicht, dass die BKS seelenruhig einem langwierigen Indizienprozess inklusive Berufungen zusehen wird, und am Ende wird doch noch einmal ein Scheinwerfer auf sie gerichtet, wenn ein anderer, möglicherweise weniger korrupter Staatsanwalt als der Preller ermitteln lässt. Wenn sie erst im Ministerium sitzt, kann sie sich keine solchen Schlagzeilen leisten. Sie tot zu wissen, ist das Beste, was der Schwarzen Witwe passieren kann.«

Schnöder hat für sich seine Mission hier auch erfüllt. Er packt seine Unterlagen wieder ein und schreibt mir aber noch seine Telefonnummer auf für den Notfall. »Vielen Dank für das Bier, Herr Kern. Ich wünsche Ihnen Glück. Wenn Sie es richtig anstellen, werden wir uns wohl nicht wiedersehen. Und wenn nicht, dann wohl auch nicht ... Leben Sie wohl, Kern.«

Etwas steif und zögerlich hält er mir noch einmal seine Rechte entgegen. So, als hätte er Angst sich bei einem Todgeweihten anzustecken. Aber so lasse ich ihn nicht gehen. »Ich habe aber noch eine Frage, nein, sogar zwei: Wie haben Sie mich denn hier gefunden? Ich meine ...«

»Ach, Herr Kern, ich bitte Sie. Ich bin, oder besser war, Ermittler. Ich gehe übrigens auch gern ins Uerige.«

So viel zu meinen Fähigkeiten, Verfolger zu erkennen.

»Aber das heißt, dass Sie mich nur finden konnten, weil Sie mir gefolgt sind. Das heißt aber auch, dass sich meine Gegner, wenn sie mich nicht auch schon erkannt haben, was anderes einfallen lassen müssen. Hier bin ich doch sicher, oder?«

»Wenn man davon absieht, dass Sie Unterrichtsmaterial über die Kiefernstraße als Beispiel für das Thema Besitz und Gerechtigkeit auf einer Lehrerplattform hochgeladen haben, vielleicht. Und wenn Sie sicher sind, dass Sie allen Leuten, die hier im Haus leben, vertrauen können.«

Touché. Da sind ja noch Rico und Herby.

»Und die zweite Frage?«

Das ist jetzt ein bisschen persönlich, aber mein Gefühl sagt mir, dass dieser kauzige Kommissar mir da weiterhelfen kann. Für ein paar Augenblicke schien es mir, als hätte ich mit

Schnöder eine Verbindung, als ginge es bei unserer Recherche für ihn auf einmal nicht mehr nur darum, einen Fall abzuschließen. »Sie sagten, Sie täuschten sich selten in den Menschen. Ich steh ein bisschen auf dem Schlauch, was ... mich betrifft. Es ist nicht nur so, dass ich nicht mehr weiß, wo mir der Kopf steht in dem ganzen Chaos hier. Ich habe das Gefühl, ich kenne mich selbst nicht mehr. Bin ich noch ... zu retten, Herr Kommissar?«

Ich kriege wieder den Ermittlerscan. Er macht Auge, würden meine Schüler dazu wohl sagen. Und dann bricht auf einmal die Klarheit in Schnöders Blick. »Wissen Sie Kern, da geht es mir ähnlich, irgendwie. Ich war mein Leben lang mit meinem Beruf verheiratet. Und jetzt bin ich geschieden, sozusagen. Und allein. Auf eine sehr, sehr, sehr, seltsame Art sind wir uns ähnlich. Und glauben Sie mir, das zu sagen, fällt mir nicht leicht. Zumindest teilen wir ein Schicksal. Aber das ist nur die halbe Wahrheit. Bei Ihnen ist da noch mehr. Ich sagte vorhin, Sie bestünden zu 90 Prozent aus schlechtem Gewissen. Dazu stehe ich auch. Diese 90 Prozent werden aber mindestens zur Hälfte von Ihrem Zynismus verdeckt. Vielleicht hängt das ja mit dem Tod Ihrer Frau zusammen. Aber da fragen Sie lieber einen Psychologen.«

Lieber nicht.

»Bleiben noch 10 Prozent. Und die sind vermutlich brauchbar. Nutzen Sie sie, Kern, und zwar schnell. Sie sind wie ein Schlauchboot, das man auf eine ICE-Trasse gesetzt hat. Und in zehn Minuten kommt der nächste Zug.« Schnöder dreht sich zur Tür und ist Sekunden später verschwunden. Jetzt bin ich so allein wie er. Allein mit Schnöders kryptischen Andeutungen und mit meinen zehn Prozent brauchbaren Ichs.

Schlauchboot auf ICE-Trasse. So habe ich das noch nie gesehen. Ich will an Renate denken, doch mein Magen hat mal wieder die Oberhand. Mein einsamer Magen. Wie gut, dass ich wenigstens *Bruce Springsteen* und seinen *Downbound Train* habe, der mich daran erinnert, was ich alles verloren habe.

Verraten

Ich kann es drehen und wenden, wie ich will. An Berlin führt kein Weg vorbei. Ich sollte es vielmehr als Fügung des Schicksals sehen, dass Renate mir mit ihrem Exkurs in die Esoterik eine Tür öffnet, die vorher nicht da war. Und, wer weiß, vielleicht wird ja dann endlich alles gut, wenn ich bei Dr. Cheung war. Die Sache ist beschlossen – heute geht es los.

Allerdings wäre da noch ein klitzekleines Problem. Ich werde es ihm sagen müssen. Bernd mitzunehmen nach Berlin, zu Dr. Cheung, ist keine Option. Das ist meine, das ist meine persönliche Mission. Und Renates. Aber was wird aus ihm? Wenn wir weg sind, ist für Bernd in der Kiefern auch kein Platz mehr, ja, er wird sich sogar in Sicherheit bringen müssen vor Herby, der sich aufführt wie eine angeschossene Bärenmama, die um ihre Jungen besorgt ist. Es hilft nichts, ich werde mit ihm reden müssen. Vorsichtig und so leise, dass sich die Illusion einstellt, ich könne durch behutsames Überbringen der Botschaft noch irgendwie die Härte nehmen, öffne ich die Tür in unser Notquartier. Bernd steht am Fenster, mit dem Rücken zur Tür, und knüpft gerade sein Hemd zu. Umständlich und irgendwie hektisch, als er mein Eintreten wahrnimmt, nestelt er an seinem Hosenbund.

»Du, Bernd«, beginne ich mein Geständnis, »ich wollte nicht stören. Ich wollte nur sagen, also gestern, das war echt eine starke Ansprache bei Herby.«

Bernd, der keine Anstalten macht, sich umzudrehen, nickt. Auch das irgendwie hektisch. »Klar ... Ich lerne von dem Besten. Ich meine, du hast mir ja vorgemacht, wie man Hausbesetzer anspricht.«

Ich versuche das Kompliment nicht zwischen mich und mein Vorhaben, Bernd reinen Wein einzuschenken, rücken zu lassen, als ich ein Knistern höre und ein Rascheln. Ich sehe, wie etwas durch den Raum segelt, ein buntes Etwas, ein buntes Blatt Papier. Bernd senkt den Kopf und lässt die Arme fallen, und da erst bemerke ich den durchsichtigen Plastikbeutel, der geräuschvoll zu Boden fällt. Bernd dreht sich langsam um. Er hat ein paar Klebestreifen am Bauch, und rote Hautstellen machen klar, dass dort ebenfalls einmal Tape gehaftet haben muss. Irgendwas sagt mir, dass Bernd nicht dabei ist sich den Bauch zu wachsen. Vielmehr scheint es, als ob Bernd sich durch die schmerzhafte Prozedur quält, um den seltsamen Beutel an seinem Körper zu befestigen und wieder zu entfernen. Aber warum? Ich lasse den Blick von Bernds Zebrabauch nach unten wandern, bis er am Inhalt den Beutels hängen bleibt. Es ist jede Menge buntes Papier drin. Lauter Hunderteuroscheine.

»Es ... es ist nicht so, wie es aussieht, Ziggy ...«

Ich könnte jetzt gar nicht sagen, wie es aussieht, geschweige denn, wie es ist. Aber wie es sich anfühlt. Wie Verrat. »Du schleppst zig Tausend Euro mit dir rum, und ich Idiot breche in meine Schule ein, weil wir uns kein Zimmer leisten können? Weißt du eigentlich, wie viel Überwindung es mich gekostet hat, Rico um Hilfe zu bitten? Du bist so ...«

»Lass dir bitte erklären«, versucht Bernd zu unterbrechen, aber mir fehlt die Fantasie zu glauben, dass es für diese Unfassbarkeit eine Erklärung geben könnte, mit der ich leben kann.

»Lass stecken. Ich will gar nicht wissen, ob du in Wirklichkeit Zuhälter bist oder Waffenhändler. Ich finde beides scheiße.«

Als ein ungemütliches Schweigen das ungemütliche Zimmer noch ungemütlicher macht, beeile ich mich, noch hinzuzufügen: »Eigentlich wollte ich dir nur sagen, dass Renate und ich weggehen werden. Heute schon. Nach Berlin. Vielleicht solltest du ins Steigenberger umziehen. Dorthin wird dich Herby bestimmt nicht verfolgen. Schon aus Prinzip nicht. Lebe wohl, Bernd.«

Ich lasse ihn alleine mit seiner scheiß Kohle. Aus dem Inneren des Zimmers dringt Bernds Wimmern leise in den Flur. Auch als ich wieder auf der Couch bin, um darüber nachzudenken, warum mich Bernds plötzlicher Reichtum so sauer macht, höre ich ihn noch. Ihn und sein Schluchzen. Und wie er seinen Kram zusammenpackt. Und dann die Wohnungstür, die zugezogen wird. Das war es dann wohl mit Bernd. Verdammt. Wir haben doch jetzt schon so viel zusammen erlebt – warum konnte er nicht ehrlich zu mir sein? Ich hasse nichts so sehr, wie verarscht zu werden. Und von Freunden verarscht zu werden, ist das Allerschlimmste. Glaubt er denn ernsthaft, ich will was von seinem verdammten Geld? Interessiert mich doch überhaupt nicht. Geld hat mich noch nie interessiert. Es interessiert mich erst, wenn ich keins mehr habe und mir der Tabak ausgeht. Mensch Bernd ... Es war ein Fehler, nicht darauf zu bestehen, dass er mir alles erzählt. Jetzt ist er weg und ich muss mich darauf verlassen, dass Renates Plan mit der Chakrenreinigung aufgeht. Wie crazy das klingt. Das klingt nach Desaster, das klingt nach Waterloo. Und genau deshalb wird alles gut werden.

Harnmüllerchen

Ich stehe vor Ricos Kleiderschrank im Flur, um mir ein paar saubere Klamotten auszuborgen für den Berlintrip. Als ich sie in meine Umhängetasche stopfe, höre ich Schritte im Treppenhaus. Schritte wie Hammerschläge, als würde jemand sehr bedächtig einen Nagel in die Wand hauen. Und daneben noch andere, weichere Schritte. Schritte, die auf der Hut sind. *Tock tock tock* hämmert es. Ein Geräusch direkt aus der Hölle meiner Erinnerung. Und noch bevor mir bewusst wird, was ich da eigentlich tue, bin ich schon im Schrank verschwunden und habe die Tür zugezogen. Es ist verdammt eng hier drin, aber wenn mich mein Unterbewusstsein nicht falsch informiert hat, dann habe ich die Wahl zwischen Schrank oder Sarg. Und richtig. Die Hammerschläge gehören zu den Titanabsätzen von Frau Regierungsrätin, die mit ihrer Stimme die Luft in Fetzen schneidet. Wenn wenigstens Bernd hier wäre.

Was mache ich denn jetzt? Sie ist natürlich nicht alleine gekommen, ich kann den Harnmüller schnaufen hören. Und obwohl ich ihn noch nicht sehen kann durch das Schlüsselloch, entsteht ein Bild vor meinen Augen von dem sabbernden Doc mit den hektischen Flecken. Wie sind die denn überhaupt in die Wohnung gekommen? Von mir haben sie den Schlüssel sicher nicht, und Bernd hatte nie einen. Da bleibt nur einer: Rico.

»Hier ist niemand«, sagt Harnmüllers Stimme, männlich und doch irgendwie schwach. Fast ein bisschen gejammert. Ich halte die Luft an und versuche, durch einen Spalt in der Schranktür zu erkennen, was vor sich geht, aber sie sind zu nah. Alles sieht aus wie durch ein Fernglas, bei dem die Seiten abgeklebt sind und nur ein schmaler vertikaler Streifen zum Gucken übrig ist. Der Streifen verschwindet, Ursula hat sich umgedreht und steht jetzt direkt vor dem Schrank. Der Stoff ihres dunkelblauen Rocks presst sich in den Spalt. Ursula lehnt mit ihrem Hintern am Schrank. Unwillkürlich presse ich mich noch fester an die Schrankwand, als gebe es einen Hinterausgang. Wenn ich jetzt niesen muss, bin ich tot. Auf einmal ist der Spalt wieder da. Ursula und Harnmüller gehen in die Küche, das kann ich jetzt deutlich erkennen, denn der Schrank steht fast genau gegenüber der Küchentür und der Wohnzimmertür im Flur. Jetzt wieder ihre Stimme, Schallwellen aus Eis. »Wir warten.«

Worauf warten sie denn? Auf Rico? Nein, natürlich nicht, sie warten auf mich. Ricos Nachricht auf dem Küchentisch. *Ziggy, kannst du um zwölf hier sein? Müssen reden. Rico.* Es ist ziemlich genau zwölf Uhr mittags. High Noon. Kommissar Schnöder hat mich noch gewarnt. Vor dem Sado-Maso-Monster und vor falschen Freunden. Ich sehe durch den Spalt, wie Frau Regierungsrätin am Küchentisch Platz genommen hat. Von Harnmüller ist nichts zu sehen. Moment. Doch – er kniet unter dem Tisch und – ich muss mir die Augen reiben und will an eine Halluzination glauben. Leider ist es keine. Harnmüller kniet auf dem staubigen Küchenboden und lutscht an Ursulas Absätzen.

»Lass das, Harnmüllerchen. Du musst endlich lernen, dass es einen Unterschied gibt zwischen devot und billig. Verhältst du dich billig, heißt das, dass du auch mich billig findest.«

Harnmüller will offensichtlich was sagen, man hört aber nur ein Krächzen, das zwei Oktaven zu hoch klingt. So was Unmenschliches habe ich noch nie von einem Menschen gehört.

Es würde helfen, wenn Harnmüller endlich diese Dinger aus dem Mund nehmen würde. Da muss die Regierungsrätin schon energischer werden. Ihre Hand schnellt unter den Tisch und reißt an des Doktors Schopf.

»Bin – ich – billig?«

»Nein, sicher nicht, Herrin, sicher nicht. Aber ich bin es, ich bin unwürdig, ich bin ...«

»Gott, wie mich dieses Gejammer anödet. Ich würde dich auf der Stelle skalpieren, wenn du nicht so recht hättest, mein kleines, unwürdiges Harnmüllerchen.«

Wieder dieses erbärmliche Gekrächze. Ich muss mich darauf konzentrieren, nicht zu husten oder angewidert auszuatmen, denn wenn mich diese unselige Verbindung des Satans mit einem offensichtlich gestörten Seelenklempner entdeckt, ist es aus mit mir. Ursula hat ein chinesisches Gemüsebeil ausgepackt und vor sich auf den Tisch gelegt. Die Klinge ist handbreit und reflektiert die Küchenlampe. Nur jetzt nicht panisch werden. Besser, ich mache mir ein paar Gedanken über meine Gegner und finde einen logischen Ausweg. Einmal Kommissar Schnöders lineare Logik, das wäre was. Warum lässt sich der Harnmüller diese Erniedrigungen bieten? Ich denke: Keine Ahnung, ich will das gar nicht wissen. Schnöder würde denken: Harnmüller muss davon profitieren, sonst ergibt es keinen Sinn. Und alles hat irgendeinen Sinn. Man muss nur die Perspektive ändern, um es zu erkennen. Also – welchen Profit schlägt der Psychodoc daraus, unter Ricos Tisch zu kauern und zu hecheln? Es gibt nur eine logische Erklärung: Er will es so. Er will es so? Mir erschließt sich dieser Reiz nicht. Ganz und gar nicht, aber vielleicht ist es anders, wenn man Psychologe ist. Was würde Siegmund Freud dazu sagen? Freud würde sagen, es macht ihn geil oder so etwas in der Art. Viel weiß ich nicht mehr über Freud, außer, dass sich alles um Libido und Aggression dreht. Bei Freud wären Ursulas Absätze ganz klar phallisch, was wiederum bedeuten würde, dass Harnmüllerchen eigentlich auf Schwänze steht, und über die Bedeutung des Hackebeils möchte ich eigentlich nicht weiter spekulieren. Aber wie kann man einen Gedanken stoppen, den man auch noch extra in Gang gesetzt hat, um sich von der Angst abzulenken? Und welche Angst genau? Bitte nicht weiterdenken, Freud, alte Säge, sag es nicht, sonst muss ich hyperventilieren und falle aus dem Schrank. Angst, Phallus, Hackebeil ... Just in den Moment, in dem Siegmunds *Kastrationsangst* in meinem Kopf vom Wort zum Gefühl wird, höre ich die Haustür. Sie wird grob aufgestoßen und wieder zugeknallt.

Rico torkelt an meinem Spannerschrank vorbei und hält sich am Türrahmen der Küchentür fest. »Scheiße, was macht der Wichser da unter meinem Tisch? Wo ist Ziggy?«

Ursula hat jetzt begonnen, sich seelenruhig die Fingernägel zu lackieren, während Harnmüller unter dem Tisch hervorgekrochen kommt, um sich – breitbeinig wie ein Bodyguard – neben Ursulas Stuhl aufzubauen.

»Sie waren unartig. Sie haben Ihr Wort nicht gehalten. Das macht mich sehr, sehr traurig«, sagt Ursula und richtet schließlich doch den Blick auf Rico, der mir vorkommt wie ein hilflos schwankender Matrose auf einem sinkenden Schiff. Mann, ist der schon wieder breit. Aber ist Rico überrascht, den Satan in seiner Küche zu sehen? Nein, irgendwie nicht. Irgendwie ...

»Und jetzt will ich genau zwei Dinge. Meine dreihundert Euro zurück und den genauen Aufenthaltsort von Herrn Kern.«

»Sorry, aber dass Ziggy nicht da ist, dafür kann ich nix ... Und das Geld habe ich bereits ... investiert ...«

Ist es zu fassen – Rico hat mich verkauft? Für lausige 300 Euro? Für einen Moment hatte ich gehofft, dass jetzt alles gut wird, jetzt, da mein Freund Rico wieder gekommen ist, um mich zu retten, aber ich habe mich wohl doppelt getäuscht. Gar nichts wird gut, und einen Freund namens Rico habe ich auch nicht.

»Dr. Harnmüller, Ihr Einsatz, bitte.«

Harnmüller löst sich wie auf Knopfdruck aus seiner Säulenpose und lässt seine rechte Hand vorschießen, genau zwischen Ricos Augen. Der kann überhaupt nicht reagieren und sinkt unter der Wirkung des Elektroschockers bewusstlos zusammen. Harnmüller schiebt gerade noch rechtzeitig einen Stuhl nach vorne, damit Rico nicht zu Boden kippt.

»Fixieren, Harnmüllerchen, damit kennst du dich doch aus. Und durchsuche seine Taschen, vielleicht hat er doch noch nicht alles versoffen. Dann weck diesen Clochard wieder auf, wir müssen ihn befragen.«

Wortlos fingert Harnmüller in Ricos Jackentaschen und fördert zwei Plastiktütchen mit mintgrünen Pillen zutage. Nachdem er Rico fachmännisch am Küchenstuhl festgekettet hat, geht er zur Spüle, füllt einen Eimer mit Wasser und kippt ihn über Ricos Kopf aus.

»Da ist er ja wieder, ich habe mir schon Sorgen gemacht. Sie sind eingenickt. Und jetzt sagen Sie mir: WO IST SIEGFRIED KERN?«

»Leck mich«, spuckt Rico und schüttelt sich das Wasser aus den Haaren, die in unappetitlichen Strähnen in seinem Gesicht hängen. Ursula steht langsam auf. Sie schiebt den Küchentisch beiseite und baut sich vor Rico auf. »Harnmüllerchen, aufgepasst. Das ist die Ausgangsstellung beim Taekwondo.« Dann geht sie einen Schritt zurück und hält beide Fäuste vor der Brust, den linken Fuß leicht nach hinten versetzt. Der Kick mit dem linken Fuß vor Ricos Bauch hat die Wucht eines Güterzuges und wird von einem Kampfschrei begleitet, den ich nur zu gut kenne. So hat mich die Braunkaucher-Sülzn also im Amt k.o. gehauen – sie ist ein Kampfsportdämon. Das weiß jetzt auch Rico. Mit einem einzigen Kick hat sie ihn samt Stuhl umgehauen. Rico knallt mit dem Kopf auf den Boden und liegt auf dem Rücken wie ein Käfer, die Beine im rechten Winkel zum Rumpf, die Unterschenkel an den Stuhlbeinen fixiert. »Falls Sie ein Rückenleiden haben, ist das die ideale Stellung. Aber das nur am Rande. Sie haben wahrlich andere Probleme.«

Rico röchelt, der Stoß hat ihm offensichtlich die Luft zum Atmen geraubt. »Was wollen Sie von mir? Und was wollen Sie von Ziggy?«

Ursula geht um Rico herum und baut sich über ihm auf. So, dass sie seinen Kopf genau zwischen ihren Schuhen hat. Dass Rico jetzt ihre Unterwäsche im Visier hat, scheint Ursula zu gefallen. Ihr Venushügel soll wohl der letzte sein, den Rico jemals zu Gesicht bekommen soll, denn ich habe keine Zweifel mehr daran, dass sie ihn töten will. Was soll ich nur machen? Rico ist ein Schuft, keine Frage, aber ich kann ihn doch nicht im Stich lassen, oder? Genau, ich springe einfach aus dem Schrank und mit dem Überraschungsmoment auf meiner Seite werde ich schon irgendwie gegen Gemüsebeil und Elektroschocker ankommen. Wenn nur Jake hier wäre. Mist, zu lange nachgedacht, jetzt hebt sie den linken Fuß und platziert den

Pfennigabsatz genau auf Ricos Auge. Wenn ich jetzt raus stürme, ist Rico zumindest auf einem Auge blind.

»Bitte nicht! Sie sind doch wahnsinnig!«

»WO IST ER?«

»Ich weiß es nicht, ehrlich!«

Ursula drückt ihren Fuß nach unten und hebt ihn wieder an.

»Der Brief! Der Brief! Ich habe ihm einen Brief dagelassen, ihn für Zwölf hierherbestellt! Bitteeee!«

»Harnmüller?«

Franz versteht sofort und scannt die Küche nach herumliegenden Zetteln ab. Natürlich erfolglos, den Brief habe ich in den ...

»Im Kühlschrank! Vielleicht im Kühlschrank! Sehen Sie da nach, Ziggy hat mir früher immer Notizen auf die Bierflaschen geklebt, damit ich sie auch finde!«

»Oh Gott«, stöhnt Ursula, »ihr lasst wirklich kein Klischee aus, ihr Anarchopenner.«

Tatsächlich wird Harnmüller jetzt fündig und übergibt ein vom Kondenswasser feucht gewordenes Blatt an Ursula. *Bin auf einem Konzert in Berlin, old school. Z.*, zitiert sie und schüttelt den Kopf. Das mit dem Konzert habe ich mir ausgedacht, weil ich nicht wollte, dass Rico die wahre Mission meiner Reise mit seinem Zynismus besudelt. Für Chakrenreinigung hat so einer wie Rico kein Verständnis.

»Das sagt mir nichts. Ich bitte um Aufklärung.«

Rico ringt scheinbar mit sich, er zögert mit der Antwort. Hat Rico vielleicht doch ein Fünkchen Anstand im Ranzen und will mich letztendlich nicht ausliefern? Jetzt, wo klar ist, dass es hier um Leben und Tod geht? Aber dieser Anflug von Tapferkeit bringt ihm nichts Gutes ein, Ursula erhöht den

Druck auf sein Augenlicht. Ricos linke Augenhöhle schwillt bedrohlich an, als er endlich eine Auskunft zusammen stammelt. »Old school ... das heißt bei Ziggy, so Metalkram. 80er, 90er. Motörhead, ACDC ... Oder ... Was weiß denn ich? Vielleicht so was Düsteres wie Black Sabbath ...«

Ursula nickt zufrieden. Aber warum nur? Mit der Auskunft kann sie doch nicht viel anfangen. Es sei denn, sie weiß, dass Rico wirklich nicht weiß, wo ich bin, und wird nun – nein, das will ich mir nicht vorstellen.

»Harnmüllerchen – jetzt zeige ich dir die wahre Bedeutung des Wortes *Zeitbombe*. Sieh zu und lerne. Und – Musik bitte, was Passendes.«

Harnmüller verschwindet kurz aus meinem Sichtfeld. Ich kann hören, wie er sich an Ricos Stereoanlage zu schaffen macht. »Harnmüllerchen? Beeil dich, wenn du den Tag überleben willst!«

»Bin schon wieder da, meine Königin«, säuselt der Doc und schiebt hinterher: »Darf ich assistieren?«

»Wohlan, Knecht Ruprecht. Nimm das da«, befiehlt Ursula und deutet auf einen nicht mal zur Hälfte gefüllten Pappbecher mit altem Kaffee, auf dem schon eine Schimmeltulpe blüht. »Und jetzt schüttest du die Spaßpillen dieses Möchtegerndrogenbarons rein. Und zwar alle.«

»Was haben Sie vor?«

»Maul auf, Herr Rico. Und beten wäre nicht schlecht.«

Als Rico entgegen Ursulas eindeutiger Anweisung die Lippen zusammenpresst, nimmt sie wieder ihren Titanabsatz zu Hilfe, und den Moment des Schreis nutzt Harnmüller, um Rico den ganzen Becher senkrecht in den offenen Mund zu stopfen.

»Ist das so richtig?«

»Du lernst schnell, Harnmüllerchen. Und jetzt zukleben.«

Harnmüller tut, wie ihm geheißen, und umwickelt Ricos Kopf auf Mundhöhe mit Paketklebeband. Er betrachtet sein Werk und Ricos angsterfülltes Auge. Das eine, das noch nicht zugeschwollen ist.

»Wie lange wird es wohl dauern, bis die Pappe aufgeweicht ist, was meinst du, Fränzchen?«

»In Anbetracht der extremen Stresssituation ist der Speichelfluss natürlich gehemmt, der Volksmund spricht von trockenem Mund vor Angst.«

»Halt hier keinen Vortrag!«

»Andererseits bewirkt der Fremdkörper im Mund über Kurz oder Lang aber auch das Gegenteil. Seinem Verdauungssystem, das bekanntlich bei den Mundschleimhäuten anfängt, wird suggeriert, dass Nahrung zugeführt wird. Man könnte sagen, das Wasser läuft ihm im Mund zusammen.«

»WIE LANGE?«

»Schwer zu sagen. Fünf Minuten, vielleicht zehn. Allerdings weiß ich natürlich nichts über die Beschaffenheit des Materials. Der Kaffee suppt ja auch nicht durch. Aber Speichel ist schon ein aggressiver Saft.«

Ein letztes Mal beugt sich Ursula zu Rico herunter. »Du hast es gehört. Ich würde sagen, du hast eine faire Chance, dass dich deine Anarcho-Freunde finden, bevor dir das Zeug, das du verkaufst, das bisschen Hirn aus dem Schädel hebt. Ups, mein Fehler – die sind ja alle verreist. Harnmüllerchen – wir gehen. Bon Voyage, Herr Rico.«

Harnmüller hält inne, als wollte er sich an dem Moment festklammern. »Können wir nicht ...?«

»Zusehen, bis es vorbei ist? Harnmüllerchen, mir gefällt, wie du denkst. Aber nein, wir haben zu tun.«

»Fahren wir nach Berlin?«

»Nein, tun wir nicht. Aber unser Freund wird in ein paar Tagen wieder hier sein, das spüre ich in meinen Eierstöcken. Und wir wollen ihm doch einen schönen Empfang bereiten, oder? Auf, auf, Harnmüllerchen, es gibt viel vorzubereiten.«

»Müssen wir nicht die Leiche entsorgen? Ich meine, wenn die Polizei ...«

»Deine Einfältigkeit dauert mich, Harnmüllerchen. Habe ich mir meine Hände an dieser Vettel schmutzig gemacht oder du? Guck nicht so traurig, ich verpfeife dich schon nicht. Es kann aber auch nicht schaden, wenn du nicht vergisst, dass du ganz und gar mir gehörst. Und außerdem: Wer war um zwölf Uhr mit Herrn Schmand verabredet, was auf einem Zettel dokumentiert ist? Kern. Wessen Spuren sind hier überall? Meine nicht, ich trage Handschuhe. Es sind Kerns – bedauerlicherweise wird sich Herr Kern freiwillig von diesem Leben verabschieden. Man könnte sagen, sein schlechtes Gewissen wird ihn umbringen.«

Im Rausgehen dreht sich Franz Harnmüller kurz um und verabschiedet sich von Rico. »Ich lasse Ihnen die Musik an. Ich hoffe, sie verzeihen die ironische Note ...«

Es läuft *Lou Reed*: *Perfect Day*.

Rico II

Beim Anblick von Rico verschlägt es mir fast den Atem. Er liegt vor mir, mit zugeklebtem Mund, auf dem umgekippten Stuhl. Die Backen sind grotesk aufgebläht, als hätte er eine Boule-Kugel im Mund. An einer Stelle ist das Tape eingerissen und es tritt eine braungrüne Flüssigkeit aus, die Blasen wirft. Das Bild lässt mich spontan an eine Kunstinstallation denken, so unwirklich erscheint das Ganze. Blitzschnell und ziemlich rabiat reiße ich Rico das Klebeband vom Mund und ziehe vorsichtig den überschäumenden Kaffeebecher aus dem Mund. Rico reißt seinen Kopf zur Seite, hustet und würgt. Gerade will ich seine Fesselungen lösen, da röchelt er mich an.

»Schnell, steck mir den Finger in den Hals, die Scheiße muss raus, Mann, sonst bin ich hin!«

Ich bin ziemlich überwältigt von der traurigen Erkenntnis, dass dieser übermäßig beschissene Tag noch beschissener wird, doch ich gehorche, muss mich aber ebenfalls übergeben, als mein Zeigefinger bei der Aktion an ein Zäpfchen stößt, das nicht mein eigenes ist. Rico hat den Anschlag offensichtlich gut überstanden, und als ich ihn damit konfrontiere, dass er mich, seinen ehemals besten Freund, einfach an den Satan verkauft hat, zeigt er null Unrechtsbewusstsein. Dabei habe ich ihm gerade den Arsch gerettet.

»Du hast es nicht anders verdient. Jetzt sind wir quitt, Mann.«

»Wovon redest du? Ich weiß echt nicht, was mit dir nicht stimmt! Du bist die ganze Zeit schon so aggro. Führst dich auf, als hätte ich deine Lena gebumst oder so was.«

Ricos Augen funkeln wie Eiskristalle im Sonnenlicht. Ich verstehe überhaupt nichts mehr. »Apropos. Da kam ein Brief von ihr. Den hab ich hier neben deine Bong gelegt.«

»Dann ist das wohl die Stunde der Wahrheit, Ziggy *Arschloch* Kern.« Rico reißt den Umschlag auf und beginnt vorzulesen, so als sei der Brief für mich.

Rico,
wie es dir wohl gehen mag? Nenne es Sentimentalität oder meine innere Stimme oder mein schlechtes Gewissen. Irgendetwas hat mich dazu bewogen, dir zu schreiben. OK, das war zu schwülstig, das passt nicht zu uns. Uns? Zu dem, was mal war. Du warst zwar manchmal ein echter Kotzbrocken und du wirst dich wohl auch nicht geändert haben. Aber dafür habe ich dich ja schließlich auch geliebt, für deine Haltung, deine Sich-bloß-nicht-verbiegen-lassen-Attitüde.

Rico unterbricht seine Lesung und hält mir einen zitternden Zeigefinger ins Gesicht. »Was glaubst du wohl, warum sie ein schlechtes Gewissen hat, he?«

»Ehrlich, Rico, ich habe keine Ahnung. Lass mich mit deinem alten Scheiß in Ruhe, ich muss meine Sachen zu Ende packen. Mit dir bin ich fertig. Du hast sie doch nicht mehr alle!«

»Du bleibst hier und hörst dir das an! Das bist du mir schuldig!«

Ich habe von Ziggy gelesen. Diese komische Räuberpistole, die da in der Presse breitgetreten wird. Dass Ziggy ein entflohener Psychopath ist und so weiter. Ich habe mir vorgestellt, ich wäre Ziggy, und überlegt, wo ich wohl unterkriechen würde. Also, wenn ich Ziggy wäre, würde ich mich an meinen alten besten Freund Rico wenden, denn als Ziggy wäre ich mir sicher, dass ich bei Rico ein Bett zum Pennen und ein kaltes Bier kriegen würde. Und ich könnte hoffen, dass mein Freund Rico alles tun würde, um mich wieder aus der Scheiße rauszuholen, egal wie sie stinkt.

Und dann ist mir eingefallen, dass du, Rico, unglaublich sauer auf Ziggy sein musst, weil ich dir damals von mir und Ziggy geschrieben habe, nachdem ich weg war und wusste, dass Ziggy auch aus der Kiefern raus ist. Vielleicht bist du ja auch gar nicht böse, sondern, so wie ich, inzwischen froh, wie alles gekommen ist …

Ricos Gesichtsampel schaltet von Gelb auf Rot. »Wie dreist kann man sein? Gib's doch endlich zu! Du bist schuld, dass Lena weg ist! Und dann tauchst du hier auf mit deinem scheiß Lehrerleben und deinen 5000 Problemen und machst auf Unschuld vom Lande? Ich soll dankbar sein, dass du mir das Leben gerettet hast? Dankbarkeit am Arsch!«

Jetzt habe ich endgültig den Kaffee auf. Ich habe keinen blassen Schimmer, warum Lena so einen Mist verzapft, aber ein Wunder ist es nicht. »Du hast doch Lena betrogen und nicht umgekehrt! Aber das passt zu dir, dass du immer Anderen die Schuld gibst. Wahrscheinlich ist es auch meine Schuld, dass du so ein aufgedunsener Drogendealer geworden bist. Herzlichen Glückwunsch, Rico. Und jetzt lies weiter, damit ich endlich gehen kann.«

Und Rico liest.

Wie auch immer. Das war alles gelogen. Ich hatte nie was mit deinem besten Freund, ich war nur so verletzt, dass ich dir wehtun musste. Das war vielleicht ein wenig kindisch und es tut mir auch leid. Aber das verstehst du doch sicher. Also: Falls Ziggy bei dir auftaucht, schick ihn nicht wieder weg, zumindest nicht deswegen. Und falls er schon bei dir war, dann hoffe ich, dass du es nicht verbockt hast. So, ich muss los, meinen Jüngsten von der Kita abholen.

Liebe Grüße

Lena

Rico lässt den Brief sinken und blickt zu Boden. Schweißperlen haben sich auf seiner Stirn gebildet. »Hör zu Ziggy, ich ...«

»Geschenkt. Ich kann einfach nicht glauben, dass du mir das zugetraut hast. Ich muss los.«

Ricos Wohnungstür klappt hinter mir zu wie der Deckel eines Buches, von dem man weiß, dass man es nie wieder in die Hand nehmen wird.

On the Road

Renate schläft. Sie hat ihren Kopf an meine Schulter gelehnt und träumt anscheinend etwas Wunderbares. Ihr Lächeln ist auch im Schlaf noch so unglaublich verzaubernd. Von einem Moment zum nächsten ist alles so einfach geworden. Nach dem ganzen Irrsinn um die Regierungsrätin, nach Bernds und Ricos Verrat und der Schwarzmalerei von Schnöder erscheint mir unsere Flucht geradezu simpel und all meine Angst grundlos. Und auf einmal sitze ich in einem 500er Benz, der einem Mann gehört, der er uns von der Mitfahrzentrale als Winfried aus Neuss vorgestellt wurde und geschäftlich in Berlin zu tun hat.

Wir schnurren mit 180 Sachen über die Autobahn und wenn die grauen Landstriche an uns vorüberziehen, stelle ich mir vor, es seien Wolken und in Wahrheit fliegen wir und Berlin ist nur die erste Etappe, und was danach kommt, wird noch viel großartiger, noch freier und noch intensiver, auch wenn ich mir das nur vorstellen kann, weil ich mir eigentlich alles vorstellen kann, zumindest konnte ich das mal. Ich konnte das richtig, richtig gut. Ich konnte mir sogar mal vorstellen, dass mit Jenny alles in Ordnung sei, auch wenn nichts in Ordnung war, denn es war egal. Was immer sie in den Stunden, in denen sie so außer sich war, mit ihrem immer wachen Kopf zu klären hatte, es war bestimmt in Ordnung, und ich würde nie aufhören sie zu lieben, auch wenn mir gerade wieder die Spaghettisoße um die Ohren flog oder wenn ich in einem See aus Tränen, ihren Tränen, badete und gebetsmühlenartig beteuerte, wie sehr ich sie liebte und dass ich sie nie im Stich lassen würde. Ich konnte mir vorstellen, dass Jennys Hirntumor nur ein Gast war, der ohne Einladung kam und sich benahm, wie eine offene Hose, den ich aber durch Küsse auf die Stirn einfach wieder vor die Tür setzen konnte. Und ich konnte mir vorstellen, dass ich die Welt ein bisschen besser machte, indem ich meinen Schülern Geschichten erzählte. Geschichten, die man nicht vergessen sollte und die nicht nur für den Lehrer in mir, sondern für alle Menschen eine so unfassbare Strahlkraft in ihrer Botschaft tragen müssten, dass nur alles gut werden kann. Ich konnte mir einfach fast alles vorstellen, ganz einfach sogar. Doch als ich vor Betsy stand und etwas tat, das ich mir nicht im Ansatz hatte vorstellen können, ist mir klargeworden, dass nichts so ist, wie gedacht, dass es außerhalb meiner Vorstellung noch andere Kräfte gibt, die viel mächtiger sind. Wie hätte ich mir vorstellen können, dass ich Jenny beerdigen würde? Wie hätte ich mir vorstellen können, dass ich mich nach ihrem Abschied noch einmal auf eine andere Frau einlassen würde, dass sich das nicht wie *Secondhand* anfühlen würde, sondern irgendwie richtig? Doch so sehr ich es genießen möchte, Renates Körper an meinen angelehnt zu spüren, so sehr fürchte ich mich davor, dass uns Jenny auch dabei zusieht. Und wenn ich jetzt mit Renate aufbreche ins Ungewisse und alles hinter mir lasse, dann wünsche ich mir nichts mehr, als dass Jenny mir sagt, dass das ok ist, dass sie mir alles Gute wünscht oder so. Aber sie hat sich nicht mehr gemeldet, seit sie mir auf der Massageliege dazwischengefunkt hat. Ich bin ihr nicht mal böse, ich hoffe nur, dass es ihr auch gut geht, da, wo sie ist. Ich stelle mir vor, was wohl wäre, wenn Winfried die Kontrolle über seinen Schlitten verlieren würde und wir alle dabei draufgehen und ich mich auf einmal Jenny erklären müsste. *Hallo Jenny, das ist Renate, aber die kennst du ja noch von früher.* Was dann? So geht das nicht, ich muss das mit Jenny klären, bevor es hinten raus noch schwieriger wird. Nur, wenn es kein Jenseits gibt und Jenny tatsächlich nur in meinem Kopf noch lebendig ist, gibt es kein Problem. Allerdings gäbe es dann gar nichts mehr, und das wäre in der Tat ein echtes Problem. Vor ein paar Tagen hätte ich so einen Unfall noch schicksalsergeben und mit einer gewissen Erleichterung, dass der Albtraum endlich vorbei ist, hingenommen. Aber jetzt, wo ich Renate neu kennengelernt habe ...

»Winfried?«

»Wat willse?«

»Könntest du vielleicht ein bisschen langsamer fahren? Fängt doch an zu regnen ...«

»Neukölln ist hier. Wir sehen uns.« Winfried blickt in den Rückspiegel und bedeutet mit einer angedeuteten Kopfdrehung seinen Passagieren, dass es Zeit ist, auszusteigen. Ich trete auf den Bürgersteig und helfe Renate aus dem Wagen. Von Winfried sind einen Moment später nur noch die Rücklichter zu sehen. Karstadt zur Rechten schließt gerade seine Tore. Ich schaue mich um. Das ist Berlin? Hab ich ganz anders in Erinnerung. Wrackig, klar, aber irgendwie hübscher. Mich fröstelt, als meine Augen nach einem Anhaltspunkt suchen, der meinen Erwartungen entspricht. Was aussieht wie eine überdimensionierte Verkehrsinsel mit Pommesbuden und einem Chinaimbiss drauf, ist anscheinend der Hermannplatz. Das sagt zumindest das U-Bahnschild. Renate sagt auch irgendetwas, aber es ist kein Wort zu verstehen, weil die Sirenen einer Flotte Polizeiwagen brutal um Aufmerksamkeit kreischen. Ich weiche ich einen Schritt vom Bordsteinrand zurück und werde um ein Haar von einem Radfahrer umgebügelt. »Pass doch auf, du Wichser!«

Was für eine Begrüßung.

»Mach dir nichts draus, das ist die berühmte Berliner Herzlichkeit.«

Renates positive Wahrnehmung ist durch nichts zu erschüttern. Da will ich auch hinkommen, nehme ich mir vor und versuche, den Fahrradrowdy aus dem Kopf zu bekommen. »Und nun? Haben wir einen Plan?«

»Nicht, wenn du keinen Plan willst ...«

Da ist sie wieder, Renates herrlich unkomplizierte Art. Und das Gefühl von Freiheit.

»Ansonsten würde ich vorschlagen, gehen wir in die Pension, die mir eine Freundin empfohlen hat. Da stellen sie keine Fragen. Zuerst müssen wir in die Sonnenallee. Sonnenallee klingt doch toll, oder? Was meinst du, soll ich einen Sonnengruß machen, damit das hier einen schönen Anfang nimmt?« Renate wartet gar keine Antwort ab, sondern beginnt noch auf dem Gehsteig mit Verrenkungen, die in meinen Augen nichts mit einer Begrüßung zu tun haben, eher mit Aufwärmübungen von Spitzensportlern. Hordenweise ziehen Menschen in Eile an uns vorbei. Männer im Anzug oder Jogginghosen, mit Goldkette und ohne, Frauen mit Kopftuch und ohne, Obdachlose, Drogis, Gangsterrapperimitate, Frauen mit Kinderwägen oder Rollator, und alle, alle habe eins gemeinsam. Sie nehmen alle keine Notiz von Renate, die Yoga im Anorak am Straßenrand praktiziert.

»Mach doch mit! Irgendwann musst du doch mal anfangen, dir was Gutes zu tun!«

Renate hat beide Hände und beide Füße auf dem Boden und ihr Körper beschreibt ein rechtwinkliges Dreieck mit ihrem Rumpf und ihren Schenkeln als rechtem Winkel. Die totale Körperspannung. Beschämt stecke ich mein Tabakpäckchen wieder ein und mache auch den Hund, der nach unten schaut. Gar nicht so übel, allerdings drohe ich aus dem Gleichgewicht zu kommen, also strecke ich mein Gesäß noch ein bisschen mehr raus und versuche die Arme mehr auseinanderzubringen. Ich ziehe die rechte Hand ein bisschen weiter nach außen und verfluche mich innerlich für meine Dummheit, zu versuchen, hier den Verrenkungskünstler zu spielen. Denn meine Hand setzt nicht mehr auf Asphalt auf, sondern auf Matsch, und als sich zwischen meinen gespreizten Fingern eine noch warme, zähflüssige Masse quetscht, wird der Verdacht zur Gewissheit, dass dies kein normaler Matsch ist, sondern das, was der Hund fallen lässt, wenn er gerade mal nicht nach unten schaut. Der Augenblick des Entsetzens währt allerdings nicht lange, denn der Hund, der nach unten schaut, braucht für die Statik festen Untergrund, der so jetzt nicht mehr gegeben ist. Meine Hand rutscht nach vorne wie auf einer Eisbahn und ich falle der Länge nach hin. Renate, die ihren Sonnengruß ohne Unfall überstanden hat, hält sich den Bauch vor Lachen. »Ich geb's auf, Ziggy Kern, du bist wirklich der größte Pechvogel von hier bis Texas! So was hab ich noch nie gesehen, wirklich! Dich muss man einfach lieb haben!«

Tränen laufen ihr über die Wangen, und auch ich möchte mir trotz der mehr als widrigen Umstände ein Lächeln abringen. Hier liege ich nun, auf dem Bürgersteig in einer Stadt, die nicht die meine ist und bestimmt nie meine wird, so garstig, wie sie sich mir vorgestellt hat in den ersten zehn Minuten seit meiner Ankunft. Meine Hand und meine Lederjacke sind beschmiert mit Hundekot und ich staune über mein Schicksal, wie schon so oft in letzter Zeit, wenn ich glaubte, dass es einfach nicht mehr weiter bergab gehen kann. Mein Zustand ist die konsequente Fortsetzung der letzten Wochen, ein absoluter Tiefpunkt. So in etwa würde meine Bilanz ausfallen, wäre da nicht diese Frau, die da neben mir steht und so herzlich über mich lacht, als gäbe es auf der ganzen Welt keinen anderen Grund mehr sich zu freuen, als mich und mein Scheißpech. Sie hat mich mit ihren Räucherstäbchen in einen Nebel der Leichtigkeit geführt, durch den die Wirklichkeit nichts von ihrem Schrecken behalten kann, weil sich ihre Konturen verlieren und ihre scharfe Kanten weichgezeichnet werden. Was macht es für einen Unterschied, ob ich hier im Berliner Dreck liege und oder in einem stickigen Klassenzimmer stehe, umgeben von Menschen, die mich nicht sehen können, weil ich mich schon lange unsichtbar gemacht habe? Hier sieht mich auch niemand. All die Menschen, die hier an mir vorbeihetzen, könnten in meinem Klassenraum sitzen und sie würden nicht einmal bemerken, dass ich, Ziggy Kern, auch ein Mensch bin und nicht Teil der Einrichtung wie die Tafel, die unten schon splittert, weil sie immer wieder Fußtritte einstecken muss. Aber Renate sieht es, sie sieht mich, und wenn ich mich gerade aus Versehen in Hundescheiße suhle, dann ist das eben so und ändert nichts daran.

Renate und ich gehen nach dem Yoga-Desaster in die gepriesene Unterkunft in der Fuldastraße und werden nicht gerade eben freundlich aufgenommen, was eigentlich kein Wunder ist, so wie ich stinke. Das Wunder ist eher, dass wir überhaupt aufgenommen werden.

»Tschüüüsch ... bis du Mülltonne oder so? Dusche kost extra. Schlüssel für Zimmer grigst du ers, wenn du ssauba bist. Yalla, yalla!«

Der Mann hinter dem Empfangsbrett wedelt mit den Fingern, um mir zu bedeuten, endlich die Hundekacke loszuwerden. Er drückt mir gegen zwei Euro eine Hand voll Marken in die Hand, die für den Automat der Etagendusche gedacht sind.

»Das Beste wird sein, du stellst dich mit deiner Lederjacke unter die Brause«, witzelt Renate, doch ich schaue sie nur fragend an.

»Kann man Lederjacken waschen?«

Renate vergrößert den Abstand zwischen sich und mir. »Das ist jetzt nicht dein Ernst, oder? Hast du Angst, dass mit dem Dreck der letzten 25 Jahre auch deine Identität verschwindet, oder warum stellst du dich so an? Wenn wir erst bei Dr. Cheung waren, brauchst du das eklige Ding sowieso nicht mehr, am besten schmeißt du es gleich weg. Aber draußen bitte!«

Ich muss nicht lange überlegen, ich gehe mit der Lederjacke unter die Dusche. Schließlich ist sie ja auch schon ein paar Mal in den Regen gekommen und hat einige Bierduschen auf Demos und im Weißen Bären überstanden. An Wegschmeißen ist nicht zu denken. Das kann sie nicht von mir verlangen. Das »Zimmer« ist wenig einladend. Im Wesentlichen ist es eine fensterlose Kammer mit einer Schaumstoffmatratze auf dem Boden, über die das Laken einfach drüber genäht wurde.

»Sollen wir noch mal rausgehen, vielleicht noch was trinken, irgendwo, wo es ein wenig lauschiger ist als hier?«

Ich gehe dankbar auf Renates Vorschlag ein und so machen wir uns auf die Suche nach einem lauschigen Plätzchen in Nord-Neukölln. Ich habe die Vermutung, dass es leichter ist, im Vatikanstaat ein Bordell zu finden als hier ein lauschiges Plätzchen. Die Sonnenallee scheidet schon mal aus, es sei denn Wettbüros und Handyläden erfüllen die Kriterien für lauschig. Oder eben Bordelle. An der Ecke Reuterstraße/Weserstraße werden wir dann doch fündig. Da das Bordell, vor dem vornehmlich asiatische Damen wie lächelnde Werbetafeln postiert sind, nicht in Frage kommt, gehen wir in einen Laden, dessen Name noch verheißungsvoller klingt als das Asia Eros Center. *Freies Neukölln* ist eine Bierkneipe für alle Menschen, nicht nur für Leute, die normalerweise in Bierkneipen gehen. Das Ambiente bietet tatsächlich Freiheit. Die Besucher können sich die Freiheit nehmen, in den dunklen Gasträumen mit den braunen Wänden und dem zerschlissenen Dielenboden das zu sehen, was sie sehen wollen. Hier wird einem kein Plüsch aufgedrückt, hier gibt es nur die Basiselemente einer Kneipe. Holztische und Stühle, Tresen, Aschenbecher. Und Bier, richtig gutes Bier. Musik hört man auch, allerdings nur schräge Filmmusik, die nie einen Film untermalen wird, weil sie dafür nicht gemacht wurde. Sondern für die GEMA-freie Verwendung. Ich fühle mich sofort wohl, das *Freie Neukölln* atmet den unprätentiösen Charme der Anarchie. Eine wahre

Oase für ehemalige Hausbesetzer oder solche, die es noch werden wollen. Allerdings wohl auch für Lehrer, denn als am Nebentisch vorwiegend junge Menschen in karierten Hemden Platz nehmen und sofort anfangen sich über das Sozialverhalten von irgendeinem Ahmed und irgendeiner Chantal auszukotzen, schmeckt mir das Bier nur noch halb so gut.

Renate hat meinen Stimmungsknick offenbar registriert. »Alles klar bei dir? Ich spür auf einmal so komische Vibes.«

»Schon gut, ich hatte gerade so was wie ein Déja Vu. Geht schon.«

»Jetzt mach nicht so ein Gesicht. Du wirst sehen, morgen geht es dir schon besser. Dr. Cheung ist ein Meister seines Fachs. Du bekommst ein neues Leben geschenkt, glaub mir!«

Ich nehme noch einen kräftigen Schluck aus dem frisch gezapften Andechser und versuche das Supervisionsgequatsche vom Nebentisch auszublenden. »Ich hab da noch eine Frage, Renate. Sei aber bitte nicht sauer, ja?«

Renate schlägt sich eine Haarsträhne aus dem Gesicht und lächelt. »Wie könnte ich sauer sein? Ich darf dich dabei begleiten, wie du aus deinem Kokon schlüpfst und ein wunderschöner Schmetterling wirst, das ist herrlich! Frag ruhig!«

Ich bin von dem schrägen Bild ein wenig irritiert, vor allem davon, dass ich in Renates Augen ja anscheinend irgend so was wie eine Raupe zu sein scheine. Noch mehr stört mich der Verdacht, dass sie bei *Kokon* wahrscheinlich an meine über alles geliebte Lederjacke gedacht hat. »Du hast gesagt, die Behandlung wäre nicht ganz billig. Also, ich will das machen, so oder so, ganz klar, aber sag doch mal, auf was ich mich da einstellen muss.«

Rente wischt meine Sorge mit einer beschwichtigenden Handbewegung vom Tisch, sagt dann aber: »Ich möchte Dr. Cheung natürlich nicht vorgreifen, aber auch in deinem Fall werden es nicht mehr als 1200 Euro sein oder so. Alles wird gut!«

Ich huste und bemühe mich, die Fassung zu behalten. 1200 Euro? Für 1200 Euro könnte ich vierhundert Halbe Andechser trinken, inklusive Trinkgeld, und im Augenblick behagt mir der Gedanke, einfach im Freien Neukölln hocken zu bleiben, bis die Kohle durchgebracht ist, weit mehr, als sie einem chinesischen Wunderheiler in den Rachen zu schieben. »So viel Geld hab ich gar nicht!«, versuche ich noch einmal einen Fluchtversuch.

»Doch, hast du. Ich hab 1000 Euro von deinem Konto abgehoben. Der Rest geht auf meinen Deckel, mach dir also mal keinen Kopp wegen der Kohle. Das macht nur noch mehr schlechtes Karma.«

Das will ich auf keinen Fall. Mit Karma ist nicht zu spaßen. Das wusste schon John Lennon, und ich bin mir sicher, dass er sein Karma in Ordnung gebracht hat, bevor er erschossen wurde. Sein Song *Instant Karma* ist jedenfalls noch ziemlich lebendig in meinem Kopf. Allerdings habe ich starke Zweifel daran, dass John mir dazu geraten hätte, mir mein gesundes Karma zu erkaufen.

Die zweite Aura

Neukölln mag ein netter Ort sein, um unterzutauchen, allerdings bin ich auch ziemlich froh wieder aufzutauchen. Wir sitzen in der Bahn und steuern in Richtung Charlottenburg, wo die nächste Prüfung auf mich wartet. Nein, keine Prüfung, eher Erlösung. Wenn von Renates Schwärmerei nur die Hälfte stimmt, dann bin ich in ein paar Stunden tatsächlich alle Sorgen los. Probleme in der Liebe, mit Geld, mit bösen Feinden – von all dem wird nur noch ein fader Nachgeschmack da sein, wie nach einem schlechten Traum.

Und wenn sich Dr. Cheung als doch nicht so omnipotent erweisen sollte? Ach was, das wird nicht passieren. Renate hat mir erklärt, dass er – im Gegensatz zu vielen anderen selbsternannten Meistern – über eine profunde Ausbildung und viel Erfahrung verfügt. Der Mann ist tatsächlich Arzt. Arzt für TCM, also Traditionelle Chinesische Medizin, und ein ziemlich bekannter zudem. Cheung wurde in China groß, ist Tai Chi Meister und ein gefragter Referent. Er wohnt – nein, wahrscheinlich residiert er – irgendwo in Florida, wo er aber anscheinend selten anzutreffen ist, weil er gerne auf Welttournee geht, um so Karmakrüppel wie mich zu gesunden. Heute hält er einen Vortrag. Thema: *Soul Healing* und *Soul Harmony*. Seiner Theorie nach, hat mir Renate erklärt, habe jedes Körperteil eine eigene Seele, und Dr. Cheung sei in der Lage mit seiner Therapie, bei der der Patient nicht einmal berührt werde, ebendiese Seelen zu heilen. Für mich klingt das reichlich nach Abzocke, aber Renate hat mir auch erklärt, dass ich schon vertrauen müsse, ansonsten wäre ein Zugang zu meinen Chakren – selbst für eine Koryphäe wie Meister Cheung –

schwierig. Und wenn ich mir die letzten zwei Wochen vor Augen führe, sehen sie so verstopft aus wie die Poren auf meiner Nase mit ihren kleinen schwarzen Mitessern. Vertrauen. Damit hatte ich in letzter Zeit auch so meine Probleme. Wenn ich jemals ein Gespür gehabt haben sollte, wem ich vertrauen kann und wem nicht, dann habe ich es irgendwo liegen lassen. Wo hat mich mein Vertrauen hingeführt? Bernd habe ich voll vertraut, Rico zumindest ein bisschen und von beiden bin ich verraten und verkauft worden. Ich vertraue Renate, die ist anders. Das spüre ich, und wenn das alles nichts wird heute mit dem chinesischen Wunderheiler, dann habe ich immer noch sie. »Du bist so angespannt. Was ist los?«

»Es ist ... nein, es ist nichts. Ich habe ein bisschen Schiss, das ist alles.«

Renate lacht meine Bedenken weg und streicht mir über den Kopf. »So, wir sind da. Aussteigen.«

Wir marschieren noch zehn Minuten durch das bourgeoise Charlottenburg und stehen dann vor einer zwar etwas renovierungsbedürftig aussehenden, aber ziemlich repräsentativen Villa aus der Gründerzeit. Vor dem schmiedeeisernen Tor prangt ein Banner mit der Aufschrift *Esoterik – die Messe*. Das hätte ich mir nie träumen lassen, dass ich einmal eine Eso-Messe besuche. Ausgerechnet ich, der Nihilist. »Muss das sein, Renate? Ich dachte, du kennst den Doktor persönlich. Können wir nicht einfach zu dem ins Hotel gehen, er macht seinen chinesischen Hokuspokus und fertig?«

»Was heißt denn hier Hokuspokus? Also, du musst dich schon ein bisschen darauf einlassen. Außerdem wird Dr. Cheung einen Vortrag halten und eine Demonstration seines Könnens bieten. Danach haben wir den Termin. Jetzt komm schon, du Stoffel.« Renate schiebt mich quasi durchs Tor und als wir drin sind, bin ich in einer anderen Welt. Ziggy im Wunderland. Nichts ist in diesem Eso-Kosmos wie draußen in der schnöden, grauen Stadt, das lassen die Plakate am Eingang schon erahnen. Wir stehen in einem großen Saal, der durch Paravents und Stoffbahnen in scheinbar unendlich viele Nischen unterteilt ist, in denen sich die Anbieter ihrer Kunst eingerichtet haben. Am auffälligsten sind die Farben und Lichter – der Saal ist ein einziger Regenbogen, ein LSD-Trip aus Batik und Energie. Der visuelle Overkill schwimmt auf einem Meer aus Räucherstäbchendämpfen und Öllämpchen in allen erdenklichen Variationen. Vanille, Flieder, Patschuli. Dufttherapie scheint in diesem Jahr der große Renner zu sein.

»Tja, Ziggy, da staunst du, was? Aber bevor du abhebst, muss ich dich warnen. Es gibt in der Esoterikszene auch Scharlatane.«

Wer hätte das gedacht?

»Wir haben noch ein bisschen Zeit. Magst dich ein bisschen umschauen? Wir treffen uns in einer halbe Stunde wieder hier bei dem Medium mit den Tarotkarten, ok?«

»Ok, aber was, bitte schön, ist ein Medium?«

»Oje, du bist echt nicht zu fassen. Finde es selber raus. Aber lass dir nichts aufschwatzen. Hier zum Beispiel ...«

Renate führt mich an einen Stand mit allerlei bunten Steinen. »Dass Kristalle eine heilende Wirkung auf den Menschen haben, ist allgemein bekannt. Aber ...« Jetzt flüstert Renate verschwörerisch. »Das hier ist ein Fake.«

Fassungslos blicke ich auf ein Plakat mit einer fast obszönen Darstellung. Es handelt sich um Vorher-Nachher-Bilder der Kristalltherapie. Von einem Patienten mit Hämorrhoiden am

Gesäß, genauer gesagt an der Rosette. Mir wird schlecht. Doch die gute Nachricht der Kristalltante: Wo eben noch alles rot war wie bei einem Pavianhintern, ist nach der Therapie alles glatt wie bei einem Kinderpopo. »Woher weißt du, dass das ein Fake ist?«

»Ganz einfach: Die Kristalle sorgen für gute Energieströme, klar. Aber ohne an die Chakren ranzugehen, kann der Körper sich niemals so von selbst heilen. Auch ein Arsch hat eine Seele, weißt du?«

Das merke ich mir, das wird mein neues Mantra. *Auch ein Arsch hat eine Seele.* Und immer wenn ich Gefahr laufe, zu Jake Miller zu werden und einen Arsch zu vermöbeln, verdient oder unverdient, sage ich das zehn Mal auf. Renate findet sowieso, dass es höchste Zeit wird, meine alten Helden aufzugeben und mir neue zu suchen. Ich soll meine weibliche Seite mehr kultivieren. Mir war ja gar nicht bewusst, dass ich eine habe, aber so ist das, wenn man als Kind Schwarzweißfilme gucken musste, da gibt es eben nur hell und dunkel. Ich habe Renate dann gefragt, was mit Yin und Yang sei, die sind schließlich auch schwarzweiß, zumindest in meiner Vorstellung, und da hab ich es dann verstanden, weil es nämlich so ist, dass Yin nicht ohne Yang kann und umgekehrt und dass das mit den Geschlechterqualitäten ähnlich ist. So gesehen habe ich natürlich eine weibliche Seite, die allerdings arg verkümmert ist. Yin-Überhang, aber hallo. Das soll mir der Meister genauer erklären. Ich hoffe, dass ich bis zu seinem Vortrag über den Hämorrhoiden-Hintern weg bin, dann bin ich auch bereit für meine weibliche Seite. Außerdem meint Renate, ich sei nie wirklich im 21. Jahrhundert angekommen. Das finde ich ein wenig arg übertrieben. Nur weil ich an meiner Lederjacke hänge, kein Handy besitze oder einen Facebook-Account, noch nie Designerdrogen ausprobiert habe und weil es mein Musikgeschmack nicht aus den 90ern rausgeschafft hat? Ich bin doch kein Neandertaler wie Rico, also, ich finde, das kann man wirklich nicht vergleichen, das muss Renate doch eigentlich einsehen. Aber den Punkt mit den Designerdrogen macht eindeutig Rico. Renate ist irgendwohin abgetaucht, und ich stehe ein bisschen doof zwischen der Tarothexe und einem rüstigen Herrn, der eine Darmentgiftung nach einer Methode von Hildegard von Bingen bewirbt. Der ist old-style, aber ich doch nicht. Gerade will ich mich kurz rausmogeln, um eine zu rauchen, damit ich ordentlich was zu entgiften habe, da werde ich von einer Dame mit Sonnenbrille an der Schulter festgehalten. »Sprechen Sie mit mir über Ihre Aura. Bitte.«

Das hat mir gerade noch gefehlt. »Ich will nicht unhöflich sein, aber mein Sexleben geht Sie gar nichts an.«

»Sie verstehen nicht – ich kann sie sehen.«

Ich sehe mir die Seherin genauer an und bemerke erst jetzt, dass sie mit einem Teleskopstock über den Boden fährt. Keine Frage, die Frau ist blind. Sofort überdenke ich meine blöde Bemerkung noch einmal und schäme mich ein wenig. Das nennt man wohl positive Diskriminierung. Aber wenn meine Aura ihr dabei hilft, ihr Augenlicht wiederzufinden, dann von mir aus. »Und was genau sehen Sie in meiner Aura?«

»Ich sehe viel Zerrissenheit ...«

»Ja, ich weiß, aber damit ist jetzt gottlob Schluss, das ist ...«

»Nein, nein, Ihre Aura sagt eigentlich nichts über die Vergangenheit.«

»Was wollen Sie mir sagen? Dass ich verdammt bin?«

»Ich möchte Sie warnen.«

»Warnen? Wovor?«

»Ich habe Sie vorhin mit Ihrer Begleitung gesehen. Darf ich mir erlauben, ein paar Vermutungen über Ihre Beziehung anzustellen?«

Von Auren habe ich schon mal gehört, allerdings nur, dass es sich um Farben oder Energiefelder handelt, die uns umgeben, und dass Babys sie angeblich sehen können und deshalb manche Menschen anlächeln und manche eben nicht. So ein Schmarrn. Am Ende haben die Babys noch selbst davon berichtet, und wahrscheinlich gibt es einen Babysprache-Transkriptor, der das Geplärre in Hochdeutsch übersetzt und der für den Vorzugspreis von 750 Euro verkauft wird. *Mann da böse, Mann da viele Mamas aua macht.* Aber dass Blinde Auren sehen, das ist mal was Neues. Wenn ich nun schon mal hier bin, nehme ich das auch noch mit. Vielleicht ist es für Meister Cheung ja wichtig, zu wissen, dass meine Aura gelbe Tupfer hat. »Nur zu, tun Sie sich keinen Zwang an.«

»Sie haben zwei.«

»Zwei was?«

»Auren. Das ist wirklich höchst selten, eine solche Aura-Anomalie.«

»Und was genau will mir das sagen?«

»Ich vermute, dass Sie einen anderen Menschen im Herzen tragen.«

Die Information ist wirklich nicht bahnbrechend und trifft vermutlich auf alle Nicht-Singles zu, aber ich deute das als ein gutes Zeichen, was Renate und mich angeht.

»Ja, das stimmt schon. Meine Begleitung, also Renate, bedeutet mir wirklich sehr viel.«

»Ich rede nicht von Ihrer Begleitung. Die hat, verzeihen Sie meine Offenheit, eine koronare Barriere, also ein Energiefeld zwischen Ihnen beiden aufgebaut. Das habe ich genau gesehen.«

Jetzt bin ich aber baff. »Und was haben Sie noch gesehen? Sagten Sie nicht, ich hätte zwei Auren?«

»Ich kann Ihnen nur raten: Lassen Sie sie gehen.«

»Renate? Wieso denn? Wir sin...«

»Nein, die Dame, deren Aura noch immer in Ihrem Herzen wohnt. Ich vermute, Sie wissen, wen ich meine.«

Hallo Jenny.

»Vielleicht löst Ihre Begleiterin ja dann ihre Barriere. Vielleicht aber auch nicht, und die Barriere bedeutet etwas ganz anderes. Für mich sieht das nicht gut aus. Als Sie nebeneinander standen, habe ich bei Ihnen viel Rot gesehen, was für ein hohes Maß an erotischer Begeisterung für Ihre Renate spricht. Aber nicht für emotionale Tiefe. Jetzt sehe ich vor allem blau. Was Sie brauchen, ist eine ruhige Umgebung, Harmonie und Ihre Freunde ... Leben Sie wohl und passen Sie auf sich auf.«

Ich starre ein Loch in meine Schuhe und als ich mich wieder gesammelt habe und hochblicke, ist die Dame nicht mehr da. An dem Stand, der damit wirbt, Auren fotografieren zu können, lachen sie mich aus. Sie sagen, sie hätten noch nie etwas von der geheimnisvollen Blinden gehört. Ich suche die Gänge und Nischen nach ihr ab, ich habe noch so viele Fragen, doch die Aura-Seherin ohne Augenlicht ist wie vom Erdboden verschluckt.

Master Cheung

Ich drücke mich noch ein wenig rum in den Nischen der Wunderheiler, Medien und Universumswünschler und treffe Renate wieder bei den Kartenlegern. Ich sehe Renate ins Gesicht und versuche, die gruselige Blinde aus dem Kopf zu bekommen. Ich kann keine Anzeichen für eine koronare Barriere oder so was in ihrer Aura sehen, was sicher damit zu tun hat, dass ich gar keine Aura sehen kann, was wiederum daran liegt, dass es so was wie eine Aura gar nicht gibt. Dennoch ist mir, als sei etwas zwischen uns, und seit die Aurentante so dummes Zeug an mich ran geschwätzt hat, hat meine zurückgewonnene Zuversicht Risse bekommen.

Der Saal leert sich mit einem Mal, und ich glaube, ich weiß auch, warum. Dr. Cheungs Vortrag beginnt in fünf Minuten, also strömen die Besucher wie Pilger in Richtung Vortragsraum eins. Selbst einige der Wunderheiler haben ihre Stände alleingelassen, um den Meister zu sehen. Renate zieht mich auch in den anderen Saal, und wir ergattern noch zwei Plätze in der dritten Reihe. Mit einem Mal wird das Licht gedimmt und das Gemurmel der Esos verstummt. Und da ist er. Meister und Doktor A.J. Cheung. Applaus brandet auf, einige sind von ihren Stühlen aufgestanden und klatschen begeistert. Das wirkt ansteckend, auch ich bin beeindruckt von dem kleinen Chinesen mit den grauen Schläfen und dem grauen Anzug. Obwohl ich gehofft hatte, er würde aussehen wie ein Kung Fu Meister aus einem Shaolin-Kloster, so mit Ziegenbart und so. Dafür strahlt er aber etwas Sanftes, Wohlwollendes aus. Er versucht den übermäßigen Applaus mit seinen kleinen Händen aufzunehmen und fast demütig zärtlich Luft nach unten zu pressen, als wolle er die verschwenderische Begeisterung der Menschen umwandeln in reines, heilendes Qi. Es gelingt, die Menge beruhigt sich augenblicklich und ich könnte schwören, dass ich spüre, wie die Luft, die ich atme, inneren Frieden in meinem Körper verteilt.

»Hello. My name is Dr. Cheung. And I'm here to heal!« Cheungs Hände schaufeln jetzt das Qi wieder nach oben und sofort ist die Begeisterung wieder da. Wahnsinn. Eine elektrisierende Spannung liegt in der Luft, wir sind alle bereit, Zeugen eines Wunders zu werden. Das lässt nicht lange auf sich warten, denn eine gebeugte Frau mit Krückstock betritt, sichtlich unter Schmerzen, die Bühne. Dr. Cheung reicht ihr die Hand, stützt sie und hilft ihr, das Mikrophon zu erreichen. Und sie erzählt mit brüchiger Stimme von ihrem Leiden, von ihrer Odyssee von Arzt zu Arzt und davon, dass keiner ihr helfen konnte, die unerträglichen Schmerzen aus ihrem Gelenk zu lindern, und wie sie langsam verzweifelte an ihrem Leben in Versehrtheit und schon jeden Glauben an Besserung verloren hat, und wie eine Freundin eines Tages für sie bei Dr. Cheung vorgesprochen hätte und sie diese ihre letzte Chance nutzen will und dabei ein absolut gutes Gefühl habe. Die Menschen im Saal sind sichtlich bewegt von ihrer Story und blicken voller Empathie in ihr von Schmerz zerfurchtes Gesicht. Dr. Cheung steht neben ihr und begleitet ihren Vortrag bei geschlossenen Augen mit angedeutetem Nicken. Ich frage mich, wie er die Frau versteht, denn offenbar spricht Dr. Cheung kein Deutsch. »Renate, woher weiß der Meister, was die Frau sagt?«

Renate verdreht die Augen. »Glaubst du nicht, dass das kollektive Unterbewusstsein genug sagt? Pass lieber auf, gleich erlebst du ein Wunder.«

»Wieso behandelst du mich denn nicht einfach? Du kennst dich doch super aus mit Karma und Qi und so.«

»Weil ... ich noch nicht die nächste Stufe habe, ganz einfach.«

»Welche Stufe?«

»Das verstehst du nicht. Das hat was mit Erleuchtung zu tun. Aber wenn du jetzt hinsiehst, verstehst du es bestimmt.«

Im Saal ist es still geworden, man kann die sprichwörtliche Stecknadel fallen hören. Und Dr. Cheung stellt sich hinter die gebeugte Frau und beginnt mit seiner Behandlung. Seine Hände streichen wieder und wieder durch die Luft, nur diesmal ganz nah am Rücken seiner Patientin. Immer wieder führen seine Händchen synchrone Bewegungen aus, mal von oben nach unten, mal von unten nach oben und langsam nähert er sich ihren Knien und jetzt spricht der Meister zu uns über die Seele, die auch in diesem kaputten Knie wohne, die geheilt werden müsse wie eine offene Wunde, damit die Harmonie wieder hergestellt werde. Die Behandlung dauert vielleicht eine Minute, doch der Meister sieht auf einmal erschöpft aus und ausgelaugt von der Wedelei und ich vermute, dass er ganz schön viel von seinem eigenen Qi verwenden musste, um der Frau zu helfen.

Cheung wischt sich eine Schweißperle von der Stirn und fordert die Frau auf, ein paar Schritte zu gehen und ihre Krücken wegzuschmeißen. Cheung hat einen starken chinesischen Akzent und seine Anweisungen klingen ein wenig gebellt. »Go walk a bit. No need crutches. No more crutches. Go. Better, ah?«

Tatsächlich. Die Frau hat sich aufgerichtet und geht ein paar Schritte. Es ist nicht so, dass sie jetzt los sprintet wie eine Zwanzigjährige, sie sieht ein wenig unbeholfen aus und staksig, aber an ihrem Gesicht, an ihrem Lächeln kann ich den Unterschied sehen. Keine Anzeichen von Schmerzen mehr – oder? Auf einmal muss sie sich am Stehpult festhalten und fängt an zu schluchzen. Ist das Wunder doch ausgeblieben? Ihre Stimme klingt brüchig, als sie ins Mikrophon haucht: »Ich bin so glücklich ... danke, Herr Doktor, vielen Dank!«

Dr. Cheung verbeugt sich und jetzt gibt es kein Halten mehr. Frenetischer Jubel wogt durch den Raum, und ich beobachte mich selbst dabei, wie ich von meinem Sitz aufspringe und klatsche, was das Zeug hält.

Der Meister winkt noch kurz in die jubelnde Menge, deutet auf seine Mitarbeiter und entschwindet in einen Nebenraum. Um die zwei Mitarbeiter, eine Kreuzung aus Sekretären und Bodyguards, hat sich eine kleine Traube gebildet. Die Bodyguards nehmen Terminwünsche entgegen, es herrscht ein Gedränge, als gäbe es was umsonst. Die überwiegende Mehrheit der Zuschauer jedoch hat sich so schnell verzogen, wie sie zuvor in den Raum geströmt waren. Ich weiß nicht so recht, was jetzt passiert und schaue auf Renate. Die hat meine Ratlosigkeit natürlich bemerkt, weil es eben nämlich in Wahrheit keine koronare Barriere zwischen uns gibt, und erklärt mir den Weg, der vor mir liegt. »Gib dem Meister einen Moment Zeit. Das Healing ist unheimlich anstrengend, wie du ja sicher gemerkt hast. Ich gehe schon mal rein und bereite alles vor für den wichtigsten Moment in deinem bisherigen Leben.«

Da ist sie wieder, meine Renate. Wie konnte ich nur so doof sein und an ihr zweifeln. Ich habe mit eigenen Augen gesehen, zu was der Meister fähig ist, und wenn ich ehrlich bin, wollte ich schon immer an etwas glauben, das nicht mit enzyklopädischem Wissen zu erklären ist. Der Mann ist wirklich. Natürlich könnte ich jetzt denken, dass das gerade nur eine Show war, dass die Dame mit dem Krückstock gerade gar nicht echt krank war und sich mit der Veranstaltung hier ihre Rente aufbessert. Aber wo hat mich mein Kulturpessimismus, meine zynische Grundhaltung denn hingebracht? Ich kann es drehen und wenden, wie ich will, ich bin an meiner Einstellung zum Leben gescheitert, aber so richtig. Außerdem konnte ich es fühlen. Meister Cheung hat mit seiner metaphysischen Präsenz den Saal zum Brodeln gebracht. So etwas habe ich zum letzten Mal gespürt, als Motörhead 1988 in der Düsseldorfer Phillipshalle *Killed by Death* gespielt haben. Lemmy hat auf seinem Bass barbarische Akkorde gespielt, den Kopf in den Nacken gelegt und unaufhörlich *by death, by death, by death* ins Mikrophon über ihm gegrölt, das war das pure Qi, das weiß ich jetzt. Alles, was die Chakren brauchen, sind Sex und Drugs und Rock'n'Roll. So einfach. Und dass meine Chakren jetzt verstopft sind, daran bin ich am Ende selbst schuld. Niemand redet 20 Jahre lang auf eine Horde junger Menschen ein, die alles andere lieber täten, als einem zuzuhören, ohne dass das verheerende Spätfolgen hätte. Ich bin eine Chakren-Katastrophe, aber bereit, das zu ändern. Ich bin bereit für meine Katharsis. Ich öffne die Tür zu dem kleinen Nebenraum, in dem der Meister wartet. Er sitzt im Schneidersitz auf einem Tisch und trinkt Coke-Light. Renate steht in der Ecke des Raumes und sieht irgendwie verstört aus.

»Come in, come in«, winkt er mich herein, doch er macht nicht mehr so einen wohlwollenden Eindruck. Er mag mich nicht, scheint mir. Wie ich ihn so aus der PET-Flasche trinken sehe, überkommt mich auf einmal ein dringendes Bedürfnis. Ich muss mal. »Du, Renate, ich geh mal kurz für kleine Königstiger, bin gleich wieder da.«

Renate nickt verständnisvoll und sagt. »Geh ruhig, ich habe ohnehin noch was mit dem Meister zu besprechen.«

Ich bin schon halb aus dem Sitzungsraum raus, um mich durch die Stände zu den Toiletten, die weit vorne am Eingang der Villa gelegen sind, zu quälen, da hält mich eine Stimme zurück. Es ist die Blinde in meinem Kopf, die sagt: *Für mich sieht das nicht gut aus.* Was hat Renate denn noch mit dem Meister zu besprechen? Wieso hat sie auf einmal einen so roten Kopf? Ich zwinge mich dazu, meine Sextanerblase aus dem Bewusstsein zu drängen und gehe zurück zu dem Behandlungsraum. Die Tür habe ich eben nicht ganz zugezogen, die ist noch einen Spalt offen. Ich möchte schon meinen Plan hinschmeißen, so sehr schäme ich mich für mein Misstrauen, als ich Cheungs und Renates Stimmen höre. Meine Neugier siegt aber letztlich doch. Ich schleiche mich ganz nah an den Spalt und gucke rein. Renate blättert gerade die 1000 Euro Honorar für meine Behandlung in Cheungs Schoß. Wahrscheinlich macht man das so in Asien. Mit dem letzten Schein aber reibt Renate an des Meisters Hosenstall, so dass der aufstöhnt. Das kommt mir doch reichlich komisch vor und dem Meister, der Renates Hand grob wegschiebt, anscheinend auch. Was macht die da?

»What you doing? If you want monkey, you pay peanuts. Am I monkey?«

Was? Reichen ihm 1000 Euro nicht? Also, in meiner Welt sind das keine Peanuts. Am liebsten würde ich jetzt da reinplatzen und dem Typen eine schmieren, aber ich habe Renate versprochen ...

»You promised to take me to the next level, if I bring a customer!«

Ich bin für Renate nur ein Kunde, den sie an den Meister weiterreicht, damit sie von ihm auf die nächste Stufe der Erleuchtung befördert wird? Das muss ich falsch verstanden haben, sie wird mir das gleich sicher erklären.

»Your treatment not finished. You owe me 5000. You don't pay for your treatment, you will not be cleaned.«

»He will pay, I promise! No problem! I own him.«

Ich höre, was sie sagt, aber ich will es nicht glauben. Auch du, Renate? *I own him*? Ich gehöre dir? Und ich soll deine Chakrenschulden bei Cheung begleichen, damit du deine Seelenreinigung abschließen kannst? Als kleines Kind bin ich immer blau angelaufen und umgefallen, wenn ein Nachbarsjunge nicht mit mir spielen wollte. Das Gefühl in diesem Moment ist ähnlich, ach was, es ist schlimmer. Leider falle ich nicht um, aber bewegen kann ich mich auch nicht. »He will pay, ah? I cannot heal him, too, you know. He sicko.«

»I know. That's ok. Just pretend.«

Sicko

Bei dem Wort *Sicko* löst sich meine Starre. Die beiden halten mich für geisteskrank? Das können sie haben. Und zwar sofort. Ich stürme durch die Tür, packe mein bestes Stück aus und erlöse mich von meinem Harndrang. Ich pisse dem geldgeilen Meister im Schneidersitz mitten auf die Anzughose, dass die Hunderteuroscheine nur so triefen. Der Meister quiekt wie ein Schwein und schreit »Seculity!«, und Renate ist aufgesprungen, doch sie hütet sich davor, einzuschreiten. Das tun aber die beiden Sekretäre, die aus dem Nichts auftauchen und mich mitsamt meiner runtergelassenen Hose aus dem Raum zerren und unsanft durch einen Notausgang auf die Straße werfen. Ich kann Renates Gezeter bis draußen hören. Wo ist ihr gutes Karma geblieben? Die Beleidigungen, die sie mir hinterherschickt, sind wahrlich ein Zeichen dafür, dass ihre Chakrenreinigung nicht abgeschlossen ist.

»Du Loser, du elender Wichser! Du machst alles kaputt! Alle ziehst du runter mit deinem Scheißkarma! Ich hoffe, du verreckst dran!«

Dann höre ich nur noch ein trotziges Schluchzen wie von einem kleinen Mädchen, das von ihren Eltern die falsche Barbie zum Geburtstag bekommen hat. Und als die Tür zur bunten Welt der Esoterik sich schließt, hat sich auch Renates Stimme aus meinen Ohren verabschiedet. Ich hätte ihr doch wenigstens was sagen sollen, wie zum Beispiel, dass ich noch nie so schäbig hintergangen wurde und dass ich nicht verstehen kann, wie sie, nein, wie überhaupt irgendein Mensch einem anderen so etwas antun kann. Dafür habe ich ihr demonstriert, dass Geld, entgegen landläufiger Meinung, doch stinkt. Es stinkt zum Himmel. Ich habe es förmlich in der Nase. Aber ja, hier riecht es wirklich streng nach Urin, doch der Gestank kommt nicht von Geld oder von meiner Jeans, die mir immer noch um die Knöchel hängt. Mir steht ein Mann gegenüber, ebenso die Hose auf halb acht, mit gelb gefleckter Unterwäsche, und fängt an zu brüllen. »Warum hast du mir mein Kind weggenommen? Steck dir dein Geld sonst wohin! Wenigstens den Fernseher hättest du dalassen können!«

Vielleicht sieht er durch mich durch, also blicke ich mich um, doch hinter mir ist niemand. Der Mann mit dem Einkaufswagen voller Pfandflaschen meint tatsächlich mich, oder? Schnell ziehe ich meine Buchse wieder hoch und hoffe, er hört auf zu blöken, wenn er merkt, dass wir keine Brüder im Geiste sind, doch das Gegenteil ist der Fall. Er erzählt weiter die traurige Geschichte von einem Gerichtsvollzieher, den Unterhaltszahlungen, die ich ihm noch schulde, und von einem Urlaub im Harz. Ich war noch nie im Harz. Ich gehe in großem Bogen an ihm vorbei, doch er hört nicht auf zu schreien. Jetzt schreit er, anstatt meiner, die Straße an. Da wird mir klar, was der Doktor Harnmüller aus der Uniklinik wirklich meinte, als er was von *Konfabulation* erzählte. Ich habe es nachgelesen im Internet, als ich noch bei Rico war. Alkoholkranke konfabulieren, um Gedächtnislücken zu füllen, wenn sie sich nicht richtig an ihr altes Leben erinnern können. Dabei wäre das doch vielleicht sogar ein Segen, aber so funktioniert das menschliche Gehirn nicht. Rosinenpicken ist nicht. Was der Mann da von sich gibt, kann nicht besser sein als die Wirklichkeit seiner Vergangenheit. Der Mann tut mir leid, und ich möchte ihm gern ein bisschen Geld zustecken, aber ich habe ja selber kaum noch was. Nur noch Münzen. Ich überquere die Straße, um eine Bank mit Geldautomat zu erreichen. Ich komme gar nicht richtig dazu, die Auswirkungen meines miesen Karmas auf mein Leben in vollem Umfang zu begreifen, da wartet schon die nächste Keule. AUSZAHLUNG NICHT MÖGLICH – KEIN VERFÜGBARES GUTHABEN

Renate, die Bitch, hat mein Konto bis auf den letzten Cent leergeräumt. Ich hätte locker noch 2000 Euro kriegen müssen bei meinem Dispo, doch da geht nichts mehr. Jetzt wird mir schlecht und ich möchte schon wieder blau anlaufen, um umzufallen, damit das aufhört, damit ich nichts mehr merke von dem ganzen Scheiß, doch die Einschläge auf mein Leben, wie ich es mal kannte, kommen im Moment im Fünfminutentakt. Ich will zurück zu dem Alkoholiker, um mich wenigstens solidarisch neben ihn zu stellen, aber ich finde ihn nirgendwo, also laufe ich los, einfach los. Mein Kopf will platzen, und meine Beine wollen laufen, so weit es geht und so schnell es geht. Ich kann nicht mehr stehenbleiben, muss weiterrennen, immer weiter, bis meine Lunge brennt. Ich renne um mein Leben, doch was für ein Leben eigentlich? Das ganz alte, das alte oder das neue? Das ganz alte ist mit Jenny gestorben, das alte ist keine hundert Meter wert, und das neue ist schon kaputt, bevor es angefangen hat. Ich laufe und laufe, bis der Straßenlärm um mich verstummt und ich nur noch meinen Herzschlag hämmern höre in meinem Kopf, unerträglich laut und viel zu schnell. Bubum bubum bubum. Ich will ja stehenbleiben, doch ich habe Angst zu explodieren, wenn ich es tue. In der Tauentzienstraße breche ich endlich zusammen und umklammere ein Straßenschild, das STOP sagt. Ich hänge an dem Schild, als sei es meine letzte Hoffnung oder der letzte Freund, der mir geblieben ist. Und mir wird klar, dass das gar nicht so abwegig ist, und ich fange an zu schreien, wie verrückt und durch einen Schleier von Tränen erkenne ich schemenhaft, wo ich hingelaufen bin. Ich stehe vor dem KaDeWe, dem Kaufhaus des Westens, dem Konsumtempel schlechthin. Das Schild in meinen Armen redet zu mir, doch es sagt immer nur STOP, und ich weine es an: »Dann mach doch STOPP! Mach doch endlich!« Ich wünschte so sehr, es wäre ein magisches Schild, das den Film anhalten kann und dass dann ein Schild zum Zurückspulen direkt neben ihm wächst und ich mit einem Mal wieder hier bin mit Jenny, wie damals. Und jetzt werde ich von meiner Erinnerung niedergeprügelt, der Erinnerung daran, wie ich dort mit Jenny auf dem Klo war und wie wir gelacht haben, nachdem mein Knie aufgeplatzt war, in meinem ganz, ganz alten Leben. Der Gedanke an Jenny bringt mich fast um, aber eben leider nur fast, und so schaltet mein Kopf schnell zurück zu dem Alkoholiker von vorhin, und jetzt weiß ich auch, warum er das tun muss mit den ganzen Geschichten, die so viel schlimmer sind als die Wirklichkeit, die es wahrscheinlich auch für ihn mal gab und die für immer aus seinem Gedächtnis gelöscht ist. Ich wünschte, ich könnte das auch, mein Gedächtnis löschen. Das Gefühl von einem verlorenen Leben kann kein Mensch aushalten. Aber ich bin nicht alkoholkrank und Gedächtnislücken habe ich auch keine und dennoch ziehe ich meine Hose wieder runter, gehe ein paar Schritte und fange an zu konfabulieren, was das Zeug hält. Ich habe die Kontrolle über meine Sprache verloren, es sprudelt jetzt einfach aus mir raus. Wahrscheinlich habe ich den kleinen Idealisten in mir zu lange zu klein gehalten, wahrscheinlich ist das KaDeWe der letzte Ort, an dem ich in meinem Zustand sein sollte, allerdings der beste für eine Brandrede.

»Ist es das, was ihr wolltet, ihr calvinistischen Halsabschneider? Erst scheißt ihr einen ganzen Kontinent, der euch nicht gehört, zu mit eurer puritanischen Arbeitsethik, bis der Haufen so groß wird, dass der Dreck aus eurem gelobten Amerika zu uns zurückschwappt und unser Karma für mindestens fünfzig Leben vergiftet ist. Dann fliegen euch eure Geldtürme in New York um die Ohren, weil es irgendwo auf diesem Planeten Menschen gibt mit einer noch krankeren Idee von Welt als dem globalen Neoliberalismus und dem ewigen Wirtschaftswachstum. Klar wird zurückgeschlagen, und jetzt schlagen sich alle immer und überall und nennen sich IS oder Anders Breivik oder NSA. Aber hey, zum Glück gibt es ja noch den inneren Frieden, den wir natürlich erst noch in uns suchen müssen, und mit der Suche nach dem inneren Frieden und dem reinen Karma lässt sich ja auch prima verdienen. Aber der innere Frieden der ganzen, großen, weiten Welt nützt mir einen Scheiß in diesem globalen Schlammloch, wenn ich am Ende eines wirklich beschissenen Tages auch noch von einem Geldautomaten in den Arsch gefickt werde!«

Ich habe keine Ahnung, wo das alles herkommt, und erwarte jeden Moment von der Polizei aufgegriffen zu werden. Aber nein, das wäre ja noch was, dann wäre das hier alles vorbei und ich könnte in irgendeiner Haftanstalt Tüten kleben oder die Ausbildung zu einem ordentlichen Beruf beginnen. Natürlich passiert das nicht, das wäre zu einfach, denn das hier ist nicht die Düsseldorfer Königsallee, schick und fein, das hier ist Berlin, und es dauert gar nicht lange, bis sich ein

Grüppchen Wahnsinniger um mich schart, die sich von mir inspiriert fühlen. Und so mache ich einfach weiter mit meinem mit Moralin getränkten Geschwätz, so lange, bis ein Mann im Military-Outfit auftaucht und anfängt mit einem Luftgewehr auf Tauben zu schießen. »Yeah!«, schreit er, »nieder mit dem American Eagle!« Der dritte Schuss und mit ihm die dritte niedergestreckte Taube wecken mich endgültig auf aus meiner Konfabulation, und ich ziehe schleunigst meine Hose wieder hoch und sehe zu, dass ich davonkomme, bevor der Typ in dem Bundeswehr-Shirt in mir auch noch einen amerikanischen Adler sieht und in mein Gesicht ballert.

Reunion

Ich bin jetzt ganz nah dran am inneren Frieden. Nach dem Auftritt vor dem KaDeWe will ich nur noch raus aus der Stadt, aber das ist gar nicht so einfach ohne Kohle, also mache ich mich zu Fuß auf, damit mein Kleingeld wenigstens noch für ein Bier reicht. Es reicht sogar für zwei, die ich mir gleich am nächsten Spätkauf sichere. So heißen die Büdchen hier in Berlin. Jetzt bin ich offiziell pleite, also so richtig, und irgendwie hat das was Befreiendes. Jetzt muss ich mir über Geld keine Gedanken mehr machen. Geld ist aus und kommt auch nicht mehr rein. Leider bin auch noch obdachlos, aber das weiß ja keiner. Anfänglich habe ich Hemmungen, mein Bier im Gehen zu trinken, aber in Berlin ist eine Flasche Bier in der Hand kein Zeichen für Obdachlosigkeit, hier gehört das zum Selbstverständnis des Hipsters. Und die Monotonie des Gehens tut mir gut. Fünf Schritte, ein Schluck Bier. Fünf Schritte, ein Schluck Bier. Ich rechne mir aus, wie lange meine zwei Biere wohl halten, wenn ich die Pace beibehalte, und entscheide mich für eine etwas entspanntere Gangart. Zehn Schritte, ein Schluck Bier. Mein Plan, raus aus der Stadt zu laufen, endet im Tiergarten mit meinem letzten Schluck. Ich bin mir sicher, dass ich hier nicht der einzige Draußenschläfer bin, und wundere mich ein bisschen, dass es so leicht ist, mir eine Parkbank zu sichern. Eine alte Zeitung liegt auch noch drauf. Pennerherz, was willst du mehr. Ein erfahrenes Pennerherz will viel mehr, denn es weiß, wie kalt es wird auf so einer blöden Parkbank. Im Oktober. Im Regen, der gerade einsetzt und meine Zeitung aufweicht, noch bevor ich mir einbilden kann, dass sie mich wärmt. Aber eigentlich ist mir das jetzt auch egal, eigentlich ist mir jetzt alles egal. Ich kann mich nicht mal mehr über Renate aufregen, geschweige denn traurig sein, weil meine letzte Chance, wieder alles ins Lot zu bringen sich als Illusion entpuppt hat. In meinen Gedanken gehe ich einfach weiter und rechne aus, wie viele Biere ich bräuchte, um bis nach Düsseldorf zu laufen. Wir sind mit Winfried ungefähr 550 Kilometer gefahren, also müsste ich bei einer Schrittlänge von einem Meter 550000 Schritte machen. Wenn ich nur ganz kleine Schlucke nehme, kann ich eine von diesen bayerischen Maurerpullen, die sie hier überall verkaufen, weil man das Berliner Bier wirklich nicht trinken kann, fünfzig Mal ansetzen, alle zehn Schritte einen Schluck, das sind ... Oha, das sind ein bisschen was über tausend Flaschen. Die insgesamt dreitausend Euro, die mir Renate geklaut hat, würden dafür reichen, sich einmal nach Düsseldorf und wieder zurück zu saufen. Locker. Aber das macht ja nichts, denn wer will schon nach Düsseldorf, wenn er in Berlin sein kann. Haha. Aber im Ernst, außer einem Haftbefehl und einer durchgeknallten, mordlüsternen Regierungsrätin erwartet mich auch in Düsseldorf – nichts. Nein, alles ist gut, ich bin total im inneren Frieden angekommen. Wenn man inneren Frieden mit Leere gleichsetzt. Ich liege auf dem Rücken, den Kopf auf meine Umhängetasche gebettet, und von der Eiche über mir tropft es stetig auf meine Stirn. Renate hat mir erzählt, dass bei einer indischen Form der Massage tröpfchenweise warmes Öl immer auf dieselbe Stelle der Stirn geträufelt wird, um das dritte Auge, was immer das sein mag, zu öffnen. Schade, dass ich das nie erleben werde, denn ich habe beschlossen, mich nie wieder zu bewegen und werde in zwei, drei Wochen verhungert sein, wenn ich nicht vorher an einer Lungenentzündung sterbe. Verdursten werde ich eher nicht bei dem Regen. Aber vielleicht erfriere ich auch schon heute Nacht. Jenny, ich komme ... Der Regen, der mein drittes Auge öffnen will, macht mich tatsächlich ein bisschen schläfrig, aber möglicherweise ist es auch nur die Kälte, die meine Knochen langsam, aber gründlich durchdringt und mir sagt, dass ich einfach nicht mehr kann.

Ich sitze in einem abgedunkelten Saal, der nach Moder riecht, im Schneidersitz auf einem Podest und überblicke von der Bühne aus die Menschenmenge. Ich werde von mehreren Scheinwerfern angestrahlt, die um mein Podest herum aufgestellt sind. Der Saal ist bis auf den letzten Platz gefüllt. Aufgeregtes Murmeln dringt zu mir, doch das Murmeln verstummt, als der dicke Mann, der neben mir steht, beginnt, einen Holzhammer zu schwingen. Es ist August Blei, der jetzt seine Stimme erhebt. Nicht schon wieder. »Wir haben hier ein Prachtexemplar von einem gescheiterten Lehrer, in absolut einwandfrei runtergerocktem Zustand. Das Startgebot liegt bei zwei Euro fünfzig. Wer bietet mehr?«

Rico hebt die Hand und ruft nach vorne: »Dreihundert, ich biete dreihundert Euro!« Ein Raunen geht durch die Menge, manche schütteln entgeistert den Kopf. Da steht Renate auf und bietet dreitausend Euro für mich. Ist das möglich? Wer bietet denn noch dreitausend Euro für mich? »Also dann, dreitausend zum Ersten ...«

Das Parkett knarzt, als eine schwarz gekleidete Lady eintritt. Es ist kühl geworden im Saal und die Damen mit den Perlenohrringen wickeln sich hektisch die Seidenschals enger um ihre weißen Hälse. Die Regierungsrätin trägt eine Sonnenbrille, die an die Blende eines Motorradhelms erinnert, und gibt mit tiefer Stimme ihr Gebot ab. »Ich biete den Tod.«

Blei ringt für einen Augenblick um Fassung, lächelt dann aber debil und ich kann sehen, wie sich seine Hose ausbeult. »Tja, das ist ein großer

Tag für unser Haus, damit kann ja wohl niemand konkurrieren. Zum Ersten ... Zum Zweiten ... Und zum ...«

»Stopp!« Die Stimme kenne ich zu gut. Es wird sofort ein bisschen heller, und als Jenny sich erhebt, scheint sie fast zu schweben. Sie überragt Frau Braunkaucher-Sülzn um fast zwei Köpfe. »Mein Gebot ist die Freiheit. Freiheit für Ziggy Kern!«

Blei hustet, zählt dann aber bis drittens *und Jenny erhält den Zuschlag für mich. In dem Moment, in dem der Hammer auf den kleiner Holzteller donnert und der in tausend Splitter zerspringt, verwandelt sich die Regierungsrätin in ein Skelett und klappert aus dem Saal.*

Ich zittere am ganzen Körper und ganz besonders zittere ich am Kopf. Oder im Kopf. Im Kopf? Der vibriert richtig, dann hört das Zittern, das mich wie Stromschläge durchzuckt, kurz auf und beginnt aufs Neue. Nicht mal einen amtlichen Schlaganfall bekomme ich hin, ohne dass irgendwas ruckelt. Jetzt bilde ich mir ein, dass mein Kopf bimmelt wie ... wie die Glocke von ACDCs Hell's Bells *mit Angus Youngs Gitarrenintro und allem. Ich versteh' das nicht. Jenny hatte doch das Höchstgebot. Ist das das Ende? Und auf einmal ist alles weiß.*

Der Satan erhebt seine Stimme. Sie ist schneidend wie Ricos und hat auch dieses Nervtötende. »ACDC, nicht schlecht. So einen guten Geschmack hätte ich dir gar nicht zugetraut, Vogelscheuche. Das ist er, kein Zweifel. Sieht aber übel aus. Und jetzt nimm endlich die blöde Taschenlampe runter.«

Das Licht wandert auf den Waldboden und ich kann zwei Gestalten ausmachen, die sich raschen Schrittes meiner Parkbank nähern. Ist es möglich?

»Ziggy, alter Kinderschänder! Dass Berlin einen abfucken kann, davon habe ich schon gehört. Aber in zwei Tagen hat es noch keiner geschafft, Respekt! Jetzt komm mal her!« Ich rappele mich hoch und falle Rico entgegen, der einen Schritt machen muss, damit ich nicht hinknalle, doch dann hänge ich in seinen Armen und muss schon wieder weinen wie ein Kind. »Alles wird gut, Mann, wir sind ja da.«

Jetzt erst erkenne ich die Person, die ein bisschen im Abseits neben uns steht. Bernd guckt verlegen zu Boden, fängt dann aber meinen verheulten Blick auf und macht mit bei unserer Umarmung, und von außen muss das so aussehen, als seien wir drei eine Person. Wir stehen eng umschlungen zusammen und keiner sagt etwas. Es tut so gut, die beiden festzuhalten, und ich spüre, dass es ihnen auch so geht. Festhalten. Festhalten sollte man an den Menschen, die da sind, und nicht an denen, die nicht mehr da sind, das weiß ich jetzt. Jenny würde das gefallen. Dass ich auch mal was verstehe. Hat ja auch lang genug gedauert.

Rico wird unser Männerkuscheln irgendwann zu intim und er ist der Erste, der seine Sprache wiederfindet. »Reicht doch jetzt, ihr Pussys. Kommt schon, so schön ist es hier auch nicht.«

»Wie ... wie habt ihr mich eigentlich gefunden? Hat Renate euch angerufen?«

»Nee, Mann. Renate ist eine blöde Schlampe, die denkt nur an sich. Ich wollte dich eigentlich noch vor ihr warnen, bevor du abgehauen bist, aber du hättest bestimmt nicht auf mich gehört. Du warst ja völlig gaga, die hat dir das Hirn gut durchgeknetet, würde ich sagen. Und wahrscheinlich nicht nur das Hirn.«

Da hat Rico Recht. Gaga trifft es ganz gut.

»Darf ich mal?« Ohne eine Antwort abzuwarten, greift Bernd sich meine Umhängetasche, die bis eben noch mein Kopfkissen war, und fördert einen länglichen Gegenstand zutage. Das Ding war gut versteckt, im Seitenfach, unter ein paar Rotstiften und meinem Füller, in Löschpapier eingewickelt. Ein Smartphone. »Das habe ich dir zugesteckt ... Verzeih mir, aber ich wollte nicht, dass wir so auseinandergehen, also habe ich dir das Ding mitgegeben, damit ich dich anrufen kann oder eben orten. Per GPS. Gefällt dir der Klingelton?«

Hell's Bells. Genial, Bernd ist der Beste.

»So, los jetzt, mir wird kalt.« Rico geht voraus und nach etwa hundert Metern durch Gebüsch stoßen wir auf die Straße des 17. Juni. Es ist zwei Uhr morgens und es sind keine Autos zu sehen, dafür die Siegessäule, die majestätisch in den Nachthimmel ragt. Aber die ist nur Kulisse, und wenn ich dachte, dass da keine Autos sind, habe ich mich getäuscht. Am Straßenrand steht eins und es ist genau das, was ich unter einem echten Auto verstehe. »Ist das – ist das etwas eure Karre?«

»Alter, das ist deine. Wir dachten, wir müssten schon was mitbringen, um dich von den Esoterikspinnern loszukaufen. Wir hatten ja keine Ahnung, dass du so billig bist und einfach so mitkommst. Also ich hätte ja nicht so eine Ludenschleuder ausgesucht, sondern eher einen alten Benz ...«

»Halt's Maul, Rico, du machst sonst noch diesen Moment kaputt.« So viel zur Kultivierung meiner weiblichen Anteile. Drauf geschissen, aber so was von. »Woher wusstest du von ...«

»Wusste ich nicht, aber Bernd wusste. Du redest im Schlaf, Alter. Und hast immer von so einem Amischlitten geredet. Und von *Nicholas Cage*. Das und den Kram, den ich im Internet gefunden habe, zusammengesetzt ergibt ...«, sagt Rico und deutet mit ausgestecktem Arm in Richtung des Wagens, »... das da.«

Und da steht er. Ein 71er Chevy Chevelle Malibu in metallic blau. 100 Prozent American Muscle, ein Traum in Auto. So eine Karre hatte auch Nicholas Cage in *Drive Angry* unterm Hintern, als er auf einer Spur aus Flammen direkt aus der Hölle geritten kam, um die Dämonen im Diesseits zu vernichten. Oder auf dem Weg zurück in die Hölle? Egal.

»Kannst du fahren, Ziggy? Du siehst müde aus.« Bernds Besorgnis ist rührend, aber nichts und niemand könnte mich davon abhalten, dieses Baby zu lenken, und ich reiße ihm fast die Schlüssel aus der Hand. Jetzt, da ich mich schon auf dem Höllentrip befinde, der mein Leben geworden ist, will ich wenigstens am Steuer sitzen. Schluss mit der Parkerei auf verlorenem Posten, Schluss mit dem moralischen Geschwätz. Schluss damit.

»Funktioniert das Radio?«

»Besser«, nickt Rico und legt eine alte Kassette ein.

Das Band knistert zuerst ein bisschen, aber der Sound ist großartig. Bon Scott fährt auch mit, ist das schön. Und als ich den Schlüssel umdrehe und der Motor knatternd aufheult, als hätte er Jahre lang darauf gewartet, läuft mir ein Schauer über den Rücken.

Wir sind auf dem *Highway to Hell.*

Rico macht es sich auf der engen Rückbank des Coupés so gemütlich, wie es geht. Während wir durch das nächtliche Berlin knattern, spielt er mit meinem Handy, von dem ich bis eben gar nicht wusste, dass es existiert. Das Ganze hat etwas Unwirkliches. Vor einer Stunde war ich noch fest davon überzeugt, dass ich im Tiergarten verenden würde wie eine Amsel, die irgendwann tot vom Baum fällt und dann zusammen mit ein paar liegen gebliebenen Bierflaschen von einer Putzkolonne entsorgt wird. Und jetzt bin ich mit meinen einzigen beiden Freunden, die ich auch vor noch einer Stunde für meine Feinde gehalten habe, wieder vereint und unterwegs nach ... ja, wohin eigentlich unterwegs?

»Hey Vogelscheuche, wir haben Ziggy das falsche Auto gekauft. Wir hätten einen Trabi mitbringen sollen.« Ich sehe Rico im Rückspiegel, wie er auf das Handy starrt und sich den Bauch hält vor Lachen.

»Wovon redest du, Rico? Das Auto ist per...«

»Nee Mann, das Auto ist ein US-Produkt, für so einen wie dich also die Verkörperung des globalen Neoliberalismus!«, prustet Rico los und kriegt sich überhaupt nicht mehr ein. »Sag mal, Ziggy, sind wir schon aus der Stadt raus?«

»Nein, noch nicht, gleich kommt die Avus, wenn ich mich nicht irre. Aber was soll das ...«

»Dann gib mal Gummi, es ist nur noch eine Frage von Minuten, bis die ganze Welt, inklusive der Bullen in Düsseldorf, weiß, dass du hier bist!«

»Kannst du mal aufhören so kryptisch zu sprechen?«

»Kryptisch! Sagt der Meister der kryptischen Metapher – wie wäre es mit *von einem Geldautomaten in den Arsch gefickt*? Na, dämmerts?«

Und wie es dämmert. Mir ist nur nicht klar, wie Rico von meinem Sprechdurchfall vor dem KaDeWe erfahren hat. »Ziggy Kern, du bist das beste Beispiel dafür, dass man auch ohne Drogen total abstürzen kann, aber wenigstens bist du jetzt ein Star. Zumindest auf YouTube. 9000 Likes innerhalb der ersten drei Stunden. Das Video geht um die Welt, das verspreche ich dir, das verbreitet sich wie ein Virus. Voll global, Ziggy!«

»Hör doch mal auf zu lachen, ich finde das nicht lustig.« Das hat mir gerade noch gefehlt. Da muss mich einer gefilmt haben mit einem Handy, als ich mit runtergelassener Hose meinen Vortrag gehalten habe.

»Weißt du, Ziggy, krasser ist eigentlich nur noch der Typ mit dem Luftgewehr ...« Rico bekommt schon kaum noch Luft vor Lachen, aber ich lasse ihm den Spaß, schließlich haben Bernd und er mich wieder hochgezogen, als ich am Boden lag. Auf der Avus drehe ich richtig auf und gebe dem Chevy die Sporen, damit das Röhren des Motors Ricos Gegeier übertönt. Bringt nichts.

»Vogelscheuche, willst du mitlachen? Das ist der Wahnsinn, ehrlich!«

»He – reicht doch langsam, Rico. Sag nicht immer Vogelscheuche zu ihm, das ist echt nicht nett. Er heißt Bernd, klar?« Rico sagt jetzt gar nichts mehr, und auch Bernd verhält sich seltsam. Dann bricht er das Schweigen. »Heiß ich nicht. Ich heiße nicht Bernd.«

Das ist heute wirklich die Nacht der großen Erkenntnis, aber ich hab mir ja schon so was gedacht. »Okay, aber Vogelscheuche heißt du ja wohl auch nicht, also könnte Rico ruhig …«

»Ich heiße Horst.«

Bei Horst klingelt was. Klingelt so laut wie der Kölner Dom an Ostern.

»Horst Sülzn.«

Bernd ist der abgeschlachtete Ehemann meiner verhassten Regierungsrätin? Der, an dessen Ermordung ich nach Ansicht der Staatsanwaltschaft beteiligt war? Ich blick nicht mehr durch. »Solltest du nicht …«

»Auf dem Grunde des Rheins verrotten? Wenn es nach Ursula gegangen wäre, bestimmt …«

»Jetzt warte mal …« Mir gehen ein paar Lichter auf.

»Ich wollte es dir sagen, ich schwöre es, aber wenn ich zur Polizei gegangen wäre, dann wäre mein Plan dahin gewesen und Ursula hätte mich vielleicht doch noch …«

»Du lässt mich zu den Bullen tigern, um an einem Fall rumzuschrauben, den es gar nicht geben dürfte?«

»Es tut mir leid, Ziggy, ehrlich, ich hatte keine Wahl. Du weißt nicht, wie sie ist.«

Doch, weiß ich. Und Rico weiß es auch. Der wäre um ein Haar draufgegangen. Aber das, was Rico und ich wissen, ist vermutlich ein Fliegendreck gegen das, was einem Mann widerfährt, der mit Ursula verheiratet ist. Jetzt wird mir einiges klar. Das Heft, das wirklich ein Tagebuch war und kein Romanmanuskript und das den unfassbaren Schrecken in seinem Leben dokumentiert, Bernds Verstörtheit, als wir Rocky geguckt haben, sein starrer Gesichtsausdruck, als wir die Fotos vom Erkennungsdienst angesehen und den Bericht von Harnmüller gelesen haben. Wir haben die ganze Zeit von seiner

Ehefrau gesprochen, wie krass ist das denn? Was hat Bernd noch gesagt? *Glaub mir, ich bin das beste Alibi, das du haben könntest.*

»Aber wie habe ich mir das vorzustellen? Wie hast du das gedreht, dass alle denken, du seist tot?«

»Ganz einfach. Ich habe meine Ermordung selbst inszeniert.«

»Aber die ganzen Indizien – wir haben die Berichte der Spurensicherung doch gelesen!«

Bernd schüttelt müde den Kopf. Es ist offensichtlich, dass er sich nicht gerne erinnert.

»Ich hab das lange vorher geplant. Weißt du, es ist nicht schwer sich das Zeug im Internet zu bestellen, das man braucht, um sich selbst Blut abzuzapfen. Und die Anleitung gibt's auf YouTube.«

Klar. Sogar mich gibt's auf YouTube. Mich friert.

»Und nach einer besonders schlimmen Nacht ist der Keller voll von Spuren, das hast du ja selbst gelesen. Ich brauchte nur noch mein Blut verteilen, es schlampig wieder aufwischen, Ursulas roten Mantel überziehen und mit dem Auto wegfahren. Den Wagen habe ich im Rhein versenkt.«

»Und wie kam mein Büchereiausweis in euren Keller?«

»Das muss Ursula gewesen sein. Sie hat ihn dir wahrscheinlich abgenommen, als du ausgeknockt warst, weil sie tatsächlich vorhatte mich umzubringen und dich für sie büßen zu lassen. Es war nur eine Frage der Zeit, wann ihr Folter nicht mehr reichen würde.«

Mir fehlen die Worte. Was muss ein Mensch alles durchgemacht haben, bevor er so was durchzieht. Nicht einmal Rico lacht mehr. Der sitzt hinten und stöhnt immer wieder auf bei

Bernds Bericht. Was mich noch interessiert, ist, wie es überhaupt erst so weit kommen konnte.

»Also gut, Ziggy, ich erzähl es dir. Das bin ich dir schuldig, denke ich.« Und Bernd fängt an zu erzählen. Von seiner anfänglichen Verliebtheit, davon, wie Ursula ihn gereizt hat, weil sie so eine starke Frau ist, und wie aus der Verliebtheit irgendwie eine Abhängigkeit geworden ist, eine extreme Form der Abhängigkeit, wie er immer mehr in die masochistische Rolle gedrängt wurde, was aber anfangs noch ok für ihn war. Mehr als ok. Er erzählt mir von dem Kick, den ihm seine neue Unterwürfigkeit verschafft habe. Von dem Paradox, dass er sich gerade dann am freisten fühlte, wenn er komplett die Kontrolle an seine Frau abgegeben hatte. Eine Sucht sei das gewesen, eine Sucht nach Kontrollverlust. Und fragt mich, ob ich ihn denn verstehen könne. Kann ich nicht, denn in meinem Kopf sehe ich nur die brutale Nebelkrähe aus der Bezirksregierung, und sie und ich hatten wahrlich keinen guten Start. Da will man nicht mehr von. Bernd erzählt von den immer häufiger und heftiger werdenden Demütigungen durch seine Frau, von bizarren Fesselspielen, die außer Kontrolle geraten sind, und von persönlichen Grenzverletzungen. »Sie war in mir drin, ganz tief drin ...«

So genau will ich es gar nicht wissen, aber Bernd insistiert, mir die ganze Wahrheit reinzudrücken.

»Irgendwann kam ein Punkt, an dem ich nicht mehr wusste, ob es mich überhaupt noch gibt. So viel von Ursula, von Ursulas Willen, ihren Gedanken und Obsessionen, war in mir, dass mir klar wurde, dass ich fliehen muss, um zu überleben. Ursula ist wie eine Droge, weißt du. Erst fühlt es sich grandios an, dann willst du mehr, dann brauchst du mehr und irgendwann frisst sie dich von innen auf. Es ging so weit, dass Ursula auch bei meinem Job immer dabei war. Also nicht wirklich, in meinem Kopf halt. Und dann wurde es kritisch.« Bernd erzählt, er habe sich etwas einfallen lassen müssen, um zu kaschieren, dass es den Bankkaufmann Horst Sülzn so nicht mehr gab, was aber mehr schlecht als recht funktionierte. Und dass sein Chef irgendwann zu ihm meinte, er sei an einem Bankschalter nicht mehr tragbar, weil ein Bückling nun einmal keine Sparverträge verkaufen kann, und wie er dann ins Back-Office versetzt wurde, was letztlich sein Glück war, weil er nur mit Maschinen kommunizieren musste, die nach dem Prinzip Null oder Eins operieren und nicht irgendwann anfangen seine Haut mit heißem Wachs zu beträufeln oder, wenn der Kick nicht mehr reicht, eine Zigarette auf seinen Hoden ausdrücken. Und wie er sich um die EDV verdient gemacht hat, wie er selbst die neue Firewall installiert und die Sicherheitsroutinen und er sich noch gewundert hat, warum das Inhouse, also nicht durch einen externen Anbieter für Banking-Security durchgeführt wurde und wie sein Chef eines Tages zu ihm kam mit einem Anliegen der besonderen Art. Ich höre total gespannt zu, aber jetzt muss ich ihn einfach unterbrechen, denn ich habe das Gefühl, dass ich zu Bernd viel zu gemein war die ganze Zeit. Aber dennoch brauchen wir eine Lösung, das heißt, ich brauche eine Lösung, denn wenn Horst Bernd bleibt, bin ich immer noch tatverdächtig, ihn umgebracht zu haben. »Hör mal Horst ...«

»Bitte sag Bernd zu mir, Horst ist tot, so oder so. Und wird auch nicht wieder lebendig.«

»Also gut – Bernd. Es tut mir wahnsinnig leid, ehrlich. Das muss schrecklich für dich gewesen sein. Und dann gerätst du ausgerechnet an mich und mein Pech. Aber ich weiß nicht so recht, was wir jetzt machen sollen. Also, in den Knast zu gehen für ein Verbrechen, das ein anderer verübt hat, ist schon doof. Aber in den Knast zu gehen für ein Verbrechen, das gar nicht stattgefunden hat, das geht irgendwie zu weit. Du verstehst, dass ich das nicht ...«

»Langsam reiten, Charles Bronson. Hier geht nur Eine in den Knast und das ist die Witwe von unserer Vogelscheuche hier.«

»SAG NICHT IMMER VOGELSCHEUCHE, RICO!«, rufen Bernd und ich gleichzeitig und müssen auf einmal lachen wie verrückt, was nach dieser Story grotesk ist, aber unglaublich guttut.

»Dann kauf dir endlich mal ein paar anständige Klamotten!«, dröhnt es von hinten. »Und zu deiner Frage, was wir jetzt machen sollen: Jetzt reißen wir Ursula so weit den Arsch auf, bis ihr die Scheiße aus ihrem faltigen Hals quillt. Wir haben nämlich einen Plan.«

Das ist ein Road-Trip nach meinem Geschmack.

Bernd Hood

Wir heizen schweigend auf der A2 durch die Nacht. Der Chevy röhrt heiser vor sich hin, und als ich die Kassette zum zweiten Mal umdrehe, fällt mir auf, dass unser Sprit sich dem Ende neigt. Wir brauchen einen Stopp. Außerdem muss ich was überprüfen. Es ist so ein Gefühl, das seit unserem Start am Tiergarten mitfährt. Ich habe das zuerst nicht zwischen mich und dieses archaische Roadfeeling kommen lassen wollen, aber ich kann es nicht länger ignorieren. Es ist das todsichere Gefühl, dass wir verfolgt werden, und es sitzt irgendwo zwischen meinem Nacken und dem rechten Ohr. Soll ich Bernd und Rico davon erzählen? Die halten mich doch sowieso schon für komplett paranoid und runtergeburnt.

»Bernd, wir müssen tanken. Hast du noch was von dem bunten Papier am Bauch?«

Bernd reicht mir so beiläufig zwei Hunderter nach vorne, als würde er mir mit einem Butterkeks aushelfen. Und ich hatte gedacht, er hätte eine Alkoholwampe. Tatsächlich ist Bernd sehr schlank, wenn er gerade nicht ein Vermögen umgeschnallt hat. »Willst du mir nicht sagen, wo die ganze Kohle herkommt?«

»Das ist kompliziert, weißt du ...«

»Dann versuch es mir so zu erklären, dass es auch jemand versteht, der kein krimineller Banker ist.«

»Ich bin nicht kriminell! Ich nicht! Naja, also vielleicht ein bisschen.«

Bernd überlegt lange, bis ihm eine ziggy-sichere Erklärung einfällt. »Das Geld, das du da siehst, gibt es gar nicht. Offiziell.«

Ich bin schon raus. »Heißt das, ihr habt den Chevy geklaut?«

»Nee, nee. Schalte endlich den Lehrer aus und hör doch zur Abwechslung mal zu bis zum Ende, okay? Also: Das Geld, das du hier siehst, sollte ich im Auftrag von meinem Chef vor der Steuer verstecken. Für besondere Kunden. Du weißt, was im Moment für ein Wind gemacht wird um Steuerhinterziehung und so. Nicht mal in der Schweiz ist die Kohle der Kunden sicher. Andauernd tauchen diese CDs auf.«

»Ist doch super! Von mir aus sollen die alle in den Knast, die Raffgeier!«

»Zuhören! Viel von dem Geld, von dem ich rede, ist geerbt und manchen der Erben so unangenehm wie ein peinlicher Onkel, der an Weihnachten den Eierlikör der Mama leertrinkt und dann Herrenwitze unterm Christbaum macht. Der Staatssekretär ist einer von ihnen. Altes Geld, das über Jahrzehnte in Form von Wertpapieren oder Bargeld in Schließfächern versteckt wurde. Eine kleine Privatbank hat es heutzutage nicht leicht, und so hat sich mein Chef einen besonderen Service einfallen lassen, um die alten Kunden mit ihrem unversteuerten Geld zu halten. Mein Chef hat wohl gedacht, ich merke nicht, was da läuft, weil ich so was wie die Lachnummer der Düsseldorfer Privatbank bin. Aber da ich die Sicherheitssoftware entwickelt habe, hatte ich natürlich den vollen Einblick. Und was ich gesehen habe, war Geldwäsche im großen Stil. Spenden an Scheinstiftungen, die über Scheinkredite zurück an die Kunden fließen sollten, und so weiter. Aber der Staatssekretär war noch gieriger, der hat es irgendwie geschafft, öffentliche Gelder bei uns zu versenken. Und da hat es mir gereicht. Ich habe das Geld in Sicherheit gebracht und alles dokumentiert. Dann habe eine anonyme Spende an Transparency International arrangiert und den Rest behalten. Und der

Rest hängt an meinem Bauch und beläuft sich auf etwa 80000 Euro. Meine Abfindung sozusagen.«

Ich bin schwer beeindruckt. Robin Bernd Hood. »Und niemand vermisst das Geld offiziell, weil es das Geld offiziell gar nicht gibt?«

Bernd nickt. »Ich hatte nur Angst, du würdest mich verachten, ich meine, gerade du, du redest doch schon von Korruption, und davon, wie sich irgendwelche Leute die Taschen vollstopfen, und ich ... ich habe ein kleines Schwarzgeldkonto am Bauch. Deshalb habe ich nichts gesagt.«

»Nee, das ist genial, Bernd, ehrlich. Eine Bank auszurauben, und niemand ist daran interessiert, das aufzudecken, das ist genial. Hut ab. Aber was machst du jetzt mit der ganzen Kohle?«

»Was denkst du? Abhauen natürlich. Sobald Ursula hinter Gittern ist.«

Bernd will verschwinden, natürlich. Dabei ist er doch gerade erst wieder aufgetaucht in meinem Leben. Mir kommt auf einmal vor, ich hätte eine Boule-Kugel verschluckt. Zu dem unartigen Röhren des Motors gesellt sich ein Fiepen in meinen Ohren.

Der Plan

Kurz vor Hannover fahre ich runter von der Autobahn und biege ab auf einen Rastplatz, zumindest ist das mein Plan.

»Sind wir jetzt unter die Trucker gegangen?« Rico ist aufgewacht und deutet aus dem Fenster. »Was wollen wir hier?«

»Wonach sieht es denn aus? Pause.«

»Alter, man merkt, dass du lange nicht gefahren bist. Das hier ist ein Autohof. Da halten doch nur LKW. Aber wenn wir schon mal da sind – ich muss pissen.«

Rico hat Recht. Hier stehen Fernlaster mit vorwiegend ausländischen Kennzeichen. Manche haben das Führerhaus von innen mit Stoffen abgehängt. Vier Uhr morgens, sagt die alte Vostok. Das Gelände ist weitläufig und schlecht beleuchtet. Die diagonal angelegten Parkbuchten, von denen viele nicht belegt sind, sehen aus wie aus einem Science-Fiction Film, in dem alles grotesk in die Länge gezogen ist. Nach dem Tanken bringe ich die Ludenschleuder in der Mitte einer dieser Monsterbuchten zum Stehen und will mich mit Rico und Bernd aufmachen, im Road 66, dem Café, das an die Tanke angeklebt ist, das Pissoir aufzusuchen. Da ist es wieder, dieses unheimliche Kribbeln im Nacken, und so blicke ich nochmal zurück über meine Schulter und bilde mir ein, zu sehen, wie ein weiterer PKW ohne Licht auf den Autohof rollt. Ich schaue genauer hin, kneife die Augen zu, doch in der Ferne und der Dunkelheit verschmelzen alle Konturen zu einem breiten, grauen Pinselstrich. Das andere Auto ist weg. Oder es gibt gar kein anderes Auto. Ich war ziemlich lange dem Wahnsinn zu nah, um noch zu wissen, was real ist und was nicht. Rico fasst mich an der Schulter und schiebt mich durch die Eingangstür und meinen Verfolgungswahn beiseite. Trucker-Bars habe ich mir irgendwie aufregender vorgestellt. Das ist nicht das *Titty-Twister* aus Tarantinos *From Dusk til Dawn*, auch wenn ich sich ein paar von den überraschend zahlreichen Gästen gut als Zombies machen würden, keine Frage. Selma Hayek ist nirgendwo zu auszumachen, was ich echt bedauere, dafür sitzen wenigstens ein paar Fernfahrerklischees auf den Barhockern. Tragen graue Bärte und amerikanische Schirmmützen, trinken Bier und rauchen, wobei sie ihre Zigaretten mit Daumen und Zeigefinger halten und die anderen Finger drüber legen, als würden sie am Lagerfeuer sitzen und ihre Kippen vor dem scharfen Präriewind schützen müssen. *Johnny Cash* singt vom *Ring of Fire*, das war ja klar. Ich bestelle drei Pils vom Fass, ohne abzuwarten, ob Bernd und Rico mit meiner Getränkewahl einverstanden sind. Die Matrone hinter der Theke stellt die Gläser wortlos vor uns hin und widmet sich dann wieder ihrem Handy.

»Sagt mal, Jungs, wie geht's denn jetzt weiter? Was ist der Plan?« Bernd rutscht auf dem Barhocker hin und her, als hätte er Blähungen, und Rico tut so, als hätte er die Frage nicht verstanden und nimmt erst mal einen ordentlichen Schluck. »Was denn jetzt?«

»Also ...«, beginnt Bernd etwas verhalten, und mir schwant, dass mir der Plan nicht so gut schmecken wird wie das Bier. Tut er auch nicht. Das, was mir Bernd als *Plan* verkauft, hört sich an wie ein verdammtes Himmelfahrtskommando. Mit mir als Himmelfahrer. »Du musst das verstehen, Ziggy. Dass Rico nicht noch einmal in so eine Situation kommen möchte, ist doch klar. Ich meine, es war so knapp. Aber du warst ja da. Und wir werden auch da sein, wenn es hart auf hart kommt.

Aber ich kann es nicht tun. Ich hab mein Fett schon mehr als genug abbekommen, meinst du nicht? Außerdem glaube ich nicht, dass ich das durchstehe. Ich weiß nicht, was passiert, wenn ich Ursula gegenüberstehe. Aber du – ehrlich, Ziggy, irgendwie bist du ja auch das Zentrum von dem ganzen Chaos, in dem wir uns alle befinden. Wenn du nicht gewesen wärst ... Oder wenn du dich in der Bezirksregierung nur einigermaßen zusammengerissen hättest, hätte Ursula dich nicht zusammengeschlagen und einen Sündenbock aus dir gemacht. Dann säße sie doch schon längst hinter Gittern und ich an irgendeinem Strand. Und dann sind wir uns begegnet in der Altstadt, was ein unglaublicher Zufall war. Aber ich glaube nicht an Zufälle, ich glaube, das war Schicksal, Ziggy. Und ich bin froh, dass ich dich getroffen habe, ehrlich, aber das Schicksal kommt nicht umsonst mit einem Happy-End. Und jetzt ist es an der Zeit, die Zeche zu bezahlen. Wenn du willst, dass sich was ändert, dann musst du was dafür tun. Das habe ich gelernt. In vielen schmerzvollen Lektionen. Du kannst nicht immer nur rumsitzen im Regen und heulen und darauf warten, dass auf einmal die Sonne wieder scheint. Aber das stimmt ja so gar nicht, du ... du ... sitzt ja nicht nur rum. Du trittst in einen Hundehaufen und versuchst die Scheiße vom Fuß zu kriegen, indem du ihn in ein Jauchefass tunkst. Und dabei verlierst du den Schuh, und jetzt versuchst ihn wiederzukriegen, indem du ganz reintauchst in das Fass. So geht das nicht. Komm da wieder raus. Bring das wieder in Ordnung. Für uns alle.«

Einer der Bärte rülpst. Jetzt erst fällt mir auf, dass die Musikbox verstummt ist und alle Augen auf uns gerichtet sind. Die Matrone rümpft die Nase. »Noch'n Bier?«

»Nein danke. Zahlen bitte.« Mit reicht's. Ich will wieder auf die Straße. Es gibt da ein, zwei Dinge, die ich mir durch den Kopf gehen lassen muss, und der Gedanke an das monotone Röhren der Ludenschleuder gibt mir die Hoffnung, dass ich wenigstens das Bild von dem Jauchefass wieder loswerden kann. Aber an den Plan, an den muss ich mich erst noch gewöhnen. Ich soll der Köder sein. Der Köder, den Ursula auf jeden Fall schlucken wird, wenn sie endlich ihren ersten, echten Mord begehen will.

Jake is back

»Sie kommt. Um Fünf.«

Rico lässt das Handy sinken und stöhnt. »Ich brauch jetzt 'ne Bong. Dann können wir noch ein bisschen pennen, wir haben Zeit genug.«

Es war kurz nach Sieben, als wir in der Kiefernstraße aufgeschlagen sind. Rico hat dann mein Rendezvous mit Ursula klargemacht. Per SMS. Dieses Mal hat er mich ein bisschen teurer verkauft. Für 500 Euro. Ich spüre, dass irgendwo in der Bude eine brutale Müdigkeit auf mich wartet, aber ich weiß nicht, wie ich schlafen soll mit der Aussicht auf ein Treffen mit der Leibhaftigen. Ich nicke und hoffe, dass *Ricos Speciaal* meine Nerven beruhigt und ich noch ein Auge zukriege vor dem Showdown. Eigentlich kann nichts schiefgehen. Rico hat Ursula glauben lassen, ich sei allein. Aber Rico und Bernd werden auch da sein, versteckt im Schrank. Das hat sich bewährt. Sie hat keine Chance. Bernd, den ich jetzt auch als Horst, den IT-Freak und digitalen Bankräuber, neu kennengelernt habe, hat überall in der Wohnung kleine Spy-Cams installiert, um Ursulas Grausamkeiten zu dokumentieren und sie damit zu überführen. Also hoffentlich nur die versuchten Grausamkeiten, denn ich habe keine Lust, auf einem Obduktionstisch zu landen. Befund: von einem chinesischen Gemüsebeil entmannt. Tod durch Verängstigung. Nein, es wird schon alles gutgehen. Zu dritt werden wir schon fertig mit ihr, auch wenn sie ihren persönlichen Knecht Ruprecht mitbringt, diesen durchgeknallten Psychodoc. Mit der halben Portion habe ich sowieso noch eine Rechnung offen. Soll der nur kommen. Bernd hat sich ins Nebenzimmer verkrümelt, und

Rico und ich dröhnen uns mit einem Köpfchen Gras im Wohnzimmer in eine andere Welt. Sicherheitshalber habe ich vorher noch den Wecker gestellt. Damit wir nicht den großen Moment verpennen. Meine Träume sind wirr, aber daran hab ich mich schon gewöhnt.

Ich liege angeschnallt in Dr. Harnmüllers Klapse. Auf einmal fangen meine Armfesseln an zu brennen. Meine Handgelenke sind versengt, schwarze Brandblasen platzen auf und gelber Eiter, der mich an Sojamilch erinnert, läuft an meinen Händen runter. Der Schmerz tut überraschend gut, und als ich endlich befreit bin, finde ich mich in der Straßenbahn wieder. Jake Miller steht mir gegenüber und schüttelt den Kopf. »Was ist nur los mit dir?« Ich will nicht mit Jake sprechen, also drehe ich mich weg. Da kommt der Penner, den ich schon mal gesehen habe. Der Typ mit der Bierdose, die mir solche Angst gemacht hat. Seine Fingernägel sind unnatürlich lang und immer noch genauso schwarz. Sie bohren sich in die Dose.

Tschak-tschak. Ich mache die Augen auf und hoffe, dass mir *Ricos Speciaal* einen bösen Streich spielt. Ich blicke in den Lauf einer Pistole. Schnell schließe ich die Augen wieder, um mich zu vergewissern, dass es nur die Bierdose von dem Obdachlosen ist. Doch die Knarre ist noch da, als ich mich endlich traue, nochmal hinzusehen.

»Wie süß. Haben wir noch ein Nickerchen gemacht, bevor es heim geht zu Frauchen, Herr Kern? Wie hieß sie noch? Jennifer? Wie gewöhnlich. Jennifer und Siegfried, also wirklich. Das konnte nichts werden.«

Der Schmerz macht mich mit einem Schlag hellwach. Ich möchte aufspringen und Ursula meine Daumen in ihre kalten Mascaraaugen drücken, doch sie ist schneller und presst ihren Titanabsatz auf mein Brustbein und hält mich am Boden.

»Na, na, na, wo wollen wir denn hin? Tut's noch immer weh, ja? Dann wissen Sie ja, wie ich mich fühle. Mein Hörstlein und ich, wir waren eins, wissen Sie? Und jetzt muss ich mich mit dem da begnügen. Und das ist alles Ihre Schuld.« Ursula deutet mit der freien Hand auf eine Kreatur, die ein Hundehalsband trägt und so was wie einen schwarzen Müllsack an hat.

Der Müllsack ist aber gar kein Müllsack, sondern in Wirklichkeit ein Latexanzug mit einer Maske ohne Mundöffnung. Vermutlich Dr. Harnmüller, nein, ganz sicher Dr. Harnmüller. Speichel suppt unten aus der Maske raus, tropft auf seine Brust und hinterlässt eine Spur wie eine Schnecke auf Asphalt. Wenigstens muss ich Harnmüllers hektische Flecken nicht sehen. Dafür sehe ich, was er mit Rico getan hat. Der liegt nackt und gefesselt auf dem Rücken, mit Tape vor dem Mund vor Dr. Harnmüller, der, ebenso wie Ursula, eine Schusswaffe in der Hand hält. Es sieht so aus, als würde Rico schlafen, aber ich erkenne zwei rote Punkte auf seiner Brust, vermutlich von dem Elektroschocker, der schon beim letzten Besuch der beiden Irren zum Einsatz kam. Wo ist bloß Bernd? Und wie konnten sie uns schon wieder so überrumpeln? Ich hab doch den Wecker gestellt, verdammt nochmal ... Ursula scheint meine Gedanken zu lesen.

»Och, Herr Kern, nur nicht verzweifeln. Sie hätten eben früher aufstehen müssen, um mich reinzulegen. Ich war so frei, mir einen Vorsprung zu gönnen. Hat sich gelohnt, wie ich sehe. Jaja, Vorsicht ist die Mutter der Porzellankiste. Aber genug der Kalendersprüche, wie wollen uns ja nicht langweilen, nicht wahr?« Ursula drückt ihren Absatz tiefer in mein Brustbein, sodass ich jeden Moment erwarte, dass es auseinanderreißt. Ich muss Zeit gewinnen, damit Bernd eine Chance hat, einzugreifen, bevor es zu spät ist. Er wird doch wohl mittlerweile aufgewacht sein.

»Wie sind Sie denn hier reingekommen?«, presse ich heraus.

»Ihr Ernst, Herr Kern? Sie enttäuschen mich. Ihr Drogen dealender Freund war doch beim letzten Mal schon so freundlich, mir seinen Ersatzschlüssel zu überlassen.«

Rico liegt wie ein gestrandeter weißer Wal auf seinem Teppich und wird von einer sabbernden Robbe in Schach gehalten, und wenn das nicht das unwürdigste Bild wäre, das ich jemals gesehen habe, könnte ich glatt sauer werden auf Rico. Welcher Teufel hat ihn bloß geritten, dieser Bitch seinen Schlüssel zu geben? Aber es hilft ja nichts, ich muss weiter auf Zeit spielen, wenn wir noch eine Chance haben wollen, das hier zu überleben. Bloß nicht drüber nachdenken, sonst schnürt mir die Angst die Kehle zu. Ich habe gelesen, dass man sich bei Todesangst einnässt. Es kann nicht mehr lange dauern, aber das Bild von meiner eingepullerten Hose in meinem Kopf hilft mir tatsächlich, mich zusammenzureißen. Das darf einfach nicht passieren, erst recht nicht, nachdem sie so abfällig über Jenny gesprochen hat. Niemand darf das und schon gar nicht dieses Monster. Jetzt ganz ruhig bleiben, nur nichts sagen, das sie weiter motiviert, das hier schnell zu Ende zu bringen.

»Ich versteh Sie nicht – was wollen Sie eigentlich von mir? Sind Sie etwa immer noch sauer wegen meiner Magenverstimmung von neulich und Ihren besudelten Brüstchen?«

Mist, ich kann einfach nicht anders. Mit der Erwähnung meines Kotzanfalls in der Bezirksregierung habe ich möglicherweise mein Todesurteil gesprochen. Statt einer Antwort aus ihrem Mund oder einer Kugel aus der Knarre schießen tausend Blitze aus ihren Augen auf mich. Ich muss die Kurve noch kriegen, das kann es doch nicht gewesen sein, nach dem ganzen Wahnsinn in der letzten Zeit. Wir waren doch kurz davor, wieder alles hinzubiegen.

Was ist nur los mit dir?

Aha, Jake wird bei mir sein, wenn es zu Ende geht. Aber ist das ein Trost? Nicht wirklich, doch er wird mich zumindest daran hindern, ganz ohne Würde abzutreten. Nur hat mich sein Aggromodus bisher auch nicht wirklich nach vorne gebracht. Muss ich sie nicht eher überraschen, mit irgendetwas, das sie aus dem Konzept bringt? Aber mir fällt nichts wirklich Intelligentes ein, das die Situation verbessern könnte. Und dass ich hier, in Ricos versiffter Bude, am Boden liege, eine Waffe auf mich gerichtet, macht mich krank. Ich will das nicht. Ich will Gerechtigkeit. Ich oder Jake? Egal, sie soll auch leiden. Also gebe ich ihr einfach die fieseste Gemeinheit, die mir durch den Kopf geht. Ich muss was sagen, was jede Frau umhaut. Monster oder nicht. »Sie tun mir leid.«

Das Monster runzelt die Stirn, mehr irritiert als interessiert. Na warte. Was habe ich meinen Schülern über die Macht der Worte erzählt? Wenn nicht alles Quatsch war, was ich gesagt habe, gibt es gleich verbal richtig was auf die Fresse für Ursula. Auf intellektuell brauche ich der abgebrühten Nebelkrähe sowieso nicht zu kommen, also versuche ich, mein Hausniveau noch zu unterbieten. Ist auch schon egal. Wenn sie mich umbringen will, soll sie es lieber gleich tun.

»Weil Sie so hässlich sind. Abstoßend und hässlich.«

Jetzt kriege ich eine Antwort. Ein weiterer Urschrei, wie in ihrem Büro, nur diesmal ohne Kung-Fu-Einlage, und es ist, als hätten meine Worte Fakten geschaffen. Das Gesicht der Regierungsrätin ist verzerrt, so als wenn man bei einer VHS-Kassette auf Pause drückt und das Bild oben und unten ausfranzt. Ihre Falten werden zu steilen Wellen und sind in den Tälern weiß und auf den Kämmen knallrot, der Mund ist weit aufgerissen, und die Lippen wirken fahl, trotz der schwarzen Kriegsbemalung. In einem Horrorfilm würde jetzt ihr Kopf explodieren und ihr Hirn an die Wand spritzen. Was nicht passiert.

Stattdessen schiebt mir Ursula den Lauf ihrer Knarre in den Mund. »Sie elender Wurm! Sie haben sich gerade *un-end-lich-e* Schmerzen erquatscht! Und zum Aufwärmen werden Sie zusehen, was wir mit Ihrem Busenfreund hier machen. Harnmüllerchen!«

Harnmüllerchen springt augenblicklich in die Hocke und wuchtet Rico herum, sodass er zunächst auf dem Bauch zu liegen kommt. Rico ist erwacht aus seiner Ohnmacht und stöhnt gedämpft auf. Harnmüller hält ihm die Waffe an den Kopf und versucht sich an einer Anweisung, die wie »Hmmhblie!« klingt. Wäre die Situation nicht so extrem, so extrem beschissen, könnte man glatt lachen. Wie er dasteht, in seinem vollgeseibelten Ganzkörperkondom, mit der Knarre rumfuchtelt und versucht, durch Gummi zu sprechen, hat was von Mister Bean auf Droge.

»Fränzlein, Fränzlein, warum glaubst du, habe ich dir einen Maulkorb verpasst? Willst du mich schon wieder enttäuschen?«

Harnmüller schüttelt heftig den Kopf und gibt Ursula damit zu verstehen, dass ihm nichts ferner liegt, als sich den Zorn seiner Herrin zuzuziehen. Mein Mitleid hält sich in Grenzen.

Wie heißt es so schön? *Nur die allerdümmsten Kälber wählen sich ihre Schlachter selber.* Aber das trifft dann ja auch auf Bernd beziehungsweise Horst zu. Wo bleibt der eigentlich? Ist es möglich, dass er im Schrank sitzt und sich nicht rührt? Oder dass er schon abgehauen ist? Weil er immer noch möchte, dass Ursula wegen seiner eigenen Ermordung in den Knast geht? Dann wäre es allerdings ungünstig für ihn, auf der Bildfläche zu erscheinen.

»Auf die Knie!« übersetzt Ursula jetzt Harnmüllers Gestammel für Rico. »So ist es fein. Und jetzt Kopf runter und Popo hoch. Brav ...«

Das sieht nicht gut aus. Wenigstens hat Ursula jetzt die Pistole wieder aus meinem Mund gezogen und rührt damit in der Luft rum. Anscheinend ein Zeichen für den Gummimann, der nun einen Aktenkoffer vor unser aller Augen öffnet. Ich habe so was noch nie gesehen, aber Rico anscheinend schon. Seine Augen sind weit aufgerissen, ich kann ihn hinter dem Klebeband schreien sehen.

»So, Herr Rico. Meine Oralmedikamentierung hat ja beim letzten Mal nicht ganz so gut gewirkt. Nehmen wir also eine andere Körperöffnung. Wir versuchen es heute zur Abwechslung mit einem Zäpfchen. Oder sollte ich besser Zapfen sagen? Harnmüllerchen – ans Werk!«

Die metallenen Gerätschaften, die der Doc aus dem Koffer holt und auf dem Teppich ausbreitet, wecken Assoziationen mit mittelalterlichen Folterinstrumenten. Ich fühle mich schuldig, aber ich muss kurz die Augen schließen, damit ihr Anblick bei mir keine Panikattacke auslöst.

»Augen auf, Kernchen, das ist ein *teaching moment.*« Ich gehorche und öffne vorsichtig meine Lider. Was mein Glück ist und wenn es gut läuft auch Ricos, dessen anale Deflorierung anscheinend unmittelbar bevorsteht. Im Augenwinkel sehe ich nämlich, wie ein Finger aus dem Mittelspalt im Schrank sticht und in eine bestimmte Richtung weist. Bernd ist noch da! Gott sei Dank. Aber was will er mir sagen? Ich sollte mir die Bedeutung des Fingerzeigs schnell zusammenreimen, denn Harnmüller hat sich schon ein Teil geschnappt, das mich an eine Boje erinnert. Nein, an zwei Bojen, die aneinander geschweißt sind. Oben spitz und dann bauchig, dann wieder spitz und wieder bauchig und mit einer Art Teller abschließt. Ein Teil, das definitiv zu groß ist für ein Zäpfchen. Oder einen Zapfen. Ich folge der gedachten Verlängerung des Fingers mit den Augen und sehe ... das Fenster. Das Fenster? Natürlich!

»Das würde ich lieber lassen, Herr Doktor. Das MEK wird gleich hier sein. Die ersten Männer seilen sich gerade vom Dach ab.«

»Netter Versuch, Kern.« Ursula gibt sich eiskalt, aber beide, Harnmüller und sie, drehen sich kurz zum Fenster, und das ist der Augenblick, auf den Bernd gewartet hat. Er schießt förmlich aus dem Schrank im Flur, reißt die Bong vom Couchtisch und zieht das Glasrohr Harnmüller mit voller Wucht über den Schädel, sodass das Ding zerspringt und der Doc k.o. geht. Die Soße aus der Bong spritzt über sein Plastikkostüm und vermischt sich mit dem Speichel. Das alles geht so schnell, dass ich gar nicht gesehen habe, wie Bernd dem Harnmüller die Pistole entrissen und sich mit gezogener Waffe Ursula gegenüber aufgebaut hat.

Die hat aber auch reagiert und presst mir wiederum ihre Waffe hart gegen die Schläfe. »Welch Wendung der Dinge und welch dramatischer Auftritt, mein Hörstlein. Chapeau, in dir steckt ja doch ein Mann. Hätte ich das geahnt, hätte ich mehr aus dir gemacht.«

»Ich bin nicht mehr dein Hörstlein. Und jetzt nimm die Waffe weg von Ziggy, sonst schieße ich dir ... zwischen die Augen.«

Bernd versucht, es cool zu spielen, aber sein Gesichtsausdruck und seine ganze Haltung wollen nicht zu diesen Worten passen. Die Szene noch einmal ohne Ton und nachsynchronisiert müsste eigentlich so betextet werden: *Ich habe dich unendlich vermisst. Sag mir, was ich tun soll – ich gehöre dir.* Und dazu das Zittern in der Stimme. Die Frage ist: Hat sie es auch gehört? Ach was, wie könnte sie es überhören?

»Du hast ja keine Ahnung, wie scharf mich das macht, dass du mit gezogener Waffe vor mir stehst. Ich wünschte nur, ich könnte glauben, dass es dir ernst ist. Dann würde ich dir vorschlagen, dass wir dieses Possenspiel hier beenden, diese Kretins von ihrem Leid erlösen, schnell nach Hause fahren und unsere Ehe auf einem ganz neuen Level fortsetzen. Ich führe dich an einen Ort, an dem noch niemand war.«

Ursulas Stimme soll wohl verführerisch klingen, aber alles, was ich raushöre, sind Eiskristalle. Und Bernd? Bernd schwankt, auf seiner Stirn steht Schweiß. »Tu das nicht, Ursula ... Ich ...«

Oh bitte, er wird doch nicht ... Nach allem, was er durchgemacht hat. Unfassbar. Ich muss was tun. »Bernd, hör mir zu. Es ist wichtig, dass du das hier jetzt beendest!«

Bernd ist kurz davor durchzudrehen. »Ich ... Ich kann nicht!«

»Komm schon, Bernd, was hält dich ab?« Eine rhetorische Frage. Denn selbst wenn er die Hürde nimmt, seine eigene Frau zu erschießen zu wollen, hat er noch ein anderes Problem. Mich. Schon wieder mich. Bernd versucht, Ursula in den Knast zu bringen, und ich funke ihm dazwischen. Bernd kann das Monster endlich erledigen, doch sie zwingt ihn mit mir als lebendem Schutzschild in die Knie. Patt. Ursula zu erschießen hat seinen Preis. Zuckt Bernd mit dem Finger, bin ich tot. Bernds Augen finden meine, und ich sehe so viel Traurigkeit darin, dass es mich fast zerreißt. Ich will ihm aufmunternd zunicken, auch wenn das bedeuten würde, dass gleich wirklich alles vorbei ist. Aber ist es nicht das, wovon ich schon immer geträumt habe? Ein Held zu sein? Jake Miller würde das Gleiche tun. Er würde am Boden knien wie ich jetzt, mit den Händen über dem Kopf und Mindy Folsomhead sagen, dass sie schießen soll. Im Namen der Gerechtigkeit. Es wird Zeit, dass ich mal was richtig mache, es kann nicht ewig so weitergehen. »Hör nicht auf das Geschwätz, Bernd! Sie will dich umbringen, hast du das schon vergessen?«

»Welch Heldentum, Herr Studienrat. Das ist nicht Ihre Show. Sie sind nur der Kollateralschaden in einer epischen Schlacht. Aber gut, Horst, meinetwegen. Zeig mir, dass ich mich in dir getäuscht habe. Zeig mir, dass du ein Mann bist, und drück ab. Einen größeren Liebesbeweis könntest du mir gar nicht machen.«

Das ist so krank. Was bezweckt sie damit? Ist das eine Art umgekehrter Psychologie? Aber in einem Punkt hat sie Recht. Das ist nicht meine Show. Ich habe nur lange genug im Weg gestanden. In meinem eigenen und in Bernds umso mehr. Und wenn es so enden soll, dann muss das in Ordnung sein für mich. Aber Bernd ist alles andere als überzeugt. Er hat Tränen in den Augen und fängt an, zu schwanken wie ein Matrose auf Landgang. Wenn er nicht gleich abdrückt, lässt er noch die Knarre fallen, und dann war alles umsonst, dann gehen wir alle drauf. Komm schon, Ziggy, hilf ihm. Sei Jake Miller. Nur einmal wirklich Jake Miller, ein Held. »Mach dir wegen mir keine Gedanken, Bernd, du hast echt schon genug für mich getan. Alles gut, ehrlich! Vielleicht tust du mir ja noch einen letzten Gefallen und trinkst ein Bier für mich am Strand mit.« Meine Stimme ist dünn, meine Worte banal. Ursula lacht. Lacht ihr hässlichstes kaltes Lachen, das sie aufzubieten hat. Es springt aus ihrer Kehle wie Erbrochenes, das den Raum füllt und alles Schöne ersäuft, alles Schöne dieser Welt. Der Ekel bringt mir für einen Moment die Fassung zurück und ein paar letzte Worte. »Leb wohl, mein Freund ... Und jetzt schieß der Bitch das Grinsen aus dem Gesicht. Tu es für mich!«

Bernds Blick flackert, und ich denke schon, er knickt ein und gibt sich im letzten Moment dem Monster geschlagen, das ihn so lange in seinen Klauen hatte. Doch dann huscht ein Schatten über sein Gesicht, seine Mundwinkel zucken und seine zarten Gesichtszüge scheinen für einen Augenblick wie betoniert, und ich kann förmlich die Wucht seiner Entschlossenheit spüren. Er ist bereit. Ich schließe die Augen. Und höre den Schuss.

Tot bin ich nicht, so viel steht fest. Aber dass ich immer noch Ursulas Waffe am Kopf habe, kann nur bedeuten, dass Bernd vorbeigeschossen hat. Aus nicht mal drei Metern Entfernung? Und Ursula lacht schon wieder. Kriegt sich gar nicht mehr ein vor Lachen. »Hörstlein, Hörstlein. Hast du wirklich gedacht, ich würde diesem Haufen Gummi da eine scharfe Waffe anvertrauen?« Ursula deutet auf Harnmüller, der immer noch besinnungslos am Boden liegt. Rico kauert neben ihm und atmet schwer, hat aber wenigstens den Popo wieder runtergenommen. »Du errätst es schon: Platzpatronen. Aber eins muss man dir lassen. Du hast dir deine zweite Chance als mein Mann und Eigentum redlich verdient. Und weißt du, was das Schönste ist? Ich kann es dir im Keller noch gemütlicher machen als jemals zuvor. Du musst überhaupt nicht mehr raus in die kalte, graue Welt, denn offiziell bist du ja schon im Hades, nicht wahr? Sie suchen zwar noch nach dir, aber bei mir sicher nicht mehr.«

Bernd geht in die Knie, lässt den Kopf hängen und murmelt. »Es tut mir so leid, Ziggy.«

Was meint er denn? Oh *fuck*, na klar, es ist noch nicht vorbei. Sie wird mich umbringen, mich, Bernds mutmaßlichen Mörder. Und damit der Verdacht nicht auf sie fällt ...

»So, ihr Schnuckelchen, das Spielchen war höchst amüsant, aber jetzt muss noch aufgeräumt werden, gelle?« Ursula zielt mit ihrer Pistole abwechselnd auf Bernd und mich und befielt Bernd sich am anderen Ende des Raumes flach auf den Boden zu legen. Dann geht sie blitzschnell zu dem bewusstlosen

Harnmüller rüber, wuchtet ihn in eine Sitzposition und legt ihre Pistole in seine rechte Hand.

»Zeit für ein Stoßgebet, Kernchen. Erschossen von einem ausgeknockten Psychiater im Gummistrampler. Das schafft nicht jeder. Ach so, Herr Rico, Sie sind gleich auch noch dran, nur Geduld.«

Was für ein perfider Plan. Und sie wird damit durchkommen. Harnmüller kann sich an nichts erinnern, wird aber mit Schmauchspuren an den Händen und auf dem Gummianzug am Tatort gefunden und wegen Doppelmordes eingebuchtet. Schon wieder blicke ich in die Mündung einer Waffe, schon wieder bin ich totgeweiht. Aber Bernd ist noch schlimmer dran. Der wird sozusagen lebendig begraben im Keller der Schwarzen Witwe. Bis ihr langweilig wird und sie ihr Werk vollendet.

Ich schließe die Augen. Und höre den Schuss. Und einen Schrei. Ursulas Schrei! Und wie ihre Waffe klackernd auf den Boden fällt. Ein Mann im Anzug stürmt ins Wohnzimmer, reißt die Regierungsrätin hoch und kettet sie mit Handschellen an den Heizkörper am Fenster. »Frau Braunkaucher-Sülzn, ich verhafte Sie hiermit wegen versuchten Mordes an Siegfried Kern und Richard Schmand.«

»Ich verblute!«, wimmert Ursula und hält ihren rechten Arm hoch, der wahrlich nicht gut aussieht. Hauptkommissar Schnöder geht ins Bad und kommt mit einem Verbandskasten zurück. Ziemlich lieblos, aber nicht ungeschickt verbindet er Ursulas Oberarm. Rico, der immer noch nackt und gefesselt auf dem Boden kauert, versucht durch heftiges Kopfschütteln, auf sich aufmerksam zu machen, und endlich schaffe ich es mich aus meiner Schockstarre zu lösen und ihn von der Wäscheleine und dem Tape vor dem Mund zu befreien.

»Alter, das war knapp! Aber wo kommt der Bulle auf einmal her?«

»Der Bulle«, erklärt KHK Schnöder leicht pikiert, »war so frei, seine letzten Tage vor dem offiziellen Ruhestand damit zu verbringen, zwei verdächtigen Gestalten mit ihrem noch verdächtigeren Kraftfahrzeug durch die halbe Republik nachzureisen und, wie es aussieht, seinen letzten Fall doch noch aufzuklären. Sie sind vermutlich Richard Schmand, der in dieser ... nun ja ... Höhle gemeldet ist, richtig?«

»Das ist richtig, jawohl!« Rico hat überraschend schnell seinen Humor wiedergefunden und salutiert vor dem Kommissar, was echt albern aussieht, weil er ja noch splitternackt ist und weil beim Zusammenschlagen der Hacken sein Gemächt hin- und herbaumelt.

»Hätten Sie die Güte, Ihre Genitalien aus meinem Sichtbereich zu entfernen? Danke. Und nun zu Ihnen, Herr Sülzn, oder bevorzugen Sie Büschl?«

»Büschl wär mir lieber, Herr Kommissar«, antwortet Bernd kleinlaut.

»Das dachte mich mir. Gehe ich recht in der Annahme, dass Sie es bei der Rekapitulation der Ereignisse gerne unerwähnt blieben und Ihr Leben inkognito fortsetzen möchten?«

»Das wäre natürlich großartig!«, antworte ich für Bernd, der vor lauter Ehrfurcht nicht mehr wagt, zu sprechen.

»Herr Kern, der Reihe nach. Über Ihre unrühmliche Rolle bei diesem Husarenstück sollten wir besser auch den Mantel des Schweigens legen.«

Bin schon ruhig.

»Also. Ich wiederhole mich ungern, aber ich erwähnte bereits, dass ich mich in dieser Wohnung äußerst unwohl fühle, zumal der Mieter oder Besetzer oder wie auch immer, es bislang noch nicht geschafft hat, sich einigermaßen zivilisiert anzukleiden. Bitte hören Sie mir gut zu und unterbrechen Sie mich nicht. Für Klarstellungen wird sich später an einem gastlicheren Ort sicher noch Gelegenheit finden. Mir stellt sich der Sachverhalt folgendermaßen dar, was ich auch so beeiden würde ...«

Schnöder ist echt der Hammer. Erst rettet er heldenhaft den Tag und jetzt serviert er uns eine Sherlock-Holmes-Nummer vom Allerfeinsten. Ich könnte ihn knutschen, doch das wäre sicher nicht zivilisiert genug.

»Herr Schmand hat den nun nicht mehr tatverdächtigen Herrn Kern aus Berlin abgeholt. In seiner Wohnung in der Kiefernstraße wurden sie von der von mir bereits verhafteten Ursula Braunkaucher-Sülzn und ihrem Komplizen oder ... nun ja ... willigen Gehilfen, dem Mann in Latex, bei dem es sich vermutlich um Dr. Franz Harnmüller handelt, überfallen. Herr Harnmüller kam bei dem Überfall – wie auch immer – selbst zu Schaden und sollte von Frau Braunkaucher-Sülzn als Täter instrumentalisiert werden, was ich selbst bezeugen kann. Die Aussagen der beiden Geschädigten Kern und Schmand habe ich aufgenommen.«

»Das können Sie nicht machen! Das ist doch ein abgekartetes Spiel! Gar nichts haben Sie aufgenommen!«

»Sie sind jetzt ruhig, Frau Regierungsrätin, sonst erschieße ich Sie in Nothilfe.« Schnöders Blick verrät, dass er es ernst meint. Den Mann sollte man sich nicht zum Feind machen. Und genau das ist wohl Ursula zum Verhängnis geworden.

Aber was ist aus dem überkorrekten Schnöder geworden? Ich will mich nicht beklagen, aber man kann sein Verhalten als durchaus korrupt bewerten. Sympathisch korrupt.

»Aber wir wollen ja, dass die Dinge ihren gerechten Lauf nehmen, nicht wahr? In diesem Zusammenhang wäre es sicher hilfreich, wenn ich meinen Kollegen von der Spurensicherung ein paar entscheidende Sequenzen Ihrer wenig dezenten Videoüberwachung übermitteln könnte, die das bisher von mir Festgestellte untermauern könnten. Herr Büschl, ich nehme an, Sie zeichnen dafür verantwortlich. Wenn Sie so freundlich wären, mir die Daten zukommen zu lassen?«

Die Videokameras habe ich ganz vergessen! Jetzt ist die BKS sowas von dran. Sie könnte einem fast wirklich leidtun. Hängt am Heizkörper und heult.

Rico ist auf einmal ganz blass. »Herr Kommissar, würde es Ihnen was ausmachen, wenn Sie mich aus dem Filmchen rausschneiden könnten, weil ...«

»Ich denke, das wäre für alle Beteiligten von Vorteil, aber so geht das nicht. Was immer dazu geführt hat, dass Sie sich in der Position befanden, in der ich Sie aufgefunden habe, ist unter rein ästhetischen Gesichtspunkten ... nun ja, man muss die Strafverfolgung ja eigentlich nicht über Gebühr mit Grotesken belasten. Aber mehr als einen schwarzen Balken über ihrem Allerwertesten zu platzieren, kann ich nicht machen. Damit ist aber sicher sogar die Tatverdächtige einverstanden. Leider bedingt das, dass ich nicht umhin kann, das Material im Original zu sichten und für Sie zu protokollieren ... Aber was tut man nicht im Namen der Gerechtigkeit. Apropos Gerechtigkeit. Herr Büschl, seien Sie doch so nett und übergeben Sie mir ebenfalls die Ergebnisse Ihrer Recherchen im Steuerfall des Staatssekretärs Bertold Pfund. Wir wollen doch nicht, dass unsere Beschuldigte sich hier durch ihre Beziehungen nach ganz oben aus der Verantwortung stiehlt. So meine Herren, das war's.«

Das war's. Das war's? Und jetzt?

»Und jetzt ist es Zeit für Herrn Büschl, sich zu verabschieden. Ich muss nämlich schön langsam mal in der Dienststelle anrufen. Und die Herren haben sicher auch noch was vor an diesem noch jungen Abend.«

Geht so. Mein Bedarf an Action ist fürs Erste gedeckt. Aber Schnöder ist eine harte Nuss, ehrlich. Er hat so richtig reinen Tisch gemacht. Der Staatssekretär hat ihn abserviert nach über dreißig Dienstjahren, und das hier ist Schnöders Gegenschlag. Seine Vendetta. Mannomann, so macht man das also. Aber für mich ist das nix. Unsere dilettantische Racheaktion wäre um ein Haar schief gegangen. Was solls, so was bringt eh nur schlechtes Karma.

Bernd blickt zu Boden und sieht nicht gut dabei aus. »Macht's gut, Jungs ... Und vielen Dank, Herr Schnöder.«

Dann ist Bernd verschwunden und ich muss mich setzen. Er fehlt mir jetzt schon.

Drei Wochen später

»Und? Gibt's was Neues?«

Rico schlendert mit einer Zeitung von vorgestern zu mir und setzt sich neben mich in den Sand.

»Nix Weltbewegendes. Staatssekretär soundso verhaftet ... Ach so ja, hier. Das ist gut, wird dir gefallen:

Schlüpper-Flashmob vor der Europäischen Zentralbank in Frankfurt. 500 Globalisierungsgegner demonstrieren mit runtergelassener Hose gegen das Freihandelsabkommen TTIP.

Du kannst stolz auf dich sein, Ziggy. Das ist dann wohl dein Beitrag zur Weltrettung. Astrein, Höhö.«

»Sehr witzig.«

»Auch 'n Bier?«

»Hm.«

Rico reicht mir eine Flasche Angkor und rülpst in die untergehende Sonne.

»Wo bleibt eigentlich Bernd?«, frage ich.

»Massage. Er meinte, er hätte eine echte Knochenbrecherin kennengelernt, was auch immer das heißen mag.«

Manche Dinge ändern sich wohl nie. Aber wer's mag. Ich drehe bei geschlossenen Augen meinen Kopf ein wenig zur Seite, um mir von dem aufkommenden Abendwind den Schweißfilm im Gesicht trocknen zu lassen. Als ich die Augen wieder öffne, sehe ich einen Pinguin den Strand entlang watscheln, direkt auf uns zu. Ein Pinguin? In diesen Breiten? Ich stelle scharf und sehe, dass der Pinguin in der einen Hand Lackschuhe trägt und der anderen eine Reisetasche. Der Pinguin hat einen dunkelblauen Anzug an, ein schneeweißes Oberhemd und trägt eine Fliege. Ist es möglich?

»Guten Abend, die Herren. Ich kann nicht umhin zu bemerken, dass es hier ausgesprochen heiß ist. Aber ich hätte mir denken können, dass Ihr selbst gewähltes Refugium einen Haken hat. Dennoch freue ich mich Sie zu sehen.«

KHK Schnöder a.D. reicht uns seine rechte Hand, und Rico reicht Schnöder ein eiskaltes Bier. Schnöder in seinem Anzug wirkt hier mindestens so deplatziert wie in Ricos Bude. Egal.

»Die Freude ist ganz meinerseits!«, versuche ich mich am Schnöderschen Duktus und meine es ehrlich. Jetzt sind wir wieder zusammen, die Aussortierten, die *Expendables.*

Schnöder zieht ein gefaltetes Taschentuch aus der Brusttasche seines Jacketts und tupft sich den Schweiß von der Stirn. »Aber jetzt verraten Sie mir doch, wie Sie auf Kambodscha gekommen sind.«

»Tja Rico, wie sind wir auf Kambodscha gekommen, hm?«

»Hihi, ich hab beim Stadt-Land-Fluss-Spielen gewonnen. Der Buchstabe war K.«

Schnöder schüttelt den Kopf, als habe er überhaupt kein Verständnis für derlei Schicksalsspiele. Aber ich sehe einen Hauch von einem Lächeln in einem Mundwinkel, ich sehe es ganz genau. An dem Abend, der fast unser letzter gewesen wäre, ist Bernd nicht alleine abgereist. Er hat gewartet, bis die Bullen wieder weg waren. Im AK47 um die Ecke. Dann hat er sich in die Ludenschleuder gesetzt und so lange gehupt, bis Rico und ich runtergekommen sind. »Können wir jetzt?«, hat er nur gesagt, den Motor gestartet und ist mit uns zum Flughafen geritten. Und jetzt ist Schnöder auch noch nachgekommen. Unglaublich.

»Bevor ich es vergesse, Herr Kern. Ich war so frei, Ihre Post mitzubringen. Das hier könnte Sie interessieren.« Schnöder reicht mir einen Briefumschlag. Das Couvert aus Recyclingpapier kenne ich und das Logo der Frankiermaschine auch. BEZIRKSREGIERUNG DÜSSELDORF. Will ich wirklich wissen, was da drin steht? Die Neugierde siegt über die Abscheu und ich öffne.

blablabla ... *freuen wir uns Ihnen mitteilen zu können, dass Ihre Suspendierung mit sofortiger Wirkung aufgehoben wurde* ... blablabla ... *Finden Sie sich am 05. November an Ihrem neuen Dienstort, der Gesamtschule* blablabla ... *um 7.50 Uhr ein.*

»Und?«, will Rico wissen.

Ich reiße den Brief genüsslich und extra langsam in feine Schnipsel und überantworte ihn der Meeresbrise. »Nur Blabla, nichts wirklich Wichtiges.«

»Wenn es Ihnen nichts ausmacht, würde ich gerne erst einmal Quartier beziehen, bevor wir zum gemütlichen Teil des Abends übergehen.«

»Guter Plan, Schnöderchen.« Schnöder sieht nicht amüsiert aus ob Ricos Verstümmelung seines Namens. Der korrigiert sich sofort. »Pardong, Müssjö le Commissär, ich zeigen Ihnen die Örtlichkeiten.«

Rico und Schnöder verschwinden in Richtung der Bambushütten, die unser neues Zuhause sind, und ich genieße einen Moment der Ruhe. Die Sonne ist bereits ganz untergangen, und die Nacht übernimmt die Regie. Ich wate ein paar Schritte ins lauwarme Wasser. Da ist es wieder, dieses unglaubliche Leuchten des Meeres. Angeblich sind das Algen, die bei Berührung Lichtsignale senden, aber für mich ist das die pure Magie. Ich tauche mit den Händen ein und sofort bilden sich strahlend blaue Ringe um meine Handgelenke. Blauer als das

Ziffernblatt der alten Vostok. Die Ringe werden größer und schenken mir Bilder, so wie Wolken das auch können, wenn ich auf einer Sommerwiese auf dem Rücken liege und in den Himmel schaue. Ein blauer Ring bekommt ein Gesicht, das mich anlächelt. »Na, Ziggy, endlich irgendwo angekommen?«

»Ja, irgendwie schon. Ich bin mir nicht sicher.«

»Weißt du Ziggy, manchmal ist es einfach wichtiger, von irgendwo wegzugehen, als irgendwo anzukommen.«

Ob es bei ihr auch so war, als sie gehen musste? War es wichtig? Ist es so einfach? Für mich ist das alles immer noch so sinnlos und so ungerecht. Aber ich sollte ihr glauben, nein, ich will ihr glauben. Nein, ich glaube ihr. Auch wenn sie mich aus dem Jenseits nur noch mit Kalendersprüchen füttert. *Manchmal ist es einfach wichtiger, von irgendwo wegzugehen, als irgendwo anzukommen.* So ein Geschwurbel hätte sie mir früher nicht zugemutet. Aber wenn jemand wusste, was wichtig ist im Leben, dann war das Jenny. Egal, wie crazy sie war.

»Na dann, leb wohl, Ziggy Kern, und ...«

»... pass auf dich auf, jaja ... weiß schon ... Und du auf dich ...«

Ich nehme die alte Vostok vom Handgelenk und werfe sie, so weit ich kann. Als die magischen blauen Kreise nach ihrem Eintauchen verblassen und schließlich gänzlich von der Schwärze der See verschluckt sind, ist auch Jenny verschwunden. Ich wische mir eine Träne aus dem Gesicht und wende mich zum letzten Mal ab.

Die Strandbar erwacht langsam zum Leben. Bernd, Rico und Schnöder winken mir zu. Sie stehen unter einer kitschig bunten Lichterkette und stoßen an. Aus den Lautsprechern knistert ein Song in einer Sprache, die ich nicht verstehe. Khmer-Rock. Aber das Intro, das kenne ich, und die Melodie auch, und ich muss lachen und weinen gleichzeitig und nehme einen ordentlichen Schluck Bier.

Der Boss gecovert, Bruce Springsteen, eindeutig. *Glory Days.*